KB237481

청명
清明

청명절에 비 어지럽게 버리니
길 가는 나그네는 시름겨워지네
술집이 어디 있는가 물으니
목동이 멀리 살구꽃 핀 마을을 가리키네

清明時節雨紛紛
路上行人欲斷魂
借問酒家何處有
牧童遙指杏花村

검정만리

검정만리 1

사암 新무협 판타지 소설

초판 1쇄 찍은 날 § 2006년 2월 24일
초판 1쇄 펴낸 날 § 2006년 3월 6일

지은이 § 사암
펴낸이 § 서경석

편집장 § 문혜영
편집책임 § 심재영
편집 § 유경화

펴낸곳 § 도서출판 청어람
등록번호 § 제1081-1-89호
등록일자 § 1999. 5. 31
어람번호 § 제2-0848호

주소 § 경기도 부천시 원미구 심곡1동 350-1 남성B/D 3F (우) 420-011
전화 § 032-656-4452 팩스 § 032-656-4453
http://www.chungeoram.com
E-mail § eoram99@chollian.net

ISBN 89-251-0008-8 04810
ISBN 89-251-0007-X (세트)

검마정만고

劍情萬里
Fantastic Oriental Heroes

사암 新무협 판타지 소설

1

정한지곡(情恨之曲)

도서출판 청어람

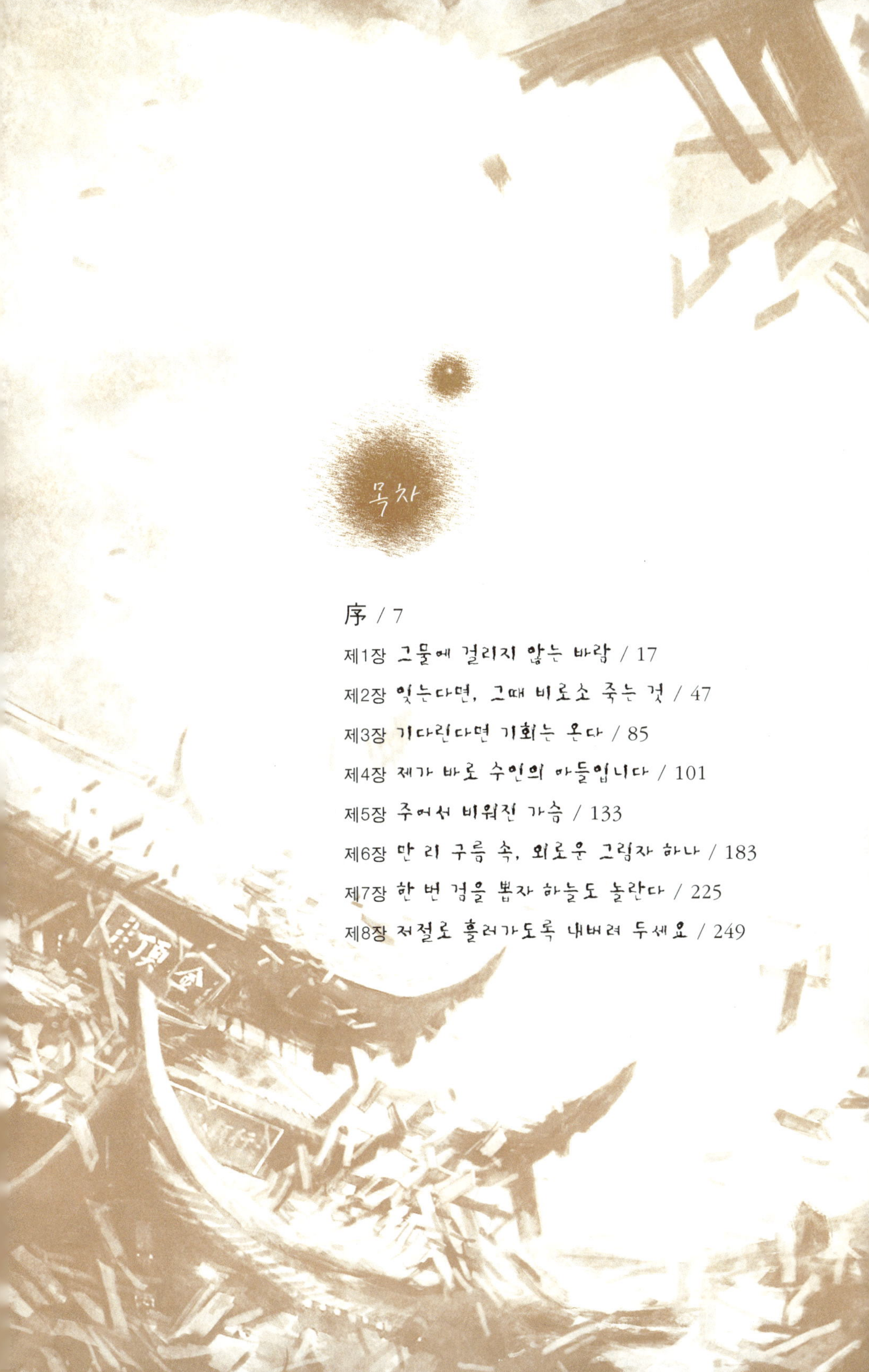

목차

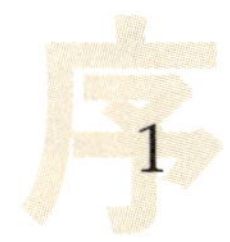

여기,

천하를 피로 씻는 무림혈난기(武林血亂期)가 도래했다.

파황성(破皇城).

그리고 혈불(血佛).

시대를 잘못 헤아려 태어났던 중원 무림인들은 파황성주 혈불의 잔인한 손속에 치를 떨었다.

인간이 어찌 그렇게 강하고 잔인할 수 있단 말인가?

오직 가공과 전율로만 표현되는 혈불.

그의 손속에 장구한 전통을 이어오던 무림의 명문정파는 속수무책 추풍낙엽처럼 무너져 갔다. 소림을 위시한 구대문파가 무릎을 꿇었으며 사천당가를 비롯한 무림 삼십삼세가도 치욕의 봉문(封門)을 당했다.

동정호의 물길은 핏빛으로 변했고 장강은 시체로 뒤덮였으며 물놀이를 즐기던 화방(花舫:꽃배)은 눈물의 꽃상여가 되었다.

그러나 난세가 영웅을 부르는 법.

절망의 소용돌이 속에 그는 분연히 떨치고 일어섰다.

2

숨이 턱턱 막힐 정도로 기승을 부리던 정오(正午)의 태양이 지평선 아래로 침몰해 갔다. 먼 산에서부터 시작된 검붉은 음양(陰陽)은 악마의 그림자처럼 서서히 지면을 침식해 들었다.

어둠이 찾아오고 있었다.

폭풍이 휩쓸고 간 폐허처럼 어둠 속 죽림(竹林)은 부서져 있었다.

아름다운 풍경을 만들기 위해 수집되었던 수석들은 멋대로 솟은 난석(亂石)처럼 사방을 나뒹굴었다. 물을 먹지 못해 허옇게 말라비틀어져 죽은 관상목(觀賞木)들은 전쟁의 잔해처럼 허리가 부러져 을씨년스러움을 더했다.

그 아래, 과거에는 화려한 삶을 영위하던 인간이었으나 지금은 인간의 형체를 가진 시체에 불과한 자들이 아무렇게나 방치되어 있었다.

온전한 모양을 가진 시체는 한 구도 없었다.

더러는 눈이 뽑히고, 더러는 목이 베어졌다.

심장이 파헤쳐졌으며 두개골이 갈라진 채 뇌수마저 하루종일 내리쏟아졌던 죽림의 태양 아래 말라 버렸다.

피가 말라 버린 대지는 검다.

어디선가 날아온 거대한 갈까마귀가 날개를 펄럭이며 작은 까마귀 떼를 거느린 채 시체들 사이를 헤집고 걸었다. 갈까마귀의 날카로운 부리가 난자당한 시체의 복부를 후볐다. 놈의 부리 끝에 시체의 말라붙은 창자가 실처럼 딸려 나왔다.

휘이이이잉…….

잔혹한 살육의 현장 위로 바람이 불었다. 피비린내가 바람을 따라 죽림을 휘돌았다. 죽림은 더욱 스산한 죽음의 세계로 빠져들었다.

"나와라! 불망(不忘)! 나오란 말이다!"

귀군자(鬼君子) 북리진강(北里眞强)은 시체들 사이에 우뚝 서서 소리쳤다.

분노를 참지 못한 그의 쌍수(雙手)가 미친 듯이 허공을 내려쳤다.

수천 가닥의 가공할 수강(手罡)이 부챗살이 펴지듯 그의 손끝에서 폭사되었다. 주변 수십 그루의 고사목들이 파편을 튀기며 흔적도 없이 폭파되었다. 흙먼지가 자욱하게 일었다. 갈까마귀 떼는 퍼드득 날개를 펴 하늘로 도망쳤다.

"내가 북리진강이다! 내가 파황성의 대호법(大護法) 귀군자 북리진강이란 말이다! 네놈의 상대는 여기 있다! 나와라, 불망!"

분노가 충천한 북리진강의 두 눈에 푸르스름한 귀광(鬼光)이 일렁였다. 그는 오직 불망에 대한 복수심으로 비틀거리며 죽림을 휘저었다.

철저하게 무너졌다.

무림일통을 위해 일어선 파황성의 정예가 오직 한 사람에 의해 무너져 내렸다. 삼십 년을 쌓아 올렸으나 무너지는 데는 일 년도 걸리지 않았다. 비통하고 원통하다.

한 사람이 죽림 속 암반에 등을 기댄 채 앉아 있었다.

그 사람은 제법 큰 키에 빛바랜 흑색 장포와 죽립, 등 뒤로 대나무를 메고 있었다.

빛바랜 흑색 장포는 피로 덧칠이 되어 있었고, 죽립의 챙은 한쪽 귀퉁이가 예리한 칼날에 베여 나가 있었다. 그는 암반에 몸을 기댄 채 죽은 시체처럼 움직이지 못했다.

"너……."

북리진강은 한눈에 그 사람을 알아보았다.

나이는 이십대 초반, 전신에선 관조를 넘어선 냉소와 소름 끼칠 정도의 무정한 분위기가 물씬 풍겨 마치 얼어버린 사람을 보는 것 같은 느낌.

"불망."

"이제 오셨소?"

"……!"

"귀공이 너무 늦는 바람에 기다리다 지쳐 잠시 쉬고 있었소."

암반에 기대 있던 불망의 신형이 태산처럼 일어났다.

휘이이이이잉!

바람이 불며 그의 낡은 장포 자락이 휘날렸다. 찢어진 옷섶 사이로 보여진 그의 근육질 육체는 피에 전 상처투성이였다.

"불망, 그 대단한 자신감은 여전하구나. 본 성의 십칠 개 지부를 무너뜨리고 육백칠십일 명의 목숨을 살해한 네놈의 능력은 인정해 주마. 하나 이번에는 상대를 잘못 골랐다. 나는 무림 십대천왕(十大天王) 귀군자 북리진강이다."

"귀공은 명예에 집착하여 십대천왕이 된 것을 자랑하고 싶은지 몰라도 나는 아니오. 명예는 한순간 타오르는 불꽃. 사람들은 명예라는 불꽃 속으로 몸을 던지면 그것을 가질 수 있다고 생각하는 모양이지만 불꽃은 오히려 그 사람을 태우고 제 자신을 활활 타 올릴 뿐이오. 남는 건 명예를 추구하다가 죽어갔다는 허명뿐."

북리진강은 비릿하게 웃었다.

"나를 가르치려 들다니. 불망, 많이 컸다. 그때 천산(天山)에서 죽여 버렸어야 했는데."

"내가 그 지옥 속에서 죽지 않고 살아 나올 수 있었던 건 귀공을 만나기 위해서였소. 나의 인생은 귀공에 의해 완전히 망가져 버렸고 이 세상에서 유일하게 나를 믿어준 그녀는 죽었소."

죽립 너머, 북리진강을 노려보는 불망의 눈빛이 섬뜩하게 변했다.

퍼득거리며 하늘로 날아오른 갈까마귀들은 새로운 먹잇감을 기다리며 허공을 선회했다.

불망은 감정의 기복을 느끼는지 잠깐 호흡을 골랐다. 그는 가슴 속에서 피에 전 손수건을 꺼내 오른손에 묶었다.

"이 수건은 내가 가진 그녀의 유일한 유품이오. 나는 그녀와 함께 귀공을 상대할 것이오."

"……!"

"명부의 문을 지나 밤의 피안(彼岸)으로 돌아갈 시간이 되었소. 내 거두어줄 테니 귀공의 혼이 말하는 거짓! 남기지 말고 가져가시오."

쐐애애액!

한 가닥 파공음이 들리고 불망의 소매 끝에서 투명한 광검(光劍)이 북리진강의 시선 속으로 쏘아져 들어왔다.

'심검(心劍)!'

북리진강은 경악했다.

불망은 쏘아진 자세 그대로 북리진강을 향해 날아왔다.

북리진강은 숨이 막힐 정도로 답답해졌다.

그는 꿈에서조차 상상해 본 적이 없는 무서운 고수였다. 북리진강은 직감적으로 그 자신이 불망의 적수가 되지 않음을 알았다.

'허황되다 하여 믿지 아니하였더니, 내 두 눈으로 심검의 경지를 보고야 마는구나.'

북리진강은 불망의 심검을 보고 난 후에야 파황성의 십칠 개 지부 육백칠십일 명이 목숨을 잃은 이유를 알 수 있었다.

북리진강은 투지가 일었다. 심검을 쓰는 자와 목숨을 걸고 대결을 벌인다는 것은 그의 원초적 투지까지 끌어올렸다.

"네놈의 뼈를 여기 묻어 죽은 자들의 영혼을 위로하겠다!"

휘류류류!

동심원의 회오리가 북리진강의 몸에서 일어나며 장포 자락이 팽팽하게 부풀어 올랐다. 불망의 몸에서 찬란한 금빛 광휘가 병풍처럼 보호막을 형성했다.

번쩍!

광검이 빛을 갈랐다.

쿠아아아아앙!

북리진강의 쌍수에서 수십 가닥의 수강이 폭사되었다. 두 사람을 사이에 두고 연달아 폭죽이 터지듯 연속해서 불꽃이 작렬했다. 주변을 선회하던 갈까마귀들이 화들짝 놀라 날개를 펄럭이며 검은 하늘을 날았다. 죽림에 회오리가 몰아쳤다. 지면이 들고 일어서며 흙먼지 속에 피비린내가 뒤섞여 시각과 후각을 마비시켰다.

광검이 수강을 가르며 북리진강의 목을 향해 짓쳐들었다.

북리진강은 광검 속에서 휘날리는 피에 전 손수건을 보았다. 손수건의 매듭이 환영처럼 휘날리며 그의 시선을 분산시켰다.

그는 옆으로 신형을 비틀었다.

찔러오던 광검이 그를 따라 옆으로 그어졌다.

"컥!"

북리진강의 고통에 찬 비명이 불망의 귓전을 섬뜩하게 파고들었다.

"이제 그만."

불망은 있는 힘을 다해 그의 목을 그었다.

"침묵하시라."

불망을 바라보는 북리진강의 동공이 핏물을 뚝뚝 흘려내며 믿을 수 없다는 듯 커졌다.

"과연."

서걱!

광검이 북리진강의 목을 지나갔다.

"일검경천(一劍驚天)이로다……."

그 말을 끝으로 북리진강의 목이 베어졌다. 목이 떨어진 자리에서 피보라가 뿜어졌다. 북리진강의 목 없는 신형은 술에 취한 것처럼 비틀거렸다.

목이 베어졌지만 그는 아직 죽지 않았다. 하지만 죽기까지 오랜 시간이 걸리진 않았다. 비틀거리던 북리진강의 전신이 부르르 떨리더니 썩은 짚단처럼 고꾸라졌다.

그의 머리는 죽림 속에 나뒹굴었다. 놀란 눈을 부릅뜬 채.

북리진강을 벤 불망은 한참 동안 목 없는 그의 시체를 침잠된 눈으로 내려다보았다.

일인지하 만인지상, 한때 천하를 호령하던 자다.

그러나 불망은 그의 죽음에 경의를 표하지 않았다.

"일검경천……."

강호상에서 불망을 일컫는 별호다.

"한 번 검을 뽑으면 하늘도 놀란다. 그러나 그 진정한 뜻을 알았다면 귀공은 결코 그렇게 말하지 못했을 것이오."

불망은 북리진강이 쓰러진 자리에 우뚝 서서 오래전 그를 떠난 어머니를 생각했다.

'내가 그녀에게 배운 것은 무공이 아니다. 검노(劍奴)의 적혈신화장(赤血神花掌)에 맞아 시한부 삶을 살던 내게 그녀는 처절한 생존 본능을 가르쳤다. 그래서… 그녀의 검은 내 삶을 지탱해 주는 유일한 힘이자 스승이었다. 단전이 파괴된 채 시한부 인생을 살게 된 내게 사람들은 말했다. 지금은 검을 익힐 수 없지만 검을 익히게 된다면 어머니를 능가하는 대검객이 될 것이라고. 일검경천. 하지만 그것이 천하제일검인 어머니에게 전인(傳人)이 없음을 조롱하고 검을 익힐 수 없는 나를 희롱하는 말이라는 걸 어찌 몰랐겠는가.'

휘이이이잉…….

그의 발밑으로 바람이 스쳐 울었다.
불망은 어두운 하늘을 우러러보았다.
"어머니, 당신은 지금 어디 계십니까?"

그물에 걸리지 않는 바람

1

"어린 나이에 집을 나가더니 십이 년 만에 돌아와 아이를 맡아달라?"

머리가 어지러울 정도로 대나무 향이 자욱한 소축이었다.

열려진 창문 너머로 산들바람과 함께 죽향이 짙게 스며들었다.

십이 년 만이었다. 다시 그녀의 소축을 찾은 것은.

강산이 변하고도 남을 시간, 그러나 그녀는 아무것도 변한 게 없었다. 화려한 장신구, 고급스러워 보이는 색감의 비단옷과 짙은 화장, 심지어 대나무로 울타리를 세우고 집을 지어 그 속에 파묻혀 사는 것까지도.

"평생 검을 끌어안고 살 것 같더니 그래도 시집은 간 모양이구나. 그래, 어떤 집안의 대단한 남자가 너의 얼어버린 마음을 녹였느냐?"

"맡아주시겠습니까?"

"네 아들이면 내게도 조카가 되는 셈이니 거절할 수는 없다만… 이유를 들어보자."

그녀가 입을 열고 몸을 움직일 때마다 짙은 체향이 흘러나왔다. 체향과 죽향이 뒤섞여 백수인은 머리가 어지러웠으나, 세상의 남자들은 사족을 못 쓰는 향이었다. 향에 취한 남자들은 그녀의 치마폭에 무릎을 꿇고 발에 입을 맞췄다. 그리고 애걸했다.

나는 당신의 노예가 되겠소. 제발, 내게도 한 번만 기회를 주시오.

같은 여자가 보아도 그녀는 아름답다. 하지만 안타깝게도 백수인은 그녀의 아름다움에 미혹될 남자가 아니었다.

"오랜 세월 유랑하다 보니 한계에 다다랐습니다."

"방랑유객 백수인의 명성이 강호를 쩌렁쩌렁 울리며 너와 비무를 하지 못한 검객은 삼류 소리를 듣는다는 소문이 자자하더구나."

"말하기 좋아하는 사람들이 만들어낸 우스갯소리에 불과할 따름이지요. 작은 명성이 있을지 몰라도 가도 가도 길은 아득합니다."

그녀는 희미하게 웃었다.

"그래서 네가 원하는 바는 추구하였느냐?"

"한때, 원하는 바를 얻기 위해 헤맨 적은 있었지요. 낡은 검 하나로 십오 년을 살았습니다. 그물에 걸리지 않는 바람같이, 흙탕물에 더럽히지 않는 연꽃같이 세상 명리를 초월하고 홀로 청정하게 길을 간다면 끝이 보일 거란 생각을 하였지요. 하나, 끝은 처음부터 없었습니다. 검이 없고 내가 없는데 어디 가서 도(道)를 찾고 이(理)를 공부할 수 있겠습니까. 그저 헛된 칼질로 세월을 소비한 것이지요."

“그래서 남자를 사랑하고 시집을 가고 아이를 낳았느냐?”

“남자를 사랑하지 않고 시집을 가지 않았으나 한때의 허망함이 아이를 낳게 하였습니다.”

“지지 않으려는 그 성격은 여전하구나. 어릴 때부터 너와 나는 잘 맞지 아니했다. 내 말에 한 번도 순응하지 않았지. 그러나 어쩌겠느냐. 너와 나의 운명이 그러한 것을. 수인아, 지금이라도 나는 네가 마음을 다시 먹고 내 옆에 있어준다면 더 바랄 게 없다. 어떤 자매가 살아 있으면서 십이 년 동안 단 한 번 만날 수 있단 말이냐?”

“…….”

“이 언니의 사업은 날로 번창하고 있다. 얼마를 버는지 모를 정도로 엄청난 수익을 창출하고 있다. 주변에 사람은 많으나 믿을 사람은 적다. 수인아, 아무도 모르는 나의 비밀, 너는 알고 있지 않느냐? 천하를 발아래 두고 싶어하는 이 언니의 바람 말이다. 도와다오. 도와준다면 나는 네가 원하는 바는 무엇이든 들어줄 수 있다.”

“추구하는 바가 다르니 가야 할 길도 다릅니다. 저절로 흘러 비우고자 하는 마음이니 인연 적다 하여 탓하지 마시기를.”

“…….”

“다 털어버릴 수 있으나 오직 털어낼 수 없는 건 내 속으로 낳은 아이, 불망입니다. 아이가 아픕니다. 백약이 무효인지라 더는 어찌할 도리가 없어 언니를 찾아왔습니다.”

“어린아이를 데리고 대륙 십팔만 리를 바람처럼 달리니 어찌 병이 안 들겠느냐.”

“불망은 적혈장(赤血掌)을 맞았습니다.”

"적혈장! 일 장에 열 개의 꽃송이가 상대의 가슴에 진홍빛 선혈을 새긴다는 검노의 적혈신화장 말이냐?"

그녀의 큰 눈이 놀람으로 더욱 커졌다.

"그걸 맞고 어찌 안 죽었어?"

되물었으나 백수인은 대답하지 않았다. 그녀의 침잠된 눈빛은 어둠 깊은 곳으로 가라앉았다.

"불망에게 보여주어야 할 마지막 검이 있습니다. 그 후 아이를 섭하교(涉河橋) 아래 데려다 놓겠습니다. 평생 배고프게 산 아이니 밥만 굶지 않게 해주십시오."

2

하남성 개봉.

여러 왕조의 수도를 지낸 그곳은 대륙의 상업과 교통의 중심지였다. 때문에 오가는 상인들과 유람객들로 꽤나 북적거리는 곳이다.

개봉의 동문(東門)에서 십여 리 떨어진 곳에 작은 시진(市鎭)이 있었다. 이 시진은 일명 구룡집(邱龍集)이라 불렸는데, 그것은 전국시대 유명한 협객이었던 신룡객(神龍客) 구자춘(邱子春)의 이름과 별호를 한 자씩 따서 지어 구룡집이 되었다.

당연하겠지만 구룡집은 구씨(邱氏)의 집성촌이기도 했다.

그 옛날 구자춘에서부터 이어진 구씨의 혈맥은 현재 구룡장주(邱龍莊主) 독비검(獨臂劍) 구중하(邱重霞)에게 이어졌다. 구중하는 가문의 굳건한 반석 위에서 칠십 년을 흔들림없이 대영웅으로 살아왔다.

최소한 구룡집에서 그의 말은 곧 법이다.

한 소년이 구룡집의 좁은 시전 골목을 걷고 있었다.

낡고 허름한 의복에 머리카락은 아무렇게나 헝클어져 있는 이 소년은 얼핏 보기에 거지와 다를 바 없었다. 피부는 햇빛에 그을려 검은 편이었고 입술은 바싹 말라 껍질이 벗겨질 정도로 창백했다. 피부는 푸석했으며 눈 밑에 짙게 새겨진 그늘은 소년의 건강 상태가 꽤 나쁘다는 걸 여과없이 보여주었다.

소년의 이름은 불망이다.

대륙에서 같은 이름이 없다고 단정해도 좋을 정도의 특이한 이름이었다.

긴 우기(雨期)에 접어든 하늘은 금방이라도 비가 올 듯 잔뜩 구름이 끼어 있었다.

불망은 선풍객점(旋風客店)에서 어머니를 기다려야 했으나 심심함을 참지 못하고 구룡집의 시전을 구경하고 있던 중이었다.

여기저기서 '싸요! 싸요!'를 외치며 호객 행위를 하는 점원들과 신기한 물건들, 그리고 맛있는 냄새가 모락모락 피어오르는 군것질 거리들은 소년의 오감을 자극하기에 충분했다.

불망은 노점에서 산 군만두를 조금씩 뜯어 먹으며 시장 구경에 시간 가는 줄 몰랐다. 그러다 문득 객점으로 돌아가야지라고 생각했을 때 다시 그의 시선을 잡아끄는 곳이 있었다. 저만치 사람들이 둥글게 모여 무언가를 구경하고 있었다.

"뭐지?"

호기심에 다가간 불망은 빽빽하게 모인 사람들 틈을 비집고 안으로 파고들었다. 제일 앞줄에는 또래의 어린아이들이 먼저 앉아 있다가 불망이 비집고 들어오자 조금씩 옆으로 물러나며 자리를 내주었다.

"고마워."

불망은 아이들을 향해 웃었다.

그러나 아이들은 불망을 아랑곳하지 않고 전면에서 시선을 떼지 못했다. 아이들이 바라보는 전면은 사람들로 둘러싸여 둥글게 공터가 형성되어 있었다.

한쪽에 수레가 있었으며 거기에는 큰 바위가 올려져 있었다.

그 옆으로 두 사람이 있었다. 그중 한 사람은 상반신을 벗어 배에 왕(王) 자를 드러낸 근육질의 중년 남자였고 다른 한 사람은 날렵한 흑의 무복 차림에 머리를 두건으로 동여맨 호리호리한 미소년이었다.

웃통을 벗은 중년 남자는 날이 시퍼렇게 선 열두 개의 작두를 바닥에 깔고 그 위에 누워 있었다. 작두의 날은 금방이라도 중년 남자의 살속을 파고들어 가 동강 내버릴 듯 위험하게 보였다. 구경꾼들이 곳곳에서 신음처럼 탄식을 발했다. 불망도 놀람으로 눈이 부릅떠진 채 숨소리마저 죽였다.

"오! 놀라워라! 무쇠라 할지라도 단박에 잘라내는 작두입니다. 그런데 사람이 그 위에 누웠습니다. 섬뜩하군요. 하지만 이게 다겠습니까?"

흑의 미소년이 구경꾼들을 향해 과장된 몸짓으로 부르르 떨다가 다시 말을 이었다.

"아니거든요. 그러면 너무 시시하죠."

그는 구경꾼들의 시선이 모이자 수레를 향해 가 그것을 끌고 와서 작두 위에 누워 있는 남자의 옆에 댔다. 이윽고 그는 끙끙거리며 수레의 손잡이를 들어 바위를 미끄러지게 했다. 바위가 중년 남자의 배 위로 떨어졌다.

"아⋯⋯!"

"저, 저런!"

사람들은 경악했다.

밑에는 날이 시퍼렇게 선 작두요, 위로는 중년 남자의 상체보다 더 큰 바위가 올려졌으니 보통 사람으로서는 견딜 수 없는 충격이었다. 더욱이 이 사람은 웃통을 벗고 있었기 때문에 작두와 바위 사이에 깔려 있는 상체의 근육과 혈관까지 확연하게 드러났다.

흑의 미소년은 중년 남자의 배 위에 바위가 잘 올라가 있을 수 있도록 각도를 잡았다. 이윽고 그는 만족한다는 듯 바위를 탁탁 친 후 장내를 향해 흰 이빨을 드러내며 씨익 웃었다.

"여러분, 묘기는 지금부터입니다. 하늘도 놀라고 땅도 뒤집힌다는 경천동지의 놀라운 묘기! 여러분, 절대 따라 하시면 안 됩니다. 이건 이십 년 이상의 고된 수련이 없으면 흉내조차 낼 수 없는 것이니까요."

"알았으니 빨리 해봐라! 사설이 길다!"

"예, 예. 그렇게 하지요. 저도 시간 끄는 걸 좋아하지 않습니다. 하지만 다시 한 번 말씀드립니다. 절대 따라 하시면 안 됩니다. 따라 하다 내장이 파열되고 창자가 배 밖으로 나오는 불상사가 생겨도 소생은 절대 책임 못 집니다요."

흑의 미소년은 작두 옆에 던져 두었던 자루가 긴 먹쇠메를 들고 다시 사람들 앞에 섰다. 먹쇠메의 자루는 흑의 미소년의 가슴까지 와서 그가 들기에도 힘겨워 보였다.

"여러분, 제가 이걸로 뭘 하겠습니까?"

쿵! 소리가 나도록 먹쇠메의 머리 부분을 바닥에 내리찍은 흑의 미소년은 장내를 돌아보며 외쳤다.

"저걸로 저 아저씨를 내려치겠다는 건 아니겠지?"

"설마 그러기야 하겠어? 맞으면 죽는다고."

불망의 옆에 앉아 있던 아이들이 제각기 한마디씩 말을 보탰다.

"과연 그럴까?"

흑의 미소년은 아이들의 말을 들었는지 씨익 웃으며 그들을 향해 다가왔다. 불망은 그의 웃음이 눈부시도록 맑고 환하다고 생각했다. 그는 자신도 모르게 넋을 놓고 흑의 미소년에게 빠져들었다.

"너는 어때?"

다가온 흑의 미소년은 예의 미소를 잃지 않고 넋 나간 듯 자신을 바라보고 있던 불망을 향해 말했다.

"이 먹쇠메로 바위를 내려치면 밑의 사람이 죽을지 안 죽을지 궁금하지 않니? 한 번 쳐보지 않을래?"

흑의 미소년이 권하자 구경꾼들이 모조리 불망을 쳐다보았다.

"내가?"

불망은 손가락으로 자신을 가리켰다.

"난 사람이 죽는 건… 별로야."

'그건 굉장히 슬픈 일이거든.'

"하하. 허약하게 생긴 녀석이 생긴 대로 겁쟁이로구나."

흑의 미소년의 놀림에 구경꾼들은 폭소를 터뜨렸다. 겉으로 보이는 불망은 바위를 내려치기는커녕 먹쇠메를 들어올릴 힘도 없어 보였다.

사람들이 웃자 불망의 얼굴이 빨갛게 달아올랐다.

"잘 봐. 이렇게 치는 거야!"

다시 제자리로 돌아간 흑의 미소년의 손에 들린 먹쇠메가 하늘로 올라갔다. 불망의 고개가 먹쇠메를 따라 하늘로 올라갔다. 먹쇠메가 쏜 살처럼 밑으로 떨어진다.

"합!"

바위에 깔린 남자가 기합을 넣었다.

쾅!

바위는 부서질 듯 소리를 냈지만 깨지지 않았다.

"우와!"

구경꾼들이 일제히 놀람의 함성을 내질렀다.

흑의 미소년도 놀랍다는 듯 고개를 설레설레 젓더니 다시 구경꾼들을 향해 말했다.

"제가 힘이 약해서인가요? 바위가 부서지지 않았네요. 밑에 분도 멀쩡하시고. 누구 없으세요? 누구라도 좋아요. 힘 좋으신 분이 나오셔서 바위를 내려쳐 보세요. 밑의 사람이 죽나 안 죽나 보게."

그의 말은 명약관화했다. 작두에 누운 채 배 위의 바위를 먹쇠메로 쳐서 깨는 시범을 보이겠다는 것이었다.

작두는 날카롭고 사람의 몸은 약하다. 게다가 배 위를 바위가 누르고 있다. 몸을 조금만 잘못 비틀어도 살이 베어져 나가는 위험하기 짝이 없는 행위였다. 물론 자신이 있으니 그런 일을 하는 것이지만 혹시라도 실패하게 되면 차력을 보러 온 구경꾼들은 난데없이 작두에 전신이 잘려 나가거나 바위에 문드러진 처참한 시체를 보게 되는 셈이다.

잔인하고 참혹할수록 눈을 떼지 못하는 건 예나 지금이나 같다.

사람들은 시퍼런 작두날에 잘려 나갈 육괴 덩어리를 상상하며 걱정과 기대와 두려움이 뒤섞인 눈동자를 번들거렸다.

"죽어도 상관없느냐?"

구경꾼들 중 누군가 소리쳤다.

"물론이지요."

"그래 놓고 나중에 딴소리하는 건 아니지?"

"여기 계시는 분들이 모두 증인이에요. 일이 잘못돼서 죽는다면, 그건 우리의 실력이 부족해서 그리된 것이니 누구를 탓하겠어요."

"좋다."

구경꾼들 사이에서 제법 힘깨나 쓰게 생긴 한 청년이 걸어나왔다.

"줘봐라."

그는 흑의 미소년이 들고 있는 먹쇠메를 빼앗듯 낚아챘다.

"바위를 깨는 게 목적이냐? 사람을 죽이는 게 목적이냐?"

"바위야 힘 좀 있다면 누구나 깰 수 있지요. 하지만 사람을 죽이는 건 쉽지 않을 거예요."

"그래? 어렵지 않을 거 같은데."

번들거리는 미소에 느물거리는 어투다.

"해보시죠."

"그가 죽어도 난 모른다."

청년의 얼굴에서 웃음기가 사라졌다. 대신 눈가에 잔인한 살기가 감돌았다. 성질대로 먹쇠메를 휘두르면 바위는 물론, 그 밑의 사람, 또 그 밑의 작두까지 부숴 버릴 수 있다고 자신했다.

청년은 망설이지 않고 먹쇠메를 치켜 올렸다. 허공으로 올라가는 먹쇠메의 속도는, 혹의 미소년이 들어올렸을 때완 비교할 수 없을 정도로 힘차고 빨랐다. 구경꾼들은 손에 땀을 쥐며 일제히 먹쇠메를 따라 시선이 허공으로 올라갔다.

"으랏차차!"

사내가 힘껏 바위를 내려쳤다.

불망은 자기도 모르게 눈을 감았다.

쾅!

"아악—!"

쇳덩이와 바위가 정통으로 부딪치며 사람들의 고막을 찢었다. 일부 심장이 좋지 못한 구경꾼들은 비명을 질렀다.

소리가 터지자 불망은 가늘게 실눈을 떴다.

바위는 청년의 내려치는 힘에 의해 산산이 부서졌다. 그런데 아래 깔린 중년 남자는 만면에 웃음을 띤 채 배 위에 흩어진 돌 조각을 헤치며 천천히 몸을 일으켰다. 무사했던 것이다.

"와아—!"

구경꾼들이 우레처럼 박수 소리를 높였다.

중년 남자는 두 팔을 허공으로 쳐들며 마치 개선장군처럼 구경꾼들의 환호에 답했다.

원래 이들은 재주를 보여주고 약을 파는 사람들이었다. 지금 그들이 보여준 재주는 차력미기(借力彌氣)라는 것으로 호흡법의 일종이었다. 간단히 말해 호흡을 조절해서 신체의 외피를 순간적으로 강하게 하고 충격을 이완시켜 호신하는 하급 무공이었다. 전문적으로 무공을 배운 자들은 차력미기가 일종의 사기술이라고 말하기도 한다. 그 이유는 한 번 모은 호흡이 이어지는 경우에만 호신의 효과가 있기 때문이었다. 배 위의 바위를 부수고 마차 바퀴를 몸 위로 지나가게 하는 것 따위가 다 이러한 이치에서 비롯되는데, 중요한 것은 치는 자와 맞는 자의 호흡에 있다. 만약 치는 자가 맞는 자의 호흡을 깨뜨리고 내려친다면, 그것은 살인 행위와 진배없다.

하지만 구경꾼들은 즐거우면 그만, 차력미기니 두 사람의 호흡이 맞아야 하느니 따위에는 관심이 없었다.

바위가 깨질 정도로 맞았으되 상처 하나 없는 몸을 보여주자 여기저기서 휘파람 소리까지 터져 나오며 환호성은 하늘을 찔렀다.

중년 남자는 사람들에게 깊이 고개를 숙여 인사를 했고 옆에 서 있던 흑의 미소년은 마치 자기가 박수를 받은 것처럼 손을 들어 주변을 조용히 시켰다.

"여러분! 대소림사(大少林寺)의 장문방장인 경오 대사(經悟大師)의 마지막 속가제자이자 소림 외가기공의 일인자이신 월령산인(月令山人)을 소개합니다!"

"와아!"

"와아아—! 멋지다!"

사람들이 다시 우레처럼 박수를 쳤고, 사내는 만면에 웃음을 머금은 채 차례로 돌아가며 읍을 했다.

"월령산인께서는 여섯 살 되던 해 소림에 입문하시어, 경오 대사의 직전제자가 되어 무공을 익히셨습니다. 그러나 선천적으로 몸이 허약하셨던 월령산인께서는 무공에 진전을 보이지 못하던 차, 이를 안타깝

게 여기던 경오 대사께서 몸에 좋다는 백여덟 가지의 약초와 이른 새
벽 보리수에서 떨어지는 이슬을 혼합하여 하루 반나절을 빻고 일 년
열두 달을 말리어 새로운 찻잎을 만드셨습니다. 그것이 바로 이것, 막
힌 혈을 뚫고 장복하면 생사현관까지 타통시켜 준다는 감로차(甘露茶)
입니다.”

혹의 미소년은 수레 옆에 쌓여 있던 큰 상자에서 여러 개의 작은 상
자를 꺼내 모든 사람들이 잘 볼 수 있도록 높이 들어올렸다.

“잘 아시겠지만 소림의 명약에는 대환단과 소환단이 있습니다. 대환
단과 소환단은 무림인이 복용하면 일 갑자 이상의 공력을 증진시켜 주
고 일반인이 복용하면 무병장수는 물론이고 오장육부가 튼튼해져 아무
리 추운 겨울이라 해도 감기 한 번 안 걸린다고 알려져 있지요. 만약
능력이 되시는 분들은 그것을 드십시오. 이 감로차는 그만한 효능이
없습니다. 그러나! 대환단, 소환단은 소림 승려라 할지라도 평생 구경
조차 못하는 영약 중의 영약. 하지만 이 감로차는 어떠합니까? 원하시
면 누구든 드실 수 있습니다. 그렇다면 과연 효능은 있을까? 궁금하실
겁니다. 여러분, 놀라지 마십시오. 설명 들어갑니다. 맞고 다치고 멍들
고 가렵고 따갑고 쓰리고 아플 뿐 아니라 남에게 말하기 곤란한 피부
병, 똥 눌 때 똥구멍이 찢어지는 듯한 아픔을 느끼는 치질, 산후 조리가
부실해 쉬 피로를 느끼시는 여자 분 등등 여러 차례 임상 실험을 거쳐
탁월한 효능이 검진된 직효약이 이것이올시다. 네? 약이 아니고 차라
구요? 네, 차 맞습니다. 그러나 효능은 결코 차가 아닙니다. 아침 공복
에 우리가 늘상 마시는 차 대신 감로차를 일주일만 마셔보세요. 머리
가 맑아져요. 열흘, 피가 맑아져요. 보름, 오뉴월 수양버들처럼 축 늘

어진 남자의 거시기가 잘 깎아놓은 육모방망이, 그것도 단단한! 이거 중요합니다."

"하하하하!"

사람들이 흑의 미소년의 걸쭉한 입담에 일제히 폭소를 터뜨렸다.

시장에 이런 약장사들이 오는 건 어제오늘 일이 아니었다. 대개의 사람들은 한두 번쯤 약장사들의 입담에 귀가 솔깃해 약을 구입한 경험도 있었다. 때문에 그들이 말하는 약효가 대부분 거짓이라는 것도 알고 있었다. 그런데 사람의 심리라는 것이 묘해 집안에 환자가 있거나 본인 자신이 환자인 경우 약장사의 말을 액면 그대로 믿고 싶어하고 또 속는 줄 알면서도 혹시나 하는 마음에 소중히 약을 구입한다.

"아직 믿기 어려우시다고요? 그렇다면 몇 가지 재주를 더 보여 드리겠습니다. 다시 말하지만 월령산인께서는 삼십 년 동안 다른 영약은 일절 입에 대지 않은 채 오로지 감로차만 복용하시고 오늘의 경지에 이르렀음을 알려 드립니다."

흑의 미소년의 그 말을 끝으로 월령산인이라 불린 사내가 다시 묘기를 보이기 시작했다.

목울대 바로 위, 천돌혈에 날카로운 창 두 자루를 겨누고 그것을 단지 목의 힘만으로 부러뜨리는 묘기와 몇 사람이 나와 각목으로 비 오듯 때리면 때리는 족족 각목이 부러져 나가는 따위의 묘기였다.

이러한 묘기는 강호 삼류무사들이라면 대개가 익히는 철포삼(鐵袍衫)에서 비롯된 것이다.

불망은 처음 보는 묘기가 신기하고 놀라워 입을 쩌억 벌리며 감탄사를 연발했다.

그의 어머니는 이름만 들어도 누구나 알 수 있는 강호무림의 절정고수였다. 하지만 그는 어머니가 천돌혈에 창끝을 대고 단지 목의 힘만으로 창을 부러뜨릴 수 있다고는 감히 생각하지 못했다. 어머니의 목은 월령산인이라 불린 사내의 목에 비교할 수 없을 정도로 연약했다.

'만약… 내가 감로차를 마시고 저 사람한테 무공을 배운다면 건강해질 수 있을까?

어머니는 그가 무림고수가 되길 바랐다.

하지만 무림고수가 될 수 없다는 것을 어머니도 알고 그도 알았다. 오히려 언제 죽을지 모르는 시한부 인생으로서, 그는 자신의 죽음을 걱정해야 하는 처지였다.

'몸으로 도검을 막을 수 있다면…….'

그것이야말로 모든 무림인들이 몽매에도 그리는 금강불괴(金剛不壞)의 경지다. 월령산인은 어린 불망에게 그러한 경지를 보여주고 있었던 것이다.

3

"모두 물러서라."

둥글게 모인 사람들의 뒤에서 노호한 일갈이 터져 나왔다.

사람들이 일제히 소리가 난 쪽을 향해 시선을 돌렸다.

손에 검을 든 십여 명의 무사가 구경꾼들을 헤치며 장내로 진입해 들었다.

구경꾼들은 돌연히 나타난 무사들에 대해 잘 알고 있었다. 이곳 구룡집에서 검을 들고 떼로 몰려다닐 문파는 단 하나뿐이었다.

바로 구룡장의 무사들.

구룡장주 독비검 구중하는 이곳 구룡집에서 절대적인 권위를 과시했다. 젊은 시절 그는 가문의 혈통을 이어받은 용감무쌍한 협의지사였으며 나이 들어서는 원만구족(圓滿具足)한 성품의 무림명숙이었다. 아들, 며느리는 물론 손자 손녀까지 모두 고수였으며 가정도 다복했다. 다만 그는 성격이 완고하여 말보다 도검으로 사건을 해결하는 경우가 많았다. 불의를 보면 참지 못했고 자신이 옳다고 믿는 바를 쉬 바꾸지 못했으니 다른 사람과 마찰을 불러일으킨 경우도 여러 번이었다. 후일 나이가 들고 완고한 성격이 세월을 담아가면서 다소 원만해지기는 하였으나 그렇다고 타고난 본성을 완전히 바꿀 수는 없었다.

구룡장의 무사들이 시전 한복판에서 약을 팔고 있는 떠돌이 약장수를 찾아온 건 의외다. 구경꾼들은 영문을 몰랐으나, 구룡집에서 구룡장의 권위는 절대적이었던지라 모두들 썰물처럼 양옆으로 물러나며 길을 열어주었다.

세 사람이 장내로 들어왔고 나머지 무사들은 주변을 포위했다.

세 사람 중 한 사람이 앞으로 나서며 월령산인이란 자에게 포권했다.

"구룡장의 총관 노일방(盧壹方)이오."

오십대 중순에 염소수염을 가진 사내였다.

"무슨 일이오?"

흥을 깬 틈입자들에게 기분이 나쁠 수도 있었으나, 월령산인은 무덤덤한 얼굴로 물었다.

“무슨 일인지 몰라서 묻는 게요? 본 장에서 몇 번 경고하지 않았소.”

“…….”

“귀하가 엉터리 약을 파는 건 상관할 바가 아니나 존사의 법호를 함부로 팔면 곤란하지 않겠소?”

“그건 사문의 일이니 당신이 상관할 바가 아니오.”

“사문의 일이라?”

노일방의 염소수염이 비릿하게 말려 올라갔다.

“소림은 자비를 근본으로 삼고 세속에 초연할 수 있어 귀하를 두고 볼 수 있는지 몰라도 우린 아니오. 장주님께선 여기까지 와서 소림과 경오 선사를 들먹이며 엉터리 약을 팔고 있는 귀하에 대해 굉장히 분노하고 계시오.”

“귀 장원의 소장주이신 구 사형은 한때나마 나와 동문수학한 사이라는 사실이 밝혀지는 게 창피한 모양이군. 하긴 모양새가 좋진 않을 게요. 하나 내가 사형의 형편을 봐줄 만큼 넉넉한 편이 아니니 모든 것을 다 가진 사형이 좀 봐달라고 전해주시오.”

“감히! 어디다 대고 사형 운운하는 거야!”

노일방은 웃으면서 월령산인의 말을 듣고 있었으나 옆에 있던 젊은 무사가 참지 못하고 검을 뽑았다. 과연 젊다는 건 참지 못한다는 것과 일맥상통하는지라 노회한 노일방과 달리 백주 대로에서 사람들이 보고 있거나 말거나 검을 뽑는 용기는 젊은이가 아니면 불가능한 일이었다.

이 젊은이는 구룡장주 구중하의 손자이며 소장주인 대해검(大海劍) 구천명(邱天命)의 조카인 구평해(邱平解)였다. 그는 큰아버지인 구천명에게 검을 배우고 있었는데, 만약 구천명과 거리의 떠돌이 약장수가 사형제지간이라면, 이 떠돌이 약장수는 배분상 자신의 사숙이 되는 것이다. 혈통을 중요시하는 구룡장의 구평해가 생각지도 못했던 떠돌이 약장수 사숙을 어찌 인정할 수 있겠는가.

노일방이 말릴 틈도 없었다.

"너 따위가 어찌 백부님과 호형호제를 원해?"

구평해의 검이 월령산인을 향해 날아갔고 월령산인은 기척도 없이 다가오는 검에 깜짝 놀라며 옆으로 몸을 피했다.

스각!

섬뜩한 음향이 들리더니 월령산인의 한쪽 팔이 몸에서 떨어져 피를 뿌리며 허공에 떠올랐다. 백주 대로변에서 사람의 팔 하나가 실로 눈 깜짝할 사이에 떨어져 나갔다. 사람들의 얼굴이 핼쑥해졌다.

작두 위에 몸을 누이고 바위를 깨부수어도 상처 하나 입지 않았던 월령산인의 단단한 신체는 젊은 무사의 검을 막아내지 못한 채 답답한 신음과 함께 바닥에 쓰러졌다.

"아버지!"

흑의 미소년은 깜짝 놀라 쓰러진 월령산인을 부축했다. 그는 너무 놀라 정신이 나가 버린 얼굴이었다. 흑의 미소년의 작은 손이 월령산인의 왼쪽 어깨를 급히 막았으나 콸콸 쏟아지는 핏물을 멈추게 할 순 없었다. 그는 머리에 두르고 있던 검은 두건을 풀었다. 삼단 같은 머리채가 폭포처럼 밑으로 흘러내렸다. 그는 남장 여자였던 것이다. 흑의 미소년, 아니, 흑의 미소녀는 두건으로 월령산인의 베어진 어깨를 지혈했다.

'아뿔사! 일이 커지고 말았구나!'

노일방은 눈 깜짝할 사이 벌어진 일에 가슴을 쓸어내렸다.

구평해가 벌레보다 못한 떠돌이 약장수 하나 죽이는 것이야 별일이
아니었지만 주위 사람들의 시선을 의식하지 않을 수 없었다. 작은 문
파는 아무렇게나 사람을 죽이고 자신들의 세를 확대해 나갈 수 있지만,
큰 문파는 한 걸음을 걷더라도 주변의 시선과 체면을 생각해야 하는
법이다. 구룡장이 함부로 사람을 죽였다는 소문이 나면, 그것은 문파
의 체면을 크게 훼손하는 일이었다.

이미 몇몇 구경꾼의 얼굴에 분노의 표정이 역력했다. 월령산인이 한
잘못이라고는 스승을 들먹여 약을 팔려고 했다는 것뿐이었다. 일반적
인 상식으로 볼 때 그건 팔을 베일 정도로 큰 잘못이 아니었다.

불망도 구룡장의 일 처리가 과격하다고 생각했다. 명예가 걸린 일이
아니라면 사람의 목숨을 가지고 장난칠 수 없다.

"아무리 구룡장이라고 하지만 너무하군!"

구경꾼들 사이에서 볼멘소리가 터져 나왔다.

"누구냐?"

구평해의 고개가 획 뒤를 돌며 소리쳤다.

볼멘소리를 한 자가 죽고 싶어 환장하지 않은 이상, 다른 곳도 아닌
구룡집에서 '나요!'라며 손을 들 리 없었다.

구평해가 너무 성급하다고 생각한 노일방이 나섰다. 군중은 우매하
기 그지없어 좋은 말로 타이르면 알아듣기 마련이었다.

"이자는 자신이 소림의 속가제자이자 본 장원의 소장주님과 사형제
지간임을 들먹이며 엉터리 약을 팔아왔소. 우리는 여러 차례 좋은 말
로 타일렀지만 도대체 막무가내였소. 약이 효과라도 있으면 모르겠소.

나는 이자가 판 약을 먹고 복통이나 심한 피부병에 시달렸다는 사람은
본 적이 있어도 병이 나았다는 사람은 본 적이 없소.”

“그렇지 않아요!”

월령산인을 돌보던 흑의 미소녀가 소리쳤다.

“소림의 제자라고 한 적은 있어도 구룡장을 판 적은 없어요! 구룡장
이 뭐가 대단하다고 이름을 판단 말이에요! 그리고 감로차는…….”

그녀는 채 말을 끝내지 못했다.

“뭣이!”

주변의 분위기 때문에 간신히 분노를 억누르고 있던 구평해가 그녀
의 말에 다시 자극받았다. 그러나 상대가 어린 소녀인지라 그는 검을
쥔 손을 부르르 떨 뿐, 휘두르지 못했다.

“네 아비가 조금 전에도 소장주님과 사형제지간임을 들먹이지 않았
느냐? 방금 전에 한 말을 뒤집을 셈이냐?”

“당신들이 오지 않았다면 그런 말을 할 필요도 없었죠!”

“맞는 말이야!”

구경꾼들 사이에서 누군가 다시 말했다.

“어떤 자가 본 장의 행사에 자꾸 참견을 하는 게냐? 그토록 협의지
심이 강한 자라면 당당히 나서서 말해라. 쥐새끼처럼 뒤에 숨어서 조
잘거리지 말고!”

구평해가 다시 소리쳤지만 아무도 나오지 않았다.

대신 사람들이 하나둘 자리를 뜨기 시작했다. 공연한 봉변을 피하기
위함이었다.

“셋 셀 동안 나와라. 만약 그렇지 않다면.”

구평해의 눈이 악독하게 변했다.

"이들 부녀는 죽는다. 하나!"

상황이 이쯤 되자 노일방도 더 이상 구평해를 말릴 수 없게 되었다. 비록 노일방이 구평해보다 배분이 높았으나, 그는 총관이었고 구평해는 가문의 혈통을 이어받은 자였다.

"둘!"

구평해의 검이 다시 그들 부녀를 향했다.

흑의 미소녀는 피를 너무 흘려 혼절한 월령산인을 안고 와들와들 떨었다.

불망은 그녀가 호랑이의 발톱 아래 사로잡힌 토끼 같다고 생각했다.

"셋!"

"나요!"

불망이 앉은자리에서 벌떡 일어났다.

그는 구평해를 향해 비아냥거리지 않았으나 부녀의 죽음을 막아야겠다는 일념으로 나선 것이다.

"너냐?"

아니라는 건 누구나 알고 있다.

원래 음성의 주인은 건장한 남자의 것이었고, 지금 '나요!' 라고 외친 이 소년은 병약하기 그지없는 음성이었으니.

불망은 싸늘하게 웃으며 말했다.

"내가 말을 한 건 아니지만 같은 생각이었으니 내가 한 것과 다름없소."

구평해는 이십대 초반의 나이였으니 불망보다 최소한 열 살은 많았다. 그런데 어린아이가 대뜸 반말로 나오자 눈썹이 하늘로 솟았다.

"제법 강단이 있는 녀석이군. 물론 그만한 능력은 가지고 있겠지?"

"없소."

"없어? 이놈 봐라! 능력도 없는 놈의 말투가 그따위로 건방지단 말이냐?"

"당신의 안하무인에 비할 바겠소? 귀 장에선 아무에게나 칼을 가르치는 모양이오. 미친 자의 손에는 칼을 쥐어주지 않는 법인데."

"……!"

구평해는 말문이 막혔다. 그는 머리에 털 난 이후 이처럼 지독한 모욕을 당해본 적이 없었다.

노일방은 의혹의 눈으로 불망을 쳐다보았다. 어린아이답지 않은 말이었다.

"네놈이 죽고 싶어 환장한 놈 아니냐!"

구평해의 주먹이 불망을 향해 날아갔다. 퍽! 소리가 나며 불망의 고개가 옆으로 홱 돌아갔다. 입에서 피가 났다.

사람들은 불망이 당당하게 나서는 걸 보고 그가 소년이었지만 뭔가 믿는 구석이 있다고 생각했다. 그런데 그게 아니었다. 그는 속수무책 구평해의 주먹에 맞아 나가떨어졌다.

구평해 역시 불망이 한주먹에 떨어지자 어이가 없었다.

"이제 보니 무공도 모르면서 까불었구나!"

그는 쓰러진 불망의 멱살을 잡아 일으키더니 다시 바닥으로 집어 던졌다. 불망은 일 장여를 날아가 개구리가 패대기쳐지듯 쿵! 소리를 내며 나자빠졌다.

"어디 터진 입으로 다시 한 번 말해보아라! 나는 이자를 죽이겠다. 너는 어쩌겠느냐?"

구평해의 손가락이 월령산인을 가리켰다.

입가의 피를 닦아내는 불망은 분노를 억누르지 못해 바들바들 떨었으나 눈은 싸늘하게 웃었다.

"명색이 명문대파임을 자처하더니 하는 짓은 하늘 높고 넓은 줄 모르는 우물 안 개구리로구나. 시정잡배도 품격이 있는 법이다."

"없는 놈들이 입으로만 나불거리지. 나는 말보다 행동으로 보여준다!"

누가 말릴 겨를이 없었다.

쐐애애액!

구평해의 검이 쓰러져 있는 월령산인을 벴다.

그는 장을 나설 때, 상대가 말을 듣지 않으면 죽여도 좋다라는 명을 받았다. 때문에 조금의 거리낌도 없었다.

피가 튀었다. 흑의 미소녀가 자지러질 듯 비명을 지르며 구평해를 향해 달려들었다. 구평해는 그녀가 어리다고 해서 봐주지 않았다. 시작을 했으면 끝장을 봐야 한다. 어린 싹이라 해서 봐준다면, 그 싹은 언젠가 자라 독을 뿜기 마련이었다.

구평해의 검이 흑의 미소녀를 향해 날아갔다.

흑의 미소녀는 온몸에 소름이 돋을 정도로 섬뜩한 기운을 느끼며, 자신도 모르게 고개를 숙였다. 검이 그녀의 머리채를 베며 지나갔다. 그녀의 삼단 같은 머리채가 허공에 풀풀 날렸다. 그녀는 순식간에 쥐가 파먹은 것 같은 더벅머리가 되었다.

"한 번은 경고다. 두 번 경고는 없다."

"차라리 죽여!"

흑의 미소녀는 구평해의 검이 두려워 잠시 주춤했으나 악귀처럼 다시 달려들었다.

구경꾼들은 누구나 흑의 미소녀를 불쌍하게 여겼지만 아무도 나서지 못했다.

"원한다면!"

"안 돼!"

불망이 구평해의 뒤에서 몸을 날렸다. 온몸으로 구평해를 덮쳤다. 그러나 불망은 평범한 어린아이였고 구평해는 무사였다. 불망이 아무리 분노하고 있다 해도 힘의 차이를 극복할 수 없었다.

구평해는 육탄 공세를 펼치는 불망을 한 손으로 끌어당기며 어깨 너머로 집어 던졌다. 불망의 신형이 흑의 미소녀를 향해 날아갔고, 두 사람은 부딪쳐 뒤엉킨 채 나란히 바닥을 나뒹굴었다.

공교롭게도 불망이 흑의 미소녀의 배 위에 올라탄 형국이었다.

코앞에서 바라본 흑의 미소녀는 예뻤다. 이 순간, 왜 그녀가 예쁘다는 생각이 들었는지 불망은 훗날에도 그 이유를 알 수 없었다.

"비켜!"

흑의 미소녀가 미간을 찌푸린 채 불망을 밀어냈다.

불망은 흑의 미소녀의 배 위에서 옆으로 굴러 떨어졌다.

"싸움도 할 줄 모르는 게 나서고 지랄이야."

그녀의 입은 의외로 거칠었다.

불망은 '지랄이야' 라는 말에 선뜻 적응이 되지 않아 잠시 멍해졌으나 이내 핏물 머금은 흰 치아를 드러내며 웃었다.

"그러게."

"상관하지 말고 지금이라도 가버려. 너 하나 더 죽는다고 해서 달라질 것도 없잖아."

"가긴 어딜 가? 내가 허락하지 않는 한 아무도 갈 수 없다. 너희는 본 장의 명예를 훼손했다. 만약 살고 싶다면 내게 여덟 번 절하고 꿇어앉아서 지금까지 한 말이 모두 개소리였다고 자백해라. 그렇다면 어린 나이를 감안해 살길을 열어주겠다."

"구룡장주 독비검 구중하는 인과 협을 잃지 않고 평생 약한 자를 돕고 불의를 보면 참지 못하는 협의지사라고 들었건만, 후손이 그의 명예에 재를 뿌리는구나!"

불망의 악에 받친 외침에 구평해의 얼굴이 수치감으로 시뻘게졌다.

"오냐, 죽고 싶다면 시원하게 죽여주마!"

서슬 퍼런 장검이 번쩍이며 불망을 향해 강하게 내려왔다.

"악—!"

비명과 함께 불망이 자리에서 쓰러지며 붉은 피가 허공에 뿌려졌다.

흑의 미소녀는 끔찍한 광경에 눈을 질끈 감았다. 눈을 감은 그녀의 얼굴에 뜨겁고 비릿한 액체가 뿌려졌다.

흑의 미소녀는 불망의 죽음엔 관심이 없었다. 냉정히 생각해 볼 때, 그는 남의 일에 쓸데없이 끼어들어 죽음을 자초한 것이다. 하지만 한 사람의 죽음은 그 나름대로 슬픔이 있다.

짧은 순간이었지만 흑의 미소녀는 그 슬픔을 느끼고 있었다.

그때, 흑의 미소녀의 귓가로 무심한 음성이 들렸다.

“불망, 일어나라.”

흑의 미소녀는 마치 그 음성이 자신에게 들려오기라도 한 것처럼 눈을 떴다.

한 여자가 그녀의 앞에 서 있었다.

삼십대 중반의 여인이었다. 아무렇게나 질끈 묶은 머리와 화장하지 않은 얼굴. 일신에는 지독히 낡아 거의 넝마처럼 보이는 검은 옷을 입고 있었으며 등 뒤로 한 자루 낚싯대를 메고 있었다.

눈이 깊고 슬프기 때문일까? 이 여자의 전신에서 풍기는 기운은 짙은 허무와 고독, 오랜 세월 천하를 유랑해 온 낭인 여검객의 느낌이 짙게 배어 나왔다.

“어머니!”

흑의 미소녀는 ‘어머니!’ 라고 반갑게 외치는 불망의 음성을 들었다. 그는 무사했던 것이다. 그렇다면 허공에 뿌려진 그 피는? 그녀는 눈을 돌려 구평해를 바라보았다.

구평해는 고통에 일그러진 눈으로 떨어져 나간 자신의 팔을 내려다보고 있었다. 그가 처음 월령산인의 팔을 잘랐을 때처럼, 그 자신 역시 검을 들었던 팔이 잘려 나간 것이다. 팔은 아직도 검을 든 채 길바닥에 떨어져 물컹거리며 피를 토해내고 있었다.

주변에는 수많은 눈들이 있었다.

하지만 누구도 무엇이 어찌 된 일인지를 보지 못했다. 단지, 구평해가 검을 내려쳤고 한 여자가 바람처럼 장내에 뛰어들었으며 대나무로 만든 낚싯대가 허공을 갈랐을 뿐이다.

그것은 곧 낚싯대가 구평해의 팔을 잘랐다는 뜻이다.

과연 이 여자는 누구란 말인가?

사람들이 모두 그녀를 바라보고 있을 때, 여자는 지극히 무미건조한 음성으로 말했다.

"불망, 능력이 안 된다면 끼어들지 마라. 그러나 끼어들었다면 지켜야 할 것은 반드시, 그리고 완벽하게 지켜내어야 한다. 목숨을 잃는다 할지라도."

"두려워하지 않았으나 그의 죽음을 막진 못했어요."

한스러운 음성이었다. 그에게 힘이 있었다면 월령산인의 죽음을 막을 수 있었을 것이다.

"너, 너는 누구냐?"

구평해와 노일방이 동시에 공포에 젖은 음성으로 더듬거렸다.

여자는 노일방을 보며 말했다.

"구 장주에게 전하세요. 곧 백수인이 찾아가겠다고."

第2章

잊는다면, 그때
비로소 죽는 것

인적은커녕 늑대의 울음소리조차 종적을 감춘 공동묘지다.

수천 수만 개의 무덤 위로 음산한 바람이 휘몰아치며 폭우가 쏟아진다. 죽은 자의 육신을 자양분으로 하늘 높이 자란 낙락장송들도 폭우에 흠뻑 젖어 부르르 가지를 떨며 굵은 물줄기를 쏟아냈다.

별빛은 물론 달빛조차 폭우에 밀려 자취를 감춘 밤하늘이었다. 사방은 온통 어둠뿐이다. 한 치 앞도 분간할 수 없는 하늘 아래 산은 오로지 귀기에 차 공포와 전율만이 을씨년스럽게 덮여 있다.

무덤은 별 볼일 없었다.

단지 땅을 팠고, 한 사람을 뉘었으며 그 위로 흙을 덮었다. 그리고 짐승의 침입을 막기 위해 층층이 돌을 쌓았다. 흔한 목비조차 없는 초라한 무덤은 그렇게 완성되었다.

"죽는다는 건 참 슬픈 거 같아요."

나무와 나무 사이로 천막을 펼쳐 두 사람이 비를 피하고 있었다.

불망과 백수인이었다.

"비도 오는데……."

쏟아지는 폭우 속에서 초라한 무덤 앞에 쪼그리고 앉아 하염없이 눈물을 쏟고 있는 흑의 미소녀를 바라보며 불망은 혼잣말처럼 중얼거렸다. 그러나 생각해 보면 죽은 자는 그다지 슬프지 않았다. 죽은 이상 감정을 느낄 수 없을 것이니. 문제는 남겨진 자들의 슬픔이었다.

"아무리 잘난 사람도 죽어버리면 그만이잖아요. 돈과 명예와 무공을 저승까지 가져갈 수도 없고."

비에 젖은 흑의 미소녀의 뒷모습을 바라보는 불망의 시선에는 어린 나이에 걸맞지 않은 짙은 허무가 매달려 있었다. 그는 어머니와 함께 강호를 유랑하며 꽤 여러 차례 죽음을 경험했다. 또 그 자신이 죽음의 공포와 싸우고 있었다.

그래서일까?

그는 죽음을 누구보다 친숙하게 생각하면서도 마음 한쪽으로는 경외시했다.

부드러운 수건으로 낚싯대를 닦고 있던 백수인은 문득 손을 멈추더니 불망을 바라보았다.

"너는 사람이 언제 죽는다고 생각하느냐?"

"네?"

"검이 심장에 박혔을 때 사람이 죽는다고 생각하느냐? 아니면 불치의 병에 걸렸을 때? 그것도 아니라면 사는 게 힘들어 스스로 목숨을 끊었을 때?"

"다 아닌가요?"

불망이 되묻자 백수인은 희미하게 웃으며 고개를 저었다.

"아주 틀린 말은 아니나 그것은 맞지 않다. 그것은 그저 육체가 죽음을 맞이한 것뿐이기에. 네 말대로 저자의 육체는 죽었다."

백수인의 눈이 무덤 속 월령산인을 가리켰다.

"그러나 저 아이는 아비를 잊지 못할 것이다. 그렇다면 저 아이의 가슴속에서 아비는 영원히 살아 있는 것이다. 하지만 저 아이마저 잊었을 때, 그는 비로소 영원히 죽는 것이다."

"……?"

"불망, 세상에 한 번 난 것은 그 흔적이 사라졌다고 해서 끝나는 것이 아니다. 네 아버지가 이 세상에 없다고 해서 내가 그를 잊을 수 없듯. 그는 나고 사라졌으나 그의 정신은 내 가슴속에 영원히 살아 있다. 그리고 그것은……."

그녀는 아무 표정도 드러나지 않은 얼굴이었으나 고통스러웠다. 그녀는 잠시 숨을 고른 후 다시 말했다.

"네게로, 또 너의 아이에게로… 그렇게… 천 년, 그리고 만 년을 이어질 것이 아니겠느냐."

'아버지…….'

불망의 눈에 습기가 찼다. 기억조차 나지 않는 아버지에 대한 그리움이 세찬 파도처럼 불망의 가슴을 덮쳤다. 그는 아버지의 이름도 성도 얼굴도 몰랐다. 그래서 그에게도 성이 없다.

단지 이름만 불망…….

잊지 마라.

어머니는 그를 불망이라 불렀다.

무엇을 잊지 말라는 것일까?

철이 없을 땐 자신에 대한 궁금증을 느끼지 못했다. 철이 들고 주위 사물을 판별할 수 있을 나이가 되었을 때 그는 자신이 다른 아이들과 다르다는 걸 알았다. 그래서 어머니에게 물었다.

"어머니, 제겐 왜 성(姓)이 없나요? 이름도 이상하고."

불망의 질문은 지극히 정상적인 것이다.

백수인은 슬픈 눈으로 불망의 머리를 쓰다듬으며 말했다.

"네가 살기 위해서다."

"……!"

"너는 힘을 기르고 네 스스로 몸을 지킬 수 있을 때까지 성도 이름도 사용할 수 없다."

"하지만 알고는 있어야죠. 그래야 잊어버리지 않죠. 다른 사람에게 는 말하지 않겠어요."

"힘을 가질 때까지는 잊어버리는 것이 좋다. 훗날, 네가 검의 도를 깨닫고 만 가지 검법을 하나로 이루었을 때, 그래서 가문의 피맺힌 복 수를 할 수 있을 만큼 힘을 얻었을 때, 그때 너는 너의 성과 이름을 찾 게 될 것이다."

어머니의 바람은 오직 그것 하나였다.

하지만 불망은 어머니의 바람이 바람일 뿐, 실현 가능하지 않음을 알고 있었다.

그는 무공을 익힐 수 없는 몸이었다.

그는 남들과 다른 몸을 가지고 있었다. 그의 가슴에는 열 개의 혈흔(血痕)이 뚜렷이 찍혀 있었다. 어머니는 그것을 열 개의 꽃송이가 상대의 가슴팍에 진홍빛 선혈을 새긴다는 적혈신화장이라고 말했다. 다른 사람들의 눈에는 꽃송이인지 모르겠으나, 불망에게 있어서 그 열 개의 혈흔은 악마의 상징이었다.

다행히 일찍 구원되어 목숨은 건졌다.

그러나 적혈신화장은 맞는 순간 불망의 정문(頂門), 심구(心口), 단전(丹田)의 기는 흐트러졌다. 기경팔맥(奇經八脈)이 막혔고 기의 흐름이 막혀 버린 단전은 파괴되었다.

단전이 파괴된 자는 내공을 모을 수 없다.

백수인은 십 년간 불망을 치료하기 위해 노력했다.

그녀는 여러 문파의 내공심법을 토대로 불망의 신체에 맞는 내공심법을 새로이 만들었다.

백수인은 그것을 불망심공(不忘心功)이라 불렀다.

천하에서 유일하게 불망만이 익힐 수 있는 내공심법이자, 다른 사람에게는 소용이 없는 내공심법이 바로 불망심공이었다.

불망심공의 요결을 간단히 말하자면 대주천반운(大周天搬運)을 수련하여 한줄기 따뜻한 진기를 단전에서부터 임(任), 독(督) 양맥으로 흘려 넣은 다음 다시 되돌아 미려관(尾閭關)으로 가서 둘로 나누어 흐르게 한다. 이 진기는 척추를 타고 위로 흘러 백회혈(百會穴)에 올라 다시 주(主)와 종(從), 둘로 나누어 전신의 기맥을 타고 단전으로 향해 본래로 되돌아간다.

이렇게 진기를 한바탕 돌리고 나면 단전의 진기는 향연(香煙)처럼 피어나 유유자재(幽幽自在)하게 되는데 이것을 인온자기(氤氳紫氣)라 부른다. 이 인온자기가 상당한 경지에 이르게 되면 불망의 막힌 혈을 풀 수 있게 되는 것이다.

하나 불망은 단전에 내공을 모을 수 없는지라 인온자기를 생성은 할 수 있어도 축적할 순 없었다. 그래서 십일 년이 지난 지금까지 막힌 혈을 풀 수 없었다. 다만 끊임없이 수련을 했고 백수인이 옆에서 도왔기에 크게 악화되는 것을 막아 완전히 혈도가 막혀 결국 죽음에 이르는 것만은 면하고 있을 뿐이었다.

'하지만 결국… 나는 죽을 것이다. 이곳 공동묘지에 잠들어 있는 수천 수만 개 무덤의 주인들처럼.'

불망은 사고(思考)라는 걸 할 수 있게 된 때부터 지금 이 순간까지 죽음을 끊임없이 생각해 왔고 준비해 왔기에 그리 애달지는 않았다. 그러나 자신이 죽는다면 어머니는…….

어머니는 자식을 잃은 슬픔을 영원히 씻지 못할 것이다. 눈앞에서 죽어가는 자식을 살리지 못했다는 죄책감을 평생 씻지 못할 것이다.

'지금 저 아이처럼 내 무덤에 엎드려 눈물을 쏟겠지.'

생각만으로도 우울했다. 하지만 그는 천진난만한 개구쟁이처럼 씨익 웃었다. 아직 죽지 않았고, 살 기회는 다분하니 미리부터 슬퍼할 필요는 없었다.

'어머니는 반드시 나를 살려낼 것이니…….'

믿음이 있다면 어떤 죽음의 공포도 견뎌낼 수 있다.

백수인도 불망의 슬픔을 알고 있다. 죽기 전에 그는 많은 것을 알고 싶어할 것이다. 그러나 아직 어렸다. 하고 싶은 말을 모두 해줄 수 있는 나이가 아니었다.

'언젠가는.'

불망을 바라보는 백수인의 눈에 짙은 회한이 어렸다.

'너는 나를 증오하며, 내 가슴에 검을 꽂으려 할 것이다. 그날이 오면… 나는… 결코 웃으면서 죽을 수만은 없을 것 같다.'

백수인은 불망을 바라보던 애달픈 시선을 거두며 다시 무심하게 말했다.

"구룡장주 독비검 구중하는 하남에서 열 손가락 안에 꼽히는 검의 달인이다. 특히 그의 성명절학인 광섬십팔세(光閃十八勢)는 육십 년 동안 단 한 번 패했을 뿐이다. 광섬십팔세는 일식에 열여덟 번의 변화를 일으켜 사람의 혼을 빼놓는다. 또 그는 외팔이검객으로서 자신의 장애를 극복하기 위해 쾌검을 사용한다. 특히 마지막 일식인 광섬혼(光閃魂)은 상대방의 혼을 빼놓을 정도로 빠르게 몰아쳐 상대를 조각조각 난자시킨다고 알려져 있다. 그를 이길 수 있는 방법이 있겠느냐?"

"간단하죠."

"간단하다?"

"지피지기면 백전백승! 그가 누구이며 어떤 검법을 사용하는지를 아는 건 중요합니다만… 더 중요한 건 최후까지 싸울 용기와 반드시 검도의 끝을 보고야 말겠다는 의지잖아요."

백수인이 불망에게 가르친 바였다.

적을 아는 것도 중요하지만 검도는 결국 자신과의 싸움인 것.

세상을 사는 이치가 다 그러하다.

"좋다."

백수인은 천천히 고개를 끄덕이며 몸을 일으켰다.

그녀가 몸을 일으키자 불망은 표정이 굳어지며 태산처럼 일어서는 백수인을 올려다보았다.

"설마… 지금 가시게요?"

"일어서라. 너는 곧 네가 한 그 말이 무엇인지 보게 될 것이야."

언제나 그랬듯 더 이상의 말은 필요없었다.

백수인은 불망을 향해 등을 보였다. 그는 빠르지도 그렇다고 느리지도 않은 걸음걸이로 천막을 벗어나 산 아래로 걸어가기 시작했다.

불망은 황급히 펼쳐 놓은 물건을 챙기기 시작했다. 그러면서 필요없는 말이라는 걸 뻔히 알면서 소리쳤다.

"지금 비가 많이 와요! 어머니! 저 아이는 또 어떡하구요?"

불망이 까치발을 하고서 온통 비를 맞으며 나무 위에 걸린 천막을 해체하기 시작했다.

이미 흠뻑 젖어 있는 흑의 미소녀는 미동도 없이 무덤 앞에서 흐느끼고 있을 뿐이었다.

"우산도 없는데……."

쏟아지는 폭우 속에 공동묘지는 한 치 앞도 분간할 수 없었다.

죽립조차 쓰지 않은 백수인은 순식간에 비에 젖은 채 산을 내려가고 있었다.

"함께 가지 않겠니?"

불망은 도롱이를 몸에 걸치며 흑의 미소녀에게 말했으나 그녀는 들은 척도 하지 않았다. 불망은 좌우로 고개를 저으며 끌끌 혀를 차더니 이내 흙탕물을 튀기며 부지런히 어머니의 뒤를 쫓았다.

인연이 여기까지라면 어차피 그녀와의 동행은 어려운 일이었다.

2

구룡장!

묵철(墨鐵) 현판에 금빛 글자가 음각되어 있었다. 그것은 금방이라도 용이 승천하려는 듯 웅후한 필체였다.

바로 이곳이 중원무림의 일대검객 독비검 구중하가 사는 구룡장이었다.

태풍을 동반한 폭우에 천지는 몸살을 앓았다. 그러나 아무리 거친 폭우라 할지라도 '구룡장' 이라 쓰인 현판에 부딪치면 현판이 가진 위력에 맥없이 고개를 숙이며 쓰러졌다.

한 치 앞을 분간할 수 없는 폭우 속에서도 구룡장의 경비망은 철통같이 구축되어 있었다. 장주의 허락 없이는 하늘을 나는 새 한 마리, 바닥을 기는 개미 한 마리조차 장원으로 들어올 수 없었다. 구룡장이 중원무림에서 가진 권위였다. 만약 그 권위가 깨진다면 구룡장은 존립할 수 없다.

짐승조차 돌아다니기 어려운 폭우 속을 뚫고 두 사람이 구룡장의 정문을 향해 걸어오고 있었다.

한 명은 삼십대 중반의 여인이었고 다른 한 명은 소년이었다.

검을 허리에 차고 정문을 지키고 있던 두 명의 호위무사 중 한 명인 곽철장(郭鐵章)은 무료한 빗속에서 길게 하품을 하다가 걸어오는 두 사람을 보게 되었다.

‘쯧쯧… 하다못해 비옷이라도 입을 것이지. 이 폭우 속에.’

여자는 마치 물에 빠진 생쥐처럼 흠뻑 젖어 있었다. 소년도 도롱이를 걸치고 있었으나, 이처럼 심각한 폭우에선 도롱이는 아무 소용이 없다. 아마 도롱이 소년도 속옷까지 흠뻑 젖고 말았을 것이다. 결국 이런 날은 밖으로 나돌아다니지 않는 것이 건강에 좋다.

두 사람은 구룡장을 향해 다가오고 있었으나, 경비무사 곽철장은 그들이 왜 오고 있는지를 미처 생각하지 못하고 있었다. 곽철장이 문득 정신을 차리며 ‘이들이 왜 오지?’ 라고 생각한 것은 두 사람이 코앞까지 다가온 후였다.

“누구냐?”

구룡장의 무사답게 잔뜩 권위가 들어간 음성이었다.

등 뒤로 비스듬히 낚싯대를 메고 있던 여자는 온통 비에 젖어 몸의 굴곡까지 다 드러낸 채 곽철장을 향해 공손히 허리를 굽혔다.

곽철장은 낯선 여자의 비에 젖은 몸을 쳐다보는 것이 민망해 ‘흠흠’ 헛기침을 터뜨리며 시선을 옆으로 돌렸다.

“여기.”

소년이 도롱이 속에서 한 장의 명첩(名帖)을 꺼내 곽철장에게 내밀었다.

곽철장은 소년이 내민 명첩을 손을 내밀어 받지도 않은 채 오로지 눈으로만 귀찮은 듯 내려다보았다. 그런데 명첩을 보는 순간 그의 눈자위가 커지며 동공은 더할 수 없이 벌어졌다. 너무 놀란 나머지 그는 ‘헉!’ 하고 단발성 소리를 지를 뻔했다.

소년이 그에게 보여준 명첩에는 이렇게 쓰여 있었다.

방랑유객(放浪遊客) 백수인 배례(拜禮).

3

쏴아아아아—!

폭우 속, 수십 명의 검을 든 무사들이 안광을 번뜩이며 연무장에 도열했다. 태풍을 동반한 거친 폭우는 서 있기조차 힘들었다. 그러나 움직이는 자는 없었다.

무사들의 중앙, 일남일녀가 우뚝 서 있었다.

백수인과 불망이었다.

이 두 사람을 노려보는 무사들의 눈에선 엄엄한 살기가 폭사되었다.

그녀가 구룡집의 저잣거리에서 구평해의 팔을 잘라 버린 사건은 모르는 사람이 없었다.

무사들의 폭사되는 살기에 백수인은 특별한 동요를 보이지 않았다. 그러한 시선에는 이미 익숙해져 있었던 까닭이다. 불망 역시 그들의 시선에 부담을 갖지 않았다. 그러나 가끔 소년이 감당하지 못할 정도의 살의가 느껴질 때는 불망도 경기를 일으키는 어린아이처럼 몸을 치떨기는 했다.

연무장 앞, 삼층 전각의 문이 열리며 한 사람이 우산을 쓰고 걸어나왔다. 허연 백발과는 달리 형형한 눈빛을 빛내는 육순가량의 신태비범한 노인이었다. 우산을 들지 않은 노인의 왼쪽 팔소매가 비바람에 펄럭였다.

외팔이 노인, 이 사람이 바로 구룡장주 독비검 구중하였다.

그는 한눈에 보기에도 상당히 무사적이고 위풍당당했다. 육십 평생 강호를 종횡한 그의 이력이 그를 이처럼 당당하게 만들어주었을 것이다.

구중하의 오른쪽으로 노일방이 서 있었고 왼쪽엔 소장주 대해검 구천명이 서 있었다.

우산 너머로 백수인을 바라보는 구중하의 눈에 언뜻 의외의 빛이 스치고 지나갔다. 소문은 시간이 지날수록 와전 증폭되기 마련이지만, 검귀(劍鬼)라는 무시무시한 별호를 갖기엔 젊어도 너무 젊은 그녀였다.

구중하의 미간이 사뭇 못마땅한 듯 내 천(川) 자를 그렸으나, 우산에 가려 다른 사람은 볼 수 없었다.

"귀하가 평해의 한 팔을 잘라 다시는 검을 잡을 수 없게 만든 장본인이오?"

단도직입적으로 묻고 들어오는 구중하의 음성에는 대영웅의 기상이 깃들어 있어 듣는 이로 하여금 주눅 들게 하는 힘이 있었다.

백수인은 허리를 굽혀 무림 선배에 대한 예의를 갖췄다.

"배운 바 무예가 일천하면 겸손이라도 해야겠지요. 모자라는 재주로 약한 자를 핍박한다면 그가 어찌 구룡장의 당당한 제자라 할 수 있겠습니까?"

"……!"

주변 사람들의 얼굴이 핼쑥해졌다.

"큭… 큭."

구중하의 입꼬리로 실소가 흘러나왔다. 모욕감으로 얼굴이 달아오르며 그는 이내 하늘을 우러러보며 앙천광소를 터뜨렸다. 폭우 속에서 내공을 실은 그의 웃음소리가 어두운 하늘을 쩌렁쩌렁 울렸다.

백수인은 그가 웃음을 멈출 때까지 기다렸다.

이윽고 웃음을 멈춘 구중하는 안색을 싸늘히 했다.

"좋네, 좋아. 혈육을 잘못 가르친 건 내 잘못이네. 그러나 그대가 심판할 권리가 있는가?"

"그도 다른 자를 심판할 권리는 없어요!"

백수인 대신 불망이 소리쳤다.

어른들의 대화에 함부로 끼어들었으나 백수인은 불망을 탓하지 않았다. 강호의 세계는 검(劍)으로 생사를 겨누지만, 검보다 더 중요시해야 하는 건 발검(拔劍)에 대한 명분이다. 명분이 없는 싸움은 사상누각에 불과했다. 그 명분은 세 근 두뇌와 세 치 혀에서 나온다. 두뇌와 혀는 쓰면 쓸수록 빛나는 법이다.

우산 속의 구중하가 불망을 내려다보았다.

구중하의 날카로운 시선을 받으며 불망은 허리를 폈다.

"어머니께서 단죄하지 않았다면 그는 월령산인뿐 아니라 그의 여식과 저마저 죽였을 것입니다!"

쏴아아아아!

거친 태풍을 동반한 폭우는 전각의 지붕을 깨부술 듯 무시무시한 타격음을 내며 내리쳤다.

"네가 검귀 백수인과 함께 다닌다는 일검경천 불망이냐?"

구중하의 음성에서 비릿한 비웃음이 배어 나왔다.

'한 번 검을 들면 하늘도 놀란다' 라는 이 말은 단전이 파괴되어 검을 들 수 없게 된 그의 처지를 동정한 사람들이 비록 지금은 검을 익힐 수 없으나 검을 익히게 된다면 하늘도 놀랄 만큼 무시무시한 고수가 될 것이라는 뜻으로 붙여준 이름이었다. 원래의 뜻은 괜찮은 것이었으나 불망은 결코 좋게 받아들이기 어려운 별호였다. 지금도 구중하는 그와 백수인을 비웃기 위해 별호를 들먹인 것이다.

"쯧. 여인의 몸으로 남자들도 올라서기 힘든 검업(劍業)을 이루었다하나 뒤를 이을 전인이 변변치 못하니 이 일을 어이 할꼬."

지독한 욕설이었으나 백수인은 얼굴색 하나 바뀌지 않았다.

불망은 백수인만큼 수양이 깊지 못해 얼굴이 핼쑥하게 굳었으나 이내 웃으며 말했다.

"비록 날지 않지만 한 번 날면 구만 리 장천에 닿을 것이고, 울지 않지만 한 번 울면 반드시 하늘까지 놀라고 말 것입니다. 운명의 폭풍이 현재와 과거를 암담하게 뒤덮을 때만 저의 미래는 찬란히 빛날 수 있을 것이니, 장주님께서 저에 대해 수고의 말씀을 하실 필요는 없을 듯합니다."

"크하하핫! 이거 손자뻘도 안 되는 녀석에게 크게 한 방 맞고 말았군. 네 말이 옳다. 무릇 사내란 그만한 배포가 있어야 한다. 과연 그 어미에 그 아들이로다. 하나!"

구중하의 눈에서 살기가 뿜어 나왔다.

"본 장을 방문했을 땐 이미 각오가 되었을 터! 검의 고수들을 찾아다니는 그대의 비무행(比武行)에 종지부를 찍어주겠다! 검을 가져오너라! 검귀의 검을 직접 체험해 보겠다!"

4

쏴아아아아!

검과 낚싯대를 잡고 대치한 두 사람의 전신으로 폭우가 쏟아졌다. 태풍은 그들의 의복을 펄럭거리며 날려 버릴 듯 휘몰아쳤다.

백수인과 구중하, 기수식을 취하고 있는 두 사람의 자세는 조금의 허점도 보이지 않았다.

고수와 고수의 대결.

작은 허점 하나가 목숨을 칼날 아래 이슬로 사라지게 만든다.

불망은 백수인과 이 장여 떨어진 자리에서 굳은 표정으로 두 사람을 번갈아 바라보았다. 온몸이 폭우에 흠뻑 젖은 그는 오한이 든 것처럼 바들바들 떨고 있었으나 얼굴 표정은 긴장으로 상기되어 있었다.

불망은 오랫동안 백수인을 따라다니며 수많은 검의 고수들을 목격한 바 있었다.

그는 알고 있다.

구중하는 손가락 안에 꼽히는 고수이긴 하지만 백수인의 적수가 될 수 없다는 것을. 백수인은 단 한 번도 전력을 다해 비무자를 상대한 적이 없었다. 구중하에게도 마찬가지일 것이다. 그러므로 그녀의 패배를 걱정할 필요는 없었다.

다만, 불망은 알고 있다.

어머니는 비무를 하면 할수록 점점 고통 속에 죽어가고 있다는 것을. 그전에 어머니의 모든 것, 검도의 끝을 그 자신이 눈으로, 몸으로,

마음으로 느끼고 알아야 한다는 것을.

'이건.'

백수인과 대치한 구중하는 팽팽한 긴장감으로 온몸의 세포가 곤두서기 시작했다. 소문은 아무래도 과장되기 마련이라고 생각했다. 하나 검끝을 맞대고 마주 서자 그녀에 대한 소문은 오히려 과소평가되었음을 알았다.

구중하는 일생에 단 한 번 패배했다.

그 상대는 검신(劍神) 조명소(趙命素)다.

그는 조명소와의 비무에서 한 팔을 잃고 무릎을 꿇었다. 그는 당시 조명소가 준 위압감을 잊을 수 없었다. 그런데 백수인에게서 그때의 위압감을 느꼈다. 그러나 구중하는 자신있었다. 그는 조명소를 이기기 위해 지난 십오 년간 단 하루도 손에서 검을 놓지 않았다.

"선공하시오."

강호의 대선배로서 먼저 공격할 수는 없는 법. 구중하는 선공을 양보했다.

백수인은 무심하게 그의 말을 받았다.

"하교를 부탁드립니다."

백수인의 낚싯대가 천천히 옆으로 움직였다.

구중하는 오감을 극대화시켰다.

백수인의 주위로 무서운 암경이 회오리쳤다.

번쩍!

백수인의 낚싯대가 빛살을 그으며 움직였다. 한 가닥 빛이 섬광처럼 떠올랐다.

구중하의 검이 백수인의 낚싯대를 막았다.

파파파파팟!

순식간에 삼 초를 교환한 두 사람의 신형이 허공으로 솟아오르며 격돌했다. 섬전 같은 빛무리가 폭우를 가르며 작렬했다.

구중하의 뒤로 도열한 채 비무를 지켜보던 구룡장의 제자들은 경이를 느꼈다.

불망은 두 사람이 정식으로 격돌하자 눈을 빛냈다.

백수인의 검은 이미 그의 눈에 익어 있다. 그는 구중하를 연구해야 했다. 불망의 눈동자가 어린아이답지 않게 배움에 대한 갈망으로 이글거리며 타올랐다.

'어머니의 공격이 거세지면 그는 광섬십팔세를 사용할 것이다. 광섬십팔세! 단 한 번에 기억해야 한다. 두 번 다시 볼 기회가 없을 테니!'

불망의 생각대로 백수인의 신형이 점점 빨라졌다. 검기가 폭우와 태풍을 가르며 구중하의 전신을 압박해 들어갔다.

구중하는 엄청난 검기의 진입에 호흡이 가빴다.

비에 젖은 그의 머리카락이 백수인의 낚싯대에 잘려 나가며 폭우 속에 푸스스 소리를 내며 타올랐다. 한 줌의 재가 비에 젖은 채 그의 발밑으로 뚝 떨어졌다.

구중하는 가슴이 섬뜩해졌다. 안색은 돌변했다. 그는 뒤로 물러나며 검을 고쳐 잡았다.

무사의 패배는 죽음이다.

그는 단 한 번 패배하였으나 죽지 않았다. 그러나 다시 한 번 패배한다면!

　'천 년을 이어온 구룡장의 명예가 한낱 계집의 손에 무너질 순 없다!'

　구중하의 가슴에선 거센 불길이 치솟았다. 그는 맹렬하게 회전하며 허공으로 몸을 솟구쳤다. 검은 섬전보다 빠르게 대기를 가르고 백수인의 천돌혈을 짓쳐들었다.

　정면 승부는 그녀 역시 원했던 바다. 백수인도 물러서지 않았다. 그녀는 구중하와 정면으로 부딪쳤다.

　쾅!

　눈 한 번 깜박하는 사이에 검기가 난무했다.

　백수인은 구중하의 밀려드는 공력에 순식간에 이 장여를 주르륵 밀려 나가며 간신히 중심을 잡았다.

　구중하의 검은 놓치지 않고 그녀의 목을 다시 찔러왔다.

　백수인의 낚싯대도 벼락처럼 구중하의 가슴을 찔렀다.

　구중하는 호신강기를 믿고 방어하지 않았다. 그는 오직 백수인을 죽여 버리겠다는 생각뿐이었다.

　백수인의 낚싯대가 구중하의 가슴으로 날아들었고 구중하의 검은 백수인의 목으로 비껴 날았다.

　백수인은 구중하의 검이 당도하기 전, 칼날 같은 예리한 기운이 목에 스치는 걸 느꼈다. 구중하도 마찬가지였다. 낚싯대에서 뻗어 나오는 기가 가슴으로 파고들면서 호신강기를 무색케 했다. 만약 그녀가 진검을 들었다면? 구중하는 생각만으로 모골이 송연했다.

　불망은 의외로 그녀가 고전하자 손에서 땀이 났다.

낚싯대가 구중하의 가슴을 후볐다.

구중하의 검은 백수인의 목에 닿기 전, 강한 힘에 떠밀려 옆으로 밀려 나갔다.

낚싯대가 구중하의 호신강기를 깨며 가슴에 상처를 냈다. 목에서 비껴 나간 구중하의 검은 그녀의 어깨를 베었다. 호신강기가 깨진 채 가슴을 내준 구중하는 머리끝이 쭈뼛 설 정도로 고통을 느꼈다. 그는 백수인에게 다시 일검을 날리며 뒤로 물러섰다.

백수인은 그를 쫓아 짓쳐들지 않았다.

구중하의 얼굴에 침통한 기색이 역력했다. 백수인의 어깨를 베었으나 가슴을 내주었으니 누가 봐도 그의 패배였다. 특히 상대는 진검이 아니었다.

구중하는 어금니를 깨물며 다시 검을 들었다.

조금 전과는 확연히 다른 엄엄한 기세가 검끝에서 솟구쳤다.

파츠츠츠츠!

구중하의 검에서 시퍼런 불꽃이 일었다.

백수인의 눈에 야릇한 미소가 스쳤다.

폭우 속에서의 구중하의 검은 광폭했다. 마치 퇴로를 완전 봉쇄해 버린 천라지망처럼 구중하의 검에서 발출된 검기가 백수인의 사방을 봉쇄했다.

피할 곳은 없어 보였다.

백수인의 눈에서 미소가 걷혔다. 대신 그녀는 무심해졌다. 마치 눈앞에서 벌어지고 있는 일은 자신과 전혀 관계가 없는 사람처럼.

백수인의 낚싯대가 활처럼 휘며 구중하의 검에 반응했다.

낚싯대와 검이 부딪쳤음에도 불구하고 사방으로 퍼런 불꽃이 일며 두 사람은 다시 풀리지 않을 난마처럼 얽혀들었다.

난마 속에서 사람은 보이지 않았다. 보이는 것은 오로지 검의 폭풍과 섬뜩한 불꽃들뿐이었다.

싸움의 소용돌이 속에서 구중하의 얼굴이 돌처럼 굳어갔다. 굳은 얼굴은 불신으로 일그러졌다.

'믿을 수 없는 일!'

일이 생각대로 풀리지 않자 구중하는 목숨을 걸어야 했다.

그는 죽기를 각오하고 공격의 고삐를 바짝 당겼다.

바라보고 있던 불망의 표정이 초긴장으로 굳었다. 이미 일백여 차례 생사를 건 크고 작은 비무를 관전한 바 있는 불망이었기에 지금 구중하가 어떤 생각으로 검을 움켜쥐고 있는지 알았다.

시작을 하지 않았으면 모르되, 시작한 이상 끝을 보아야 하는 게 무사다.

'내 육십 년 명예와 가문의 영광이 오늘에 달렸다!'

패배는 죽는 것만 못한 일이다.

구중하는 이빨을 깨물며 마지막 공격을 준비했다.

'광섬혼!'

백수인이 기다렸고 불망이 기다렸던 바로 그것.

구중하의 신형이 허공으로 치솟았다.

허공에서 전개되는 그의 검식은 현란했다. 수천 가닥의 검기가 마치 일제히 작렬하는 뇌전처럼 백수인을 향해 내려쳤다.

"광섬혼!"

불망은 자신도 모르게 두 주먹을 불끈 쥐며 소리쳤다.

구중하의 검끝에 필생의 공력이 담겼다. 광섬혼을 완벽히 전개한 이상 진다는 건 있을 수 없다.

그래도 만약 패배한다면…….

그는 살아도 사는 것이 아닌 인물이 되고 말 것이다.

'기회는 오직 한 번!'

백수인은 불망에게 이 한 수를 보여주기 위해 비무를 청한 것이다. 그리고 지금 그것이 보이고 있다.

'광섬혼! 그 오의를 놓쳐서는 안 된다!'

불망은 그 자신이 이 한 수에 담긴 오의를 깨닫지 못한다면 백수인이 구중하와 싸우는 의미를 상실하는 것이라는 걸 알고 있었다.

순식간에 백수인은 구중하가 뿜어낸 검기 속에 갇히고 말았다.

그녀의 옷자락이 검기의 압박을 이기지 못하고 폭우 속에서 베어지기 시작했다.

불망은 백수인의 신형이 움찔거리다가 검기 속으로 짓쳐드는 것을 보았다.

콰아아아아앙!

찬란한 검망이 폭우를 뚫고 눈부시게 발광했다.

관전자들이 자신들도 모르게 눈을 감으며 실명을 예방했다.

"윽!"

그 순간 백수인의 답답한 신음성이 들렸다. 신형이 검망 밖으로 퉁겨 나갔다.

동시에 구중하가 허공에서 뚝 떨어졌다. 그는 간신히 나뒹구는 것을 모면하며 두 발로 지면에 섰으나 넋 잃은 사람처럼 우뚝 서서 폭우를 맞았다. 잘 빗어 내린 그의 백발이 산발되었고, 팔 없는 소매는 반쯤 잘려 나간 처참한 몰골이었다.

백수인은 온몸이 난자당한 듯 칼자국이 그어져 있다. 옷자락이 너덜거리는 것은 물론, 목줄기에서 핏물이 주르륵 흘렀다. 그뿐이 아니었다.

"우욱!"

그녀는 이때를 기다리고 있기라도 했던 것처럼 입 안에 가득 배어져 있던 피화살을 뿜어냈다. 그러나 그녀는 쓰러지지 않았다. 그녀는 최후의 진기까지 끌어올리며 신형을 똑바로 세워 품위를 유지했다.

불망은 재빨리 바랑에서 새 옷을 꺼내 어머니의 어깨에 올려주었다.

"보았느냐?"

그녀는 매우 고통스러웠지만, 고통이 배지 않은 담담한 음성을 끝까지 유지했다.

"보았습니다."

불망은 어머니의 피를 보며 비장하게 고개를 끄덕였다. 그녀의 새 옷이 폭우와 피에 젖어 소매 끝으로 붉은 물을 뚝뚝 흘렸다.

"영원히 기억할 수 있겠느냐?"

"영원히 기억할 수 있습니다."

"그럼 됐다."

그녀는 낚싯대를 밑으로 내리며 피가 줄줄 흐르는 목을 숙여 포권했다.

"뜻 깊은 가르침이었습니다."

“네가……”

구중하는 여전히 검을 든 채 창백한 얼굴을 지우지 못했다.

“비무를 청한 까닭이……”

구중하의 음성은 떨렸다.

“단지… 저 아이에게 광섬혼을 보여주기 위함이었나?”

“일검경천하는 날을 위해 천하의 모든 검을 보여주고 싶을 따름이지요.”

구중하는 경련했다.

‘일검경천이라…… 일검경천……’

그는 너덜거리는 몸을 추스를 생각도 하지 못한 채 불망을 바라보았다. 불망은 그의 시선이 닿자 허리를 숙이며 인사했다.

“크크크크.”

구중하는 불망을 보며 웃었다. 단전이 파괴되어 검을 익히기는커녕 목숨까지 위태롭다고 알려진 아이다. 사람들이 불망을 일검경천이라 부르는 것은 언젠가 그가 크게 울어 하늘을 놀라게 할 것이라 믿기 때문이 아니다. 그들 모자를 비웃기 위함이었다. 그러나 백수인과 불망은 추호의 흔들림도 없다.

‘어쩌면.’

구중하는 ‘어쩌면’이라고 생각했다.

하지만 그는 그 다음을 생각하지 않았다. 그들 모자의 일은 그들 모자의 것이다. 불망의 말대로 그가 그들을 위해 생각의 수고를 할 필요는 없었다.

승패는 가려졌다.

겉으로 볼 때 백수인은 심한 상처를 입었으나 그것은 단지 외상일 뿐이었다. 하지만 구중하는 내력이 진탕 쳤다. 겉으론 보이지 않았으나 오장육부가 뒤틀려 내장이 몸 밖으로 쏟아질 것만 같았다.

이 상태라면 최소한 일 년 이상 치료를 요한다.

그러나 치료를 한다고 할지라도, 마음의 상처와 가문의 명예는 되돌아오지 못할 것이다.

"크하하하핫!"

구중하는 앙천광소를 터뜨렸다.

"내 다시는 검을 잡지 않으리라!"

구중하와 오십 년을 함께한 검이 땅바닥으로 내동댕이쳐졌다.

그는 백수인을 향해 등을 보였다. 처절하게 이어지는 그의 앙천광소에 빗줄기들이 파편처럼 앞으로 튀어나갔다.

"장주님!"

몇몇 제자가 구중하를 부르며 다급히 뒤를 쫓았다. 남은 제자들은 망부석처럼 꼼짝하지 않으며 자신들이 그토록 믿고 따랐던 영웅의 말로를 지켜보았다.

백수인은 무심한 눈빛이었다. 태산이 무너진다 할지라도 꿈쩍하지 않는 천지부동의 자세를 그녀는 유지했다.

"검의 태산이 또 하나 무너졌군요."

불망은 백수인의 뒤에서 혼잣말처럼 중얼거렸다.

백수인의 손에 패한 검의 달인들 중 절반가량이 다시는 검을 잡지 않겠다는 말을 남기고 떠났다. 불망은 그들이 창피함을 가리기 위해서, 혹은 자신의 패배로 문파의 몰락이 예상되자 원수들의 침입을 막기 위해서, 또는 피폐해진 몸과 마음을 추스를 때까지 봉문을 선언하는 경우가 많음을 그간 꾸준히 보아왔기 때문에 다시는 검을 잡지 않겠다는 구중하의 말을 대수롭지 않게 생각했다.

백수인은 아무 일도 없었던 것처럼 구중하의 반대편으로 돌아서 걷기 시작했다.

불망은 백수인의 뒷모습에서 비무 후에 그녀가 보여주는 극심한 허무를 다시 한 번 느꼈다.

5

산로가 강이 되어 흙탕물을 줄줄 흘리고 있다. 그 위로 백수인의 발자국이 찍히며 점점이 진홍빛 선혈이 떨어졌다. 선혈은 순식간에 빗물과 섞이며 그 흔적을 감추고 흙탕물이 되었다.

백수인의 모습은 처참했다. 마치 구겨진 휴지 조각 하나가 버려질 곳을 찾아 떠나는 것처럼 안쓰러웠다.

불망은 그녀가 조금이라도 흔들리면 깨져 버릴 것처럼 위태롭게 보였다. 무슨 말이라도 해야 했지만 이럴 경우 그녀는 혼자만의 고독에 빠져 말을 아꼈기 때문에 섣불리 먼저 말을 걸 수 없었다.

"우욱!"

앞서 걷고 있던 백수인은 한 사발이나 되는 피를 빗물 위로 줄줄이 쏟아냈다.

"어머니!"

불망은 얼굴이 하얗게 탈색될 정도로 놀라 얼른 그녀의 옆으로 달려가 부축했다.

　백수인은 불망의 도움을 뿌리치지 않았다. 그녀는 한 손으로 자신의 가슴을 움켜쥔 채 심하게 기침을 토했다.

　불망은 입술을 깨물며 대들 듯 그녀에게 물었다.

　"어머니는 구중하보다 확실히 강했어요! 왜 그의 공격을 피하지 않았죠?"

　처음이 아니다. 그러니 몰라서 묻는 것도 아니다. 답답했기 때문이다. 불망은 무공을 배우지 못해 스스로 펼칠 수는 없었다. 그러나 보는 눈만은 누구보다 정확했다. 백수인은 그가 광섬혼을 제대로 볼 수 있게 하기 위해 목숨을 건 위험을 감수한 것이다.

　"죽을 수도 있었다구요!"

　백수인은 걸음을 멈추고 불망을 돌아보았다.

　불망은 찔끔하며 고개를 푹 숙였다.

　"광섬혼은 네가 반드시 기억해 두어야 한다. 완벽히 익힌다면 사람을 열여덟 조각으로 해체시킬 수 있을 만큼 무서운 검법이다. 훗날 네가 혼자 남게 되었을 때… 너의 검도가 완벽하지 못하다고 느낄 때… 광섬혼을 쓰는 자가 있다면 반드시 피해야 한다."

　"비무도 중요하고, 검리(劍理)를 깨우치는 것도 중요하지만 그것보다 중요한 것은 어머니예요! 제게 어머니는 단 한 분 당신뿐이라구요! 숨이 끊어지는 그날까지… 아니! 숨이 끊어져 백골이 진토되어도 어머니는 오로지 한 분뿐이에요. 제발……."

　불망의 눈에서 주룩 눈물이 흘렀다. 눈물은 빗물과 뒤섞였으나 확연한 차이가 있었다.

“제발… 목숨을 아끼세요.”

“……!”

백수인의 두 눈에 어두운 그림자가 스쳐 지나갔다.

가슴속에서 우러난 불망의 진심을 어떻게 모르겠는가!

백수인은 불망을 향해 다가갔다. 빗속에 흠뻑 젖은 불망의 온몸에서 허연 김이 뿜어 나왔다. 그는 추위를 견디기 힘들어 와들와들 떨고 있었다. 백수인은 도저히 감출 수 없는 안타까운 미소와 함께 불망의 젖은 머리를 쓰다듬었다.

“숨이 끊어지는 그날까지 내가 네게 해줄 수 있는 일은… 이것뿐이란다. 언젠가 나는 죽을 것이고 너는 혼자가 될 것이다. 내가 없더라도… 길을 놓쳐서는 안 된다.”

“…….”

“그의 내공이 조금만 더 깊었어도 나는 조각나고 말았을 것이다. 하나 그 조금의 차이로 삶과 죽음, 승과 패가 뒤바뀌는 거란다. 한 치 앞, 한 발자국을 잘못 내디딘다면 그것으로 세상은 끝나는 것이란다. 모든 것이 허무로 돌아가는 것이지. 불망아, 살아 있는 동안… 추구한 바를 이루기 위해 노력해야 한다. 그렇지 않다면 산다는 것에 무슨 의미가 있겠느냐?”

그녀는 말을 하는 동안 두 번이나 피를 토했다.

‘살아 있음으로 해서 짊어지어야 할 고통은 칼에 찔린 고통에 비할 바가 아니다. 죽는 순간까지… 나는 영원히 고통에서 헤어나지 못할 것이야. 너를 살려낼 수 없다면…….’

뼛골까지 사무친 고통.

그것은 겉으로 드러난 상처에 비할 바가 아니었다.

백수인은 가슴을 움켜쥔 채 계속해서 기침을 토했다. 그때마다 핏물이 파편처럼 튀며 빗방울과 뒤섞였다.

불망은 어머니의 신형을 자신에게 끌어당겼다.

어머니는 바람이 불면 날아갈 듯 하늘하늘한 체구였으나 어린 불망이 끌어안기에는 컸다.

‘불쌍하신 분…….’

그녀가 굉장히 강한 집념의 소유자임을 불망도 인정했다.

하지만 불망은 그녀의 또 다른 면을 알고 있다. 그것은 그녀가 한 아이의 어머니라는 것. 불치의 병에 걸린 자식을 구하지 못해 밤새 괴로워 눈물 흘리는 평범한 어머니라는 것을 말이다.

그 때문일까?

그녀는 스스로를 학대하고 괴롭힌다.

반드시 검의 끝을 보아 오의를 깨닫고야 말겠다는, 그래서 불망에게 한 가닥 삶의 숨결을 불어넣어 주겠다는 그녀의 집념은 처절하리만큼 강했다.

그것이 그녀를 더욱 불쌍하게 만들었다.

강한 자는 원하든 원하지 않든 적을 만들기 마련이다.

적은 상대가 약해진 틈을 타 침입하기 마련이고, 바로 지금이 그때였다.

스스스스.

일단의 무리가 백수인과 불망의 앞에 나타났다.

모두 십여 명이었고, 그중 앞에 선 세 명은 나이를 짐작할 수 없을 정도로 늙어버린 노인들이었다. 나이가 많다고 해서 힘이 약할 거라는 건 무림에서 통용되지 않는 말이다.

노인들은 하나같이 태양혈이 불끈 솟아올라 있는 것이 내가무공의 고수임에 틀림없었다. 비가 오는 와중에 긴 수염을 표표히 날리고 있는 이들은 강렬함을 풀풀 드러내고 있었으나 그 속에 숨어 있는 침울함은 어린 불망의 눈에도 여실히 드러났다.

"백수인인가?"

세 명의 노인 중 가운데 선 노인이 침잠된 음성으로 물었다.

"그렇습니다, 장로님. 바로 저 여자가 백수인입니다."

백수인은 대답하지 않았으나, 노인의 옆에 서 있던 중년 사내가 허리를 굽히며 대답했다. 노일방이었다.

"상처가 심한 모양이군."

장로라 불린 노인은 살기 번뜩이는 섬뜩한 시선을 백수인에게서 떼지 않고 말했다.

안타깝게 불망을 바라보던 백수인의 시선이 예의 무표정함을 되찾았다.

"어머니, 저들은 어머니가 다쳤다는 걸 알면서 왔을 텐데 왜 모르는 척하는 거죠?"

불망은 볼멘 음성으로 중얼거렸다.

백수인은 지친 손을 들어 불망의 머리를 쓰다듬었다.

"구룡장에서 아직 볼일이 남았나요?"

"장주가 자네의 편의를 보아주었으니 이제 자네가 우리의 편의를 보아줄 차례인 것 같아 왔네."

"그렇습니까?"

"평해의 팔을 자른 것만 해도 본 장과 자네는 불구대천의 원수지간
이 된 걸세. 거기에 장주의 패배까지 더해졌네. 장주는 평생 단 한 번
패배했는데 그건 바로 검신 조명소에게 진 것이야. 구룡장은 그때의
패배를 씻어내는 데 십 년이 걸렸어. 그런데 자네에게 다시 패하고 말
았으니… 자네가 이대로 돌아간다면 구룡장은 강호에서 명패를 내려
야 할 걸세."

세 명의 노인을 제외한 무사들이 천천히 검을 뽑아 들며 백수인의
사방을 포위했다.

불망은 상처 입은 백수인의 앞을 막았다.

"구룡장은 한 지역의 패주로서 거기서도 웃어른이신 분들이 상처 입
은 사람에게 검을 뽑아 든단 말이오? 어머니의 상처가 다 나은 후 정식
으로 비무를 청한다면 어머니는 거절하지 않을 것이오!"

"아이야, 명예란 겉으로 보기에는 화려하지만 그 이면엔 온갖 추악
한 면이 있는 법이다. 한 사람 혹은 한 문파가 정정당당하고 세상 규범
에 반(反)하지 않았다면 그 사람 혹은 그 문파는 결코 명예롭지 못할
것이다."

"명예가 그토록 중요한가요?"

"물론."

단호한 음성이었다.

그는 아흔이 넘은 나이다. 비록 장로의 신분이었으나 독비검 구중하
의 숙부가 되는 몸이다. 어린 시절 구중하의 손에 검을 쥐어준 사람이
바로 그, 구추서(邱秋瑞)였다.

"노부는 살 만큼 살아 강호의 일에 나서지 않은 지 오래되었다. 그러나 장주의 패배로 인해 구룡장의 안위를 보장할 수 없으니 어찌 수수방관하겠느냐? 노부의 명예를 더럽혀서라도 이번 일을 마무리 짓지 않는다면 구천에 가 조상님을 뵐 면목이 없다."

불망의 물음에 대한 답이었으나 그 자신의 각오를 다지는 말이기도 했다.

"기득권을 가진 자에겐 때론 생명보다 명예가 중요한 법이다. 불망, 물러서라."

가슴을 움켜쥔 백수인은 무심하게 웃으며 불망의 어깨를 지렛대 삼아 앞으로 나섰다. 모든 것을 초월한 듯한, 그래서 아무 의미도 없는 그런 웃음이었다.

"어머니, 어머니는 싸울 수 없어요. 이미 다치셨다고요."

"불망, 명심하거라. 상대는 네가 어렵다고 해서 너의 입장을 고려해 주지 않는다. 오히려 그것을 기회로 너를 죽이려 들 것이야. 절대, 절대! 상대에게 허점을 보이지 마라. 그 순간 너는 목숨의 절반을 내놓고 들어가는 것이다!"

"틀린 말이 아니지."

불망 대신 구추서가 고개를 끄덕였다.

"하나, 그 아이도 살아남지 못할 것이니 그런 말은 아무 소용이 없네."

구추서의 옆에 있던 두 명의 노인도 다른 무사들과 합세하여 백수인을 포위했다. 백수인에 대한 소문은 이미 듣고 보았던 터라, 이들은 그녀가 젊은 여자라고 해서 방심하지는 않았다.

백수인은 구중하와의 대결에서 심각한 부상을 입었다. 그녀가 광섬혼을 온몸으로 받아냈다고 해서 광섬혼이 약한 건 아니었다. 하지만 부상이 심각하여 적을 상대할 수 없다 해서 걸어온 싸움을 피할 수는 없는 법이다. 그녀의 말대로 상대는 물러서지 않을 것이니.

"불망, 어서 물러서."

"어머니……."

"말을 듣지 않을 셈이냐?"

불망은 주춤거리며 옆으로 물러섰다.

무사들은 불망이 포위망을 벗어났으나 신경 쓰지 않았다. 어차피 백수인만 없애면 무공을 모르는 꼬마 녀석 하나 잡는 건 손바닥을 뒤집는 것보다 쉬운 일이었다.

"마지막으로 남길 말은 없느냐?"

구추서는 크게 아량이라도 베푸는 양 물었다.

백수인은 구추서의 말에 대답하는 대신 멀리 떨어진 불망을 향해 나직했으나 한자한자 신념에 찬 어조로 말했다.

"검도의 길을 추구하는 자는 궁극적으로 검선(劍仙)이 되고자 한다. 하나 백에 백 활검(活劍) 대신 사검(死劍)을 쥐게 되고 결국 검마가 되고 만다. 사람을 죽이는 것이 괴로워 검 대신 낚싯대를 들었으나 나도… 사검을 든 검마의 범주에서 벗어나지 못했다. 불망, 너는 지금까지 한 번도 보지 못한 이 어미의 모습을 잘 보아두어라. 그리고… 절대… 닮지 마라."

언제나 담담함을 유지하던 백수인의 눈이 우수에 젖었다.

어머니의 슬픔은 그대로 불망에게 전이되었다. 불망의 눈가가 아련하게 젖어들었다. 담담하게 낚싯대를 들어올리는 어머니가 점점 흐릿해져 갔다.

'어머니……. 너무나 강하신… 나의 어머니.'

"마흔도 안 된 너 따위가 감히 검마의 흉내를 내다니! 어디 그만한 실력이 있는지 보겠다!"

구추서가 한 팔을 들어올리자 무사들이 일제히 검을 뽑았다.

"오행차륜대검진(五行車輪大劍陣)을 발동하라!"

구추서의 쩌렁쩌렁한 음성이 폭우를 뚫었다.

무사들이 일제히 백수인을 향해 신형을 날렸다.

슈슈슈슈슉!

빗방울을 뚫고 몰려드는 검기가 숨이 탁 막힐 정도로 백수인을 압박했다.

백수인은 죽지 않기 위해 낚싯대를 든 것이 아니다. 죽음은 항상 옆에 있는 것. 그녀가 낚싯대를 든 이유는 불망에게 보여주기 위함이었다. 진기를 끌어올리자 상처 입은 가슴에서 물컹거리며 핏물이 치솟았다.

그녀는 불망에게 영원히 숨기고 싶은 한 가지 사실이 있었다. 불망이 그것을 알게 되었을 때, 그녀는 그를 떠나지 않을 수 없다.

백수인은 낚싯대를 잡지 않은 왼손으로 가슴을 움켜쥔 채 악을 쓰듯 외쳤다.

"이것이 바로 네가 가서는 안 되는 검마의 모습이다!"

'그리고 우리의 비무행을 마무리 짓기 위한… 내가 너에게 보여줄 마지막 검도다.'

파츠츠츠츠!

진기를 끌어올린 백수인의 두 눈은 악마의 불꽃처럼 이글거렸다. 전신에서 뿜어 나오는 가공할 악령의 기운은 주위의 공기를 압도적으로 휘감았다. 그녀의 머리카락이 폭우와 태풍 속에서도 마구 헝클어져 사방에 휘날렸다.

"허억!"

어머니를 바라보던 불망은 가쁜 숨을 들이마셨다. 난생처음 보는 어머니의 모습이 그를 숨 막히게 했다.

하늘로 세운 그녀의 낚싯대 끝에서 회오리처럼 검기가 폭사되었다.

슈가가각!

사람과 낚싯대는 이미 하나가 되어 강력한 악령의 기운을 쏟아냈다. 낚싯대가 움직일 때마다 사악한 기운의 검기가 무사들을 향해 휘몰아쳤다.

공격을 명한 구추서는 경악했다. 그는 이런 가공하고 사악한 기운을 본 적도 들은 적도 없었다. 도대체 이것이 무슨 무공이란 말인가?

"커억!"

"으아아아악!"

무형의, 그러나 검고 칙칙한 검기에 몸이 잘린 무사들이 처절한 비명을 토하며 모조리 허공을 날아 지면으로 추락했다. 팔다리가 갈가리 찢겨져 비바람 속을 날았다. 가슴은 뻥 뚫려 황소바람이 몰려들었다. 등뼈는 부러지고 배는 열십 자로 갈린 채 내장과 핏물이 폭포처럼 쏟아졌다.

무엇을 어떻게 당했는지도 파악하지 못한 채 구룡장이 자랑하던 무사들은 일제히 피를 토한 채 고혼이 되어버렸다. 그들이 마음먹고 준비한 오행차륜대검진은 시작도 하지 못한 채.

악마의 불꽃을 발하던 백수인의 두 눈에 깊은 침잠이 생겼다. 모든 것을 초토화시킨 후 낚싯대를 땅으로 내린 그녀의 전신에서는 치밀어 오르던 사악한 기운이 조금씩 가라앉았다.

그녀는 거칠게 기침을 하며 처음 상태를 다시 유지했다.

불망은 그녀를 바라보고 있을 뿐, 움직이지 못했다. 마치 꿈을 꾸고 있는 것 같았다. 어머니가 낚싯대를 들고 내린 건 눈 한 번 깜짝할 찰나지간이었다. 그러나 그 순간 어머니는 지난 십 년간 단 한 번도 보여주지 않았던 모습을 그에게 보여주었다.

바로 악마, 아니, 검마의 모습이다.

갈가리 찢겨진 시신들이 핏물 속에서 뒹굴고 있었다.

불망은 전신을 부르르 떨었다.

백수인은 불망을 바라보지 않았다.

그녀는 암울한 시선으로 검게 타버린 낚싯대를 빗물 속에 버렸다. 그리고 비틀거리며 걸어가기 시작했다.

'어머니가… 낚싯대를… 버리셨어…….'

불망은 넋을 놓고 비틀거리며 걷는 그녀의 뒷모습을 바라보았다.

빗물은 빠르게 핏물을 씻어냈다.

불망은 주변의 모든 것을 외면하고 오직 어머니를 쫓았다.

第3章

기다린다면
기회는 온다

삼일 동안 쏟아져 내리던 폭우가 그쳤다.

사람들은 오랜만에 비 개인 하늘 아래를 걸으며 한가롭게 웃고 떠들고 있었다. 객점은 그동안 내걸지 못했던 휘황찬란한 불빛들로 사람들을 유혹했고, 유혹당한 사람들로 인해 발 디딜 틈이 없었다. 주거니 받거니 호쾌한 술잔들이 오간다. 기녀의 웃음소리와 남자들의 호탕한 앙천대소가 객점의 담을 넘어 주작대로까지 이어졌다.

불야성을 이룬 이곳 주작대로에서 반 시진을 걸어가면 섭하교라는 작은 돌다리가 나온다. 돌다리를 건너면 흥청거리는 개봉의 주작대로와는 전혀 판이한 더럽고 음습한 토굴촌이 있었다. 원래 이 토굴촌은 나환자(癩患者)들의 집단 거주지였다. 그러던 것이 돈 없고 힘없고 병까지 든 사람들이 하나하나 모여들며 집성촌을 이뤘다.

개봉 사람들은 되도록 섭하교 주변을 지나다니지 않는다. 토굴촌의 거지들이 해코지를 할지도 모른다는 불안감 때문이었다. 그래서 토굴촌은 더욱 고립되었고 그들만의 세상이 만들어졌다.

밝은 날에도 햇볕이 들지 않아 하루종일 어두컴컴한 토굴 안.

토벽(土壁)은 지난 폭우에 온통 갈라져 썩은 흙냄새와 함께 검게 죽은 흙탕물을 질질 흘리고 있었다. 그 옆에 덩그러니 낡은 나무 침상이 놓여 있었다.

침상에는 곰팡이 냄새 나는 거죽때기가 하나 놓여 있었는데, 그것을 덮고 백수인은 식은땀을 흘리며 누워 있었다.

과연 구룡장의 광섬십팔세는 대단했다.

하지만 백수인에게 진정으로 상처를 입힌 것은 광섬십팔세가 아니라 그녀가 상처를 입은 상태로 또 한 번의 싸움을 하였고, 악마의 심공 천심혈류생사결(天心血流生死訣)을 운용하였다는 것이다. 천심혈류생사결은 그녀의 내공을 완전히 고갈시켰고 오랫동안 일어나지 못하게 만들었다.

하지만 후회는 없었다. 천심혈류생사결은 언젠가는 불망에게 보여주어야 할 그녀의 참모습이었으니.

처음보다 기침은 잦아든 편이었다.

하지만 한 번 기침이 나오기 시작하면 쉬 멈추지 않았고, 그때마다 백수인은 폐부를 찌르는 듯한 고통에 정신이 아득해질 지경이었다. 심할 때는 각혈을 넘어서 핏덩이까지 쏟아졌다.

먹을 것과 치료에 쓸 약재를 사기 위해 나갔던 불망이 돌아온 건 사방이 어둑어둑해질 저녁 무렵이었다.

백수인은 불망이 토굴 안으로 들어오자 희미하게 웃었다.

"몸은 좀 어떠세요?"

불망은 씩씩한 음성으로 물었다.

"괜찮다."

"이것 좀 드셔보세요. 만두와 죽엽청을 좀 사 왔어요."

불망은 손에 들고 온 보따리를 백수인의 머리맡에 풀어놓았다.

"먹어봤는데 만두가 맛이 좋더라구요. 어머니 좋아하시는 연와탕(燕窩湯)도 사 올까 했는데…… 하하핫! 비싸더라구요. 다음에 돈 좀 벌어서 사 먹도록 해요. 그리고 몇 가지 약재를 사 왔어요. 의원이 제가 내민 처방전을 보고 누가 처방전을 썼냐고 묻기에 차마 제가 직접 썼다고 할 수 없어서 어머니가 썼다고 했어요. 그랬더니 뭐라고 했는 줄 아세요? 네 어머니가 약재를 보는 눈은 훌륭하다만 글씨에는 조예가 깊지 않은 모양이로구나. 하하핫!"

"앞으로 글씨 공부도 좀 해야겠구나."

"그러게요. 하핫. 창피해 죽는 줄 알았어요. 어머니를 따라다니다 보니 공부는 못했지만 의원은 차려도 될 것 같아요. 글씨 연습만 좀 하면."

불망은 필요 이상으로 웃고 밝은 얼굴이었다.

"뭐, 어쨌든 빠진 거 없이 다 사 왔으니 일단 드시고 치료를 하는 게 좋겠죠?"

"나는 식욕이 없으니 만두는 네가 먹거라."

백수인은 누운 자리에서 일어났다. 온몸의 뼈마디가 우두둑거리며 제자리를 찾지 못해 고통을 주었다. 하지만 그녀는 얼굴에 전혀 내색을 하지 않았다.

고통스럽게 일어난 그녀는 다 낡아 걸레 조각이나 다름없는 상의를 벗기 시작했다. 붕대로 젖가슴을 압박시킨 채 드러난 그녀의 상체는 여자의 몸이라고는 볼 수 없을 정도로 상처투성이였다. 지난 십 년간 행해왔던 비무행의 결과였다.

젖가슴을 압박하고 있는 붕대는 피에 젖어 있었다.

광섬십팔세가 그녀의 심장을 베고 지나갔던 것이다.

그녀는 불망이 보거나 말거나 피에 전 붕대를 풀기 시작했다. 굉장히 오랫동안 햇빛을 보지 못한 그녀의 유방은 찌그러질 대로 찌그러져 있었다. 그 위로 마른 피딱지가 덕지덕지 앉았다. 피딱지 밑에선 새롭게 형성된 뜨거운 피가 숨을 쉴 때마다 흘러내렸다.

불망은 덤덤하게 어머니의 일그러진 유방을 바라보며 만두를 먹었다.

백수인은 침상 밑에 숨겨두었던 비수를 꺼내 불망에게 던졌다. 불망은 이런 일은 익숙하다는 듯 모닥불을 피워 비수를 달궜다.

"조금 아플지도 몰라요."

불에 달궈진 비수를 들고 어머니에게 다가간 불망의 음성에는 안타까움이 묻어났다.

"고개를 돌리세요."

백수인은 옆으로 고개를 돌렸다.

불망은 칼끝을 어머니의 상처 부위에 댔다.

어머니의 심장 박동이 그의 눈앞에서 불규칙하게 뛰고 있었다.

이런 일은 상대의 아픔을 두려워하거나 혹은 스스로 다른 사람을 찌르는 것을 두려워해서 망설이면 안 된다. 망설이면 망설일수록 상대의 공포를 가중시키는 일임을 불망은 지난 경험으로 잘 알고 있었다.

그는 고깃덩이에 칼을 대듯 어머니의 상처 부위를 비수로 찢었다. 어머니의 왼쪽 팔이 퍼덕거리며 파르르 떨렸다.

불망은 노련한 의원처럼 오로지 피가 흐르는 상처 부위의 시뻘건 속살을 바라보고 있었다. 하지만 지금 어머니가 어떤 고통을 느낄지는 보지 않아도 짐작할 수 있었다. 마취없이 상처의 생살을 찢어내는 것은 인간의 한계를 넘어서는 고통이었다.

어머니는 얕은 신음 소리 한 번 내지 않았다.

상처 부위가 넓게 벌어지고 불망은 그 안과 주변에 죽엽청을 쏟아 부었다.

지그시 눈을 감은 백수인의 눈까풀이 파르르 떨렸다. 백수인은 아무 생각도 나지 않았다. 오로지 참을 수 없는 고통의 경계가 그녀의 강인한 정신을 혼돈 속으로 잡아끌었다. 이마에서 식은땀이 송골송골 맺혔다. 온몸이 사시나무처럼 떨렸다.

불망은 말없이 자신이 해야 할 일을 신속 정확하게 해 나갔다.

죽엽청으로 상처 부위를 모두 씻어낸 불망은 그 위로 정성스럽게 금창약을 발랐다. 핏물이 줄줄 흐를 것 같은 붕대를 버리고 대신 새로 사 온 무명천으로 그녀의 상처 부위와 가슴을 칭칭 감았다.

"다 됐어요, 어머니."

"술을 다오."

불망은 소독하고 남은 죽엽청을 그녀에게 넘겨주었다.

백수인은 술주정뱅이처럼 벌컥거리며 남은 죽엽청을 단숨에 목구멍으로 넘겼다. 목에서 확 열기가 오르며 타 들어가는 것 같았다.

백수인의 상체가 토벽으로 스르르 쓰러졌다.

그녀는 비에 젖은 것처럼 온몸이 땀에 흠뻑 젖어 파르르 떨고 있었다. 눈동자에 흰자위만이 가득한 것이 마치 살아 있는 사람 같지가 않았다.

불망은 그녀에게 말을 시키지 않았다. 그녀가 스스로 고통을 이길 수 있을 때까지 기다렸다.

불망은 마치 낯선 사람의 상처를 대하듯 백수인을 치료했으나 가슴속에서는 뜨거운 눈물이 흘렀다. 지쳐 헐떡거리는 어머니를 바라보면 콧잔등이 시큰해지며 왈칵 눈물이 쏟아질 것 같았다.

어머니는 누구하고 비교할 수 없을 정도로 강했다.

그러나 그 강함을 유지하기 위해서 어머니가 쏟아 붓는 고통의 깊이를 생각하는 사람은 없을 것이다. 십 년을 옆에서 지켜본 불망도 그 고통을 모두 알고 있다 할 수 없었다.

서로가 말을 하진 않았지만, 불망이 백수인을 느끼듯 백수인 역시 불망의 마음을 알고 있었다.

언제나 허무만을 담고 있던 백수인의 눈빛이 불망을 바라보며 암울하게 변했다.

'너는 나를 사랑하지 말아야 한다. 지독히 원망해야 한다. 그것이 너의 길…… . 후일 너는 세상을 향해 절규할 것이고 천하를 모두 뒤집어놓고 싶어하겠지. 그때가 되면 나도 너의 살인 대상에서 빠지지 않을 것이다.'

백수인은 불망을 향했던 애절한 눈빛을 거뒀다. 그녀는 시선을 옆으로 돌리며 낡은 상의를 입기 시작했다. 폭발할 듯한 고통은 간신히 가라앉았고, 이젠 견딜 만했다.

"이번 상처는 며칠이나 갈까요?"

불망은 사 온 약재를 나무 그릇에 넣고 끝을 뭉툭하게 갈아놓은 돌멩이로 으깨며 지나가는 말처럼 물었다.

백수인은 말하지 않았다.

"한 가지 어머니께 드리고 싶은 말이 있어요."

"하거라."

"이제 그만 하면 안 될까요?"

"……!"

"제가 볼 때 어머니는 충분히 강해요. 더 이상 강할 수 없을 정도로. 무엇을 더 배울 수 있다고 생각하시는 거지요?"

"배움에는 끝이 없다. 다 배웠다고 생각하는 순간 다시 새롭게 배움이 시작되는 법이지. 법력 높은 고승이 평생 한 가지 화두를 끌어안고 고뇌하는 것도 다 그러한 이치다."

"그건 그렇죠. 하지만 지금 어머니는 상대방과의 비무로 배울 수 있는 경지는 지난 것 같아요."

"……!"

"어머니는 검노나 검신처럼 은거를 하셔야 해요. 법력 높은 스님들이 속세에서 도를 닦지 않고 산속에서 도를 닦듯 말이에요. 어머니도 그걸 알고 계시죠. 하지만 어머니가 그러지 못하는 것은… 저 때문이 잖아요."

불망은 백수인을 바라보며 씨익 웃었다.

"어린아이인 줄로만 알았더니 생각이 거기까지 닿았구나."

"어머니도 이제 떠날 때가 되었다는 걸 알아요."

"……!"

"떠나신다 해도 저는 원망하지 않겠어요. 깨달음을 얻기 위해서는 나는 물론 가족까지 다 버려야 해요. 무언가를 지키려는 사람은 그 지키고자 하는 욕심 때문에 더 중요한 것을 놓치게 되는 거죠. 어머니가 제게 잘해주시고 저를 위해 지금까지 노력하신 것만으로도 저는 감사하고, 어머니의 아들로 태어난 것을 천만다행으로 생각해요. 그러니… 이제는 어머니를 위해서 사세요. 어머니는 할 만큼 다 하신 것 같아요."

"아직 한 가지가 남았다."

"……!"

"나를 비롯해 천하의 모든 명의가 너의 몸속에 잠긴 적혈신화장의 열독(熱毒)을 제거하지 못하는 것은 일신 능력이 부족하기 때문이다. 그러나 검노라면… 네가 검노에게 보여지기만 한다면… 너는 반드시 천하제일의 검객으로 다시 태어날 것이다. 그때가 되면 지금까지 보아둔 만 가지 검법이 너를 더욱 강하게 만들 것이야."

"검노는 천애봉(天涯峰)에 은거한 채 아무도 만나지 않는데 제가 그를 만날 영광을 얻을 수 있겠어요?"

"마검혈(魔劍血)을 손에 넣는다면……."

"마검혈!"

"불망아, 시간은 좀처럼 변하지 않을 것들을 변화시키는 묘한 마력이 있다. 기다린다면 기회는 온다."

"어려운 말씀이네요."

"지금은 잘 이해하기 어렵겠지만, 훗날 너는 내 말뜻을 알게 될 것이야."

2

침상 한구석에서 불망은 새우처럼 등을 구부리고 잠들어 있었다.

오랜 폭우로 인해 토벽의 갈라진 틈에선 흙물이 새어 나와 그의 더러운 옷을 적셨다.

무슨 꿈을 꾸고 있는 것일까?

잠에 취한 불망은 이불을 가슴까지 끌어 올리며 몸을 뒤척였다.

결가부좌를 튼 자세로 토벽에 기댄 채 불망을 내려다보는 백수인의 얼굴에 어두운 그림자가 잠식해 들었다.

"겨우 열두 살… 그런데 세상을 관조하게 되었구나……."

그날의 참화(慘禍)가 없었다면 불망의 운명은 전혀 달라졌을 것이다.

"사랑받으며 많은 것을 가진 아이로 자랄 수 있었을 것을. 그날 밤만 아니었다면……."

백수인은 잠든 불망의 머리를 쓰다듬었다. 아련한 아픔이 그녀의 가슴을 스쳤다.

유랑한 세월이 벌써 십일 년.

아련한 추억들이 주마등처럼 스쳐 흘렀다.

그리움과 증오의 세월, 애증의 교착이 점철된 시간이었다.

잠든 불망을 바라보는 백수인의 얼굴에 긴 음영이 드리웠다. 그녀는 불망에게 시간은 좀처럼 변하지 않을 것들을 변하게 하는 묘한 마력이 있다고 말했다. 그것은 그녀 자신이 극도로 실감하는 일이기도 했다.

십일 년의 시간.

처음 그녀는 오로지 한 가지 생각이었다. 그러나 지금은 많은 것이 변해 버렸다. 초심이 무엇인지 알아볼 수 없을 정도로 변질되었고 그나마 잃어버린 지 오래다.

그렇다면 불망과 동행은 무의미하다. 이제 그가 창공을 훨훨 날 수 있도록 놓아주어야 한다. 그래서 백수인은 구룡집에 불망을 두고 그녀를 만나고 왔다.

'더 이상 너에게 해줄 것이 없기에……'

그녀의 얼굴에선 표정 변화도 없었으나, 오로지 무심한 두 눈에선 눈물방울이 떨어졌다. 투명한 액체의 그것은 불망의 뺨에 작은 파편을 그렸다. 잠결의 불망은 어머니의 눈물이 묻은 뺨을 닦았다.

비록 냄새나고 더러운 거죽에 불과했으나 백수인은 불망이 덮은 이불을 다시 잘 덮어주었다.

그녀는 만신창이가 된 몸을 일으켜 토굴 밖으로 나갔다.

다시 비가 오려는지 온몸에 한기를 느낄 정도로 바람이 차가웠다.

낚싯대 한 자루를 손에 쥐고 불망을 동반한 채 강호를 유랑한 지 십일 년.

그녀는 돌아가야 할 때를 알았고 지금이 바로 그때였다.

'너에게는 새로운 세상이 시작될 것이다. 나는 그녀에게 너를 맡겼으니.'

그녀는 토굴을 돌아보지 않았다. 터져 나오는 기침을 손으로 막은 채 묵묵히 토굴에서 멀어질 뿐이었다. 잠든 척 누워 있는 불망의 마지막 눈물을 그녀는 영원히 알지 못했다.

3

어머니가 갔다.

불망은 그녀가 다시는 돌아오지 않을 것이라고 생각했다.

마음은 미어질 듯 아팠다. 떠나라고 말했지만 그녀가 없는 삶은 생각해 본 적이 없었다.

불망은 그녀를 기다렸다.

혹시 다시 돌아올지 모르는 그녀를 위해 토굴 입구에서 눈을 뗄 수 없었다.

그녀는 오지 않고 바람과 비가 왔다. 차디찬 빗줄기가 토굴 안을 들이쳤다. 무릎을 어깨에 모은 채 쪼그리고 앉아 앞만 바라보는 불망의 온몸을 빗줄기가 때렸다. 불망의 얼굴에서 빗물을 가장한 눈물이 흘렀다.

먹을 것은 없었다. 어제 먹다 남은 만두 몇 조각이 전부였다. 불망은 허기져 쓰러지지 않을 정도로 만두를 쪼개 먹으며 아꼈다.

비가 그치고 세상이 어두워졌으며 다시 아침이 밝았다.

지루한 삼 일이 흘렀다.

불망은 눈에 띌 정도로 야위어져 본래의 총기있는 모습을 찾을 수 없었다.

토굴촌에는 많은 사람들이 기거했지만 굶고 있는 불망에게 신경 써

줄 사람은 없었다. 모두가 똑같이 가난했기에 다른 사람에게 나눠 줄
식량 따위가 있을 까닭이 없었다.

오 일이 지났다.

어머니는 오지 않았다.

불망은 눈앞이 아득했으며 가끔 환상처럼 신기루가 보이기도 했다.
원래 병약했는데 심기의 손상까지 입자 급속도로 몸이 나빠졌다.

불망은 아득해지는 정신을 되잡기 위해 상해 버려 구더기까지 생긴
마지막 만두를 입에 털어 넣었다. 씹어 삼키기도 힘들 정도로 딱딱해
진 만두였으나 그에게는 마지막 생명줄이었다. 이 만두를 끝으로 죽을
지도 모른다는 생각이 들었다.

떠난 어머니를 기다린다는 건 무모한 짓이다. 그녀는 돌아오지 않을
것이다. 그는 그 나름대로 살길을 찾아야 한다. 하지만 불망이 가진 한
가닥 미련은 살길을 찾아 떠나게 하지 못했다.

그는 오늘도 새우처럼 구부린 채 토굴 입구를 바라보고 있었다. 그
는 앉아 있었다고 생각했는데, 쓰러져 있었다. 그는 쓰러진 채 바라보
고 있었다고 생각했는데 어느새 잠이 들어 있었다.

머리 속에서 환청이 들렸다. 하지만 그건 환청이 아니었다. 먹을 것
을 찾아 날아온 파리 떼가 움직이지 못하는 불망을 덮쳤다. 그는 온몸
이 간지럽고 매우 신경질이 났지만 손을 휘저어 파리를 쫓기도 귀찮았
다.

불망은 그렇게 죽음의 문턱에서 정신을 놓았다.

시간이 얼마나 흘렀는지 알 수 없었고, 백수인이 부탁을 하고 간 그
녀도 오지 않았다.

4

"어린 녀석이 장장 열흘을 그렇게 버텼단 말이지? 제법 강단이 있는 놈이군."

휘황찬란한 객점 안, 화려한 화의를 입은 십칠팔 세가량의 소년 고유기(高流其)는 등자광(鄧子光)의 보고를 받자 술잔을 내려놓으며 중얼거렸다.

"그 아이가 부인의 조카라는 건 확실한 정보인가?"

"부인을 측근에서 호위하는 아이들의 말이니 틀림없을 것입니다."

"그래? 그것참 이상한 일이군. 조카를 열흘씩이나 그렇게 방치한 채 지켜보기만 하라고 한 이유가 뭔가?"

"부인의 신비스러운 행사를 소인이 어찌 짐작하겠습니까. 아이의 근성을 시험해 보려는 의도가 아닐까 나름대로 추측할 따름입니다."

"근성이라……?"

고유기의 미간이 살짝 찌푸려졌다.

부인이 누군가를 시험해 본다는 건 마땅치 않은 일이었다. 그것은 곧 시험당한 자가 그 시험에 통과한다면 부인의 눈에 들 수 있다는 말이기 때문이다.

'더욱이 그 상대가 조카라면?'

고유기의 눈에 언뜻 섬광이 스치고 지나갔다. 온몸에서 위험하다는 신호를 보내왔다. 하지만 고유기는 그것을 수하의 앞에서 드러낼 만큼 미련하지 않았다.

"어쨌든 부인의 명이 떨어졌으니 이제 그자를 은천장(銀天莊)으로 모시고 가야겠지."

더러운 토굴 안에 송장 하나가 누워 있었다.

송장 위로 파리 떼가 윙윙거리며 날아다녔다.

고유기는 자신도 모르게 징그러운 갑각류(甲殼類)의 벌레를 보듯 오만상을 찌푸렸다.

"죽은 건 아니겠지?"

가죽신을 신은 고유기의 발이 불망의 상체를 툭툭 건드리며 이리저리 뒤집어보았다.

불망은 정신을 차리지 못했다.

"이 녀석을 깨워서 씻기고 밥을 먹여. 아무리 그래도 이대로 데려갈 순 없겠어."

고유기는 가죽신에 오물이라도 묻은 것처럼 수건을 꺼내 신발을 닦으며 말했다.

第4章

제가 바로
수인의 아들입니다

개봉에는 세인들의 관심을 집중시키는 양대명소가 있다.

요요궁(妖妖宮)과 생사천(生死天)이 바로 그곳이었다.

이 두 곳은 환락을 추구한다는 점에서는 같았지만 전혀 별개의 명소였다.

요요궁.

상상을 불허하는 환상의 기루였다.

환락의 성전이었으며 퇴폐의 성지였다.

윤리와 도덕, 그런 불편하고 거추장스러운 장애물은 어디에도 없었다. 요요궁을 들어서는 순간, 사람들은 두터웠던 관습의 옷과 위선의 탈을 벗어던지고 호주호색(好酒好色) 노예로 변해 절세미인과의 하룻밤을 탐한다.

생사천.

삶과 죽음을 가르는 공포의 도박장이었다.

일반적인 도박은 물론이고 출입자들은 자식과 마누라를 제외한 무엇이든, 설사 자신의 목숨이라 할지라도 판돈으로 걸고 도박을 즐길 수 있다.

특히 생사천은 청부도박(請負賭博)으로 이름을 떨쳤다. 집 나간 개새끼를 찾는 일에서부터 황제의 목을 베는 일까지 도박에서 승리한다면 무엇이든 요구할 수 있었다.

그러나 만약 패한다면…….

대가는 오직 돈으로만 치를 수 있다.

요요궁과 생사천.

누구나 출입할 수 있으나 출입자는 한정되어 있었다.

천하의 공경대작이나 대부호들만이 돈에 구애받지 않고 요요궁과 생사천을 드나들었다.

이 두 곳의 주인은 각각 해어화(解語花) 두염방(杜艶芳)과 판관대부(判官大夫) 이선기(李善基)다. 그러나 이들을 지배하는 알려지지 않은 한 사람이 있다.

자영부인(紫英婦人).

개봉에서 돈이 제일 많은 사람이 누구냐고 묻는다면 사람들은 십중팔구 개봉 최대의 전장인 은천장(銀天莊)의 주인을 지목한다. 그 사람은 전장뿐 아니라 은천장을 주변으로 사방 일백 리 땅을 남김없이 소유하고 있었다. 개봉 사람이라면 누구도 예외없이 그 사람의 땅을 밟으며 살아간다. 실로 엄청난 재력의 소유자가 아닐 수 없었다.

이 엄청난 대부호가 바로 자영부인이었다.

그녀의 성과 이름을 아는 사람은 없었다. 오로지 자영부인으로 통할 뿐인 그녀는 겉으로 합법적인 전장을 운영하였으며 드러나지 않는 곳에선 퇴폐적인 주루와 불법이 판을 치는 도박장을 운영하며 돈을 모았다.

그리고 그 어떤 사내라도 그녀의 앞에 서면 일 다경(一茶頃) 안에 치명적 상사(相思)의 구렁텅이에 빠뜨릴 수 있는 여자로 알려져 있다.

2

사방 어디를 봐도 하늘을 찌를 듯 자라 있는 대나무뿐, 인적조차 느껴지지 않았다. 가끔 이름 모를 새들의 지저귐 외에는 오로지 정적뿐이었다. 그것은 마치 불법 높은 고승이 기거하는 선사(禪寺)의 고요함을 닮아 있었다.

등자광은 불망에게 앞으로 만나게 될 사람에 대해 몇 가지 주의 사항을 말해주었다. 똑바로 쳐다보지 말 것, 입에서 나오는 대로 함부로 말하지 말 것 따위의 일반적인 주의 사항이었다. 불망은 어떤 질문도 하지 않은 채 묵묵히 고개를 끄덕였다.

등자광은 아무것도 묻지 않는 불망이 의아스러웠다.

마치 이 모든 것들을 다 알고 있기라도 했다는 것처럼 행동하는 그는 보통의 아이들과 사뭇 달랐다. 등자광은 그가 정말로 다 알고 있었던 것이 아닐까, 하는 착각이 들었다.

대나무로 이어진 길을 걷는 내내 불망은 죽향이 너무 강해 머리가 어지러울 지경이었다. 그는 견디지 못하고 몇 번 헛구역질을 했다.

"먹어라."

등자광은 불망에게 검은 빛깔 도는 환약을 내밀었다.

"속이 허하면 기가 약해지고 기가 약한 자는 반드시 인생을 실패하고 만다. 몸을 보(補)하는 약이니 네게 도움이 될 것이야."

불망은 등자광이 내민 환약을 두말하지 않고 입에 넣고 씹었다. 기다렸다는 듯 몸은 반색하고 입에선 침이 고였으나 목구멍을 타고 넘어갈 때는 쓰라렸다.

대나무로 만든 집을 불망은 몇 번 본 일이 있었다.

하지만 이처럼 정교하게 만들어진 대나무 집은 본 적이 없었다. 다른 어떤 장식물도 쓰지 않은 채 오로지 대나무로만 이처럼 화려한 집을 지을 수 있다니.

소축 앞에 서자 등자광은 긴장했다. 그는 불망을 뒤로한 채 몇 번 헛기침과 심호흡까지 하며 심신을 가라앉혔다. 불망은 등자광의 모습을 보며 자신이 만나야 할 사람이 꽤 권위적일 거라고 생각했다.

"등자광입니다. 아이를 데려왔습니다."

기척을 보내자 소축 안에서 피보다 짙은 홍의를 걸친 십대 후반의 젊은 소녀가 걸어왔다. 다른 세 명의 백의소녀가 고개를 숙인 채 '자(紫)' 자가 새겨진 원형의 투명한 등(燈)을 들고 홍의소녀의 뒤를 따랐다.

반듯한 이목구비에 투명하리만큼 하얀 피부를 가진 소녀였다. 대나무 사이로 언뜻언뜻 비치는 채광이 그녀가 걸을 때마다 밝고 환하고 가끔은 어둡게 만들었다. 빛이 부딪치는 각도에 따라 그녀의 얼굴은 차가웠다가 밝았다가 따뜻했다가를 반복했다.

불망은 그녀가 대단히 예쁘다고 생각했으나 달리 마음을 쓰지는 않았다.

등자광은 그녀를 보자 허리를 깊이 숙이며 포권했다.

"염 혈주(簾血主)를 뵙습니다."

"이 아이가 부인께서 말씀한 아이냐?"

염 혈주라 불린 홍의소녀는 불망의 아래위를 훑어보았다. 낯선 여자가 자신의 몸을 훑자 불망은 적잖이 난감했으나 시선을 피하지는 않았다. 불망을 한차례 살핀 홍의소녀는 실망한 기색이 역력했다. 부인의 조카라고 하여 제법 특출한 면을 찾아보려 하였으나 없었다. 오히려 병색이 완연한 것이 평범한 아이보다 못했다.

"수고했다."

"그럼 소인은 이만."

등자광은 허리를 굽혀 포권한 후, 온 길을 되짚어 나갔다.

홍의소녀는 자신의 뒤에 시립해 있는 백의소녀들에게 말했다.

"데리고 가서 씻기거라. 부인께서 냄새나는 아이를 만날 수 없지 않겠느냐."

불망은 자신의 의도와 상관없이 두 번째 목욕을 시작했다.

그녀는 햇빛 드는 창가에 마련된 흔들의자에 앉아 밖을 내다보고 있었다. 그것 역시 대나무로 만든 의자다.

홍의소녀에 의해 방으로 안내된 불망은 그녀의 앉은 옆모습만 볼 수 있었다.

“……!”

그런데 그녀를 보자 불망은 자신도 모르게 ‘으음’ 하는 신음 소리가 새어 나왔다. 그것은 그녀의 모습이 상당히 특이했기 때문이다.

그녀는 독수리 모양을 한, 그러나 펼친 날개는 봉황의 것과 같은 황금빛 가면으로 눈 주위를 가리고 있었다. 바로 가루라(迦樓羅:금시조) 형상의 가면이었다.

가면 아래로 오뚝한 콧날과 주사빛 감도는 도톰한 입술이 물기 머금은 꽃잎처럼 처연했다.

불망은 예상치 못한 이질적인 여자의 모습에 놀랐으나 곧 심신이 격동 침을 느꼈다. 가슴 한복판에서 뜨거운 불길이 확 피어오르며 얼굴이 화끈거렸다. 지금까지 한 번도 경험해 보지 못한 특별한 감정이었다. 그것이 색욕이었다는 걸 알게 된 건 불망의 나이가 훨씬 더 든 후의 일이었다.

불망은 열두 살 소년이었다.

여자의 미추(美醜)를 구분할 수 있는 나이이기는 했다. 그러나 그것은 아름답다, 아름답지 않다 정도의 구분일 뿐이다. 아름답기 때문에 어린 가슴에서 색욕의 뜨거운 불이 확 지펴진다는 것은 고금을 통해 유래가 드문 해괴한 일이었다. 특히 그녀는 불망이 탐할 수 있는 또래의 여자도 아니었으며 얼굴 전체를 드러내지도 않았다.

그녀는 남자라면 누구라도 보면 반해 버리는 자신의 외모를 가리기 위해 가면을 쓰고 있다는 걸 불망은 알지 못했다.

어느덧 창밖에선 석양이 지고 있었다.

붉은 석양빛이 가루라 가면의 황금빛 날개에 부딪치며 영롱한 빛을 발했다. 그녀는 차마 마주 보기 어려울 정도로 눈이 부셨다.

자영부인은 흔들의자를 옆으로 돌리며 천천히 불망을 바라보았다.

가루라 가면 속에 숨겨진 그녀의 눈동자와 마주치자 불망은 가슴이 터져 버릴 듯 두근거렸다. 그는 얼굴이 빨개지며 자신도 모르게 고개를 숙였다.

"이리 가까이 오너라."

자영부인의 음성은 나직했으나 마치 꿀을 발라놓은 듯 불망의 귓가에 보드랍게 다가왔다.

'이리 가까이 오너라' 라는 그녀의 명은 사람의 마음을 복속시키는 묘한 마력이 있어 불망은 감히 거절하지 못하고 주춤거리며 그녀 앞으로 다가갔다.

불망은 걸어가는 자신을 보며 깜짝 놀랐다.

'내가 왜 그녀의 말을 잘 듣는 착한 아이가 돼야 한단 말인가?'

스스로 원해서 가는 것과 자신도 모르게 가고 있는 것은 간다는 건 같았으나 하늘과 땅만큼 엄청난 차이가 있다.

"이름이 불망이라고 했느냐?"

"그렇소."

연장자에 대한 예의를 버리고 반말이 튀어나온 건 그녀에게 젖어드는 자신에 대한 반항심 때문이었다.

자영부인은 불망의 대답이 의외라는 듯 살짝 놀란 얼굴로 웃었다. 그녀는 남자를 다루는 데 있어서 꽤 자신감을 가지고 있는 여인이었다. 남자란 족속은 애나 어른이나 늙은이나 할 것 없이 젓가락질할 힘만 있다 할지라도 성욕을 불태우기 마련이었다. 때문에 그녀는 자신에게 함부로 말하는 남자를 본 적이 없었다. 그녀의 수중에 들어온 남자는 잘 길들여진 강아지처럼 꼬리를 살랑살랑 흔들며 혀로 발을 핥았다.

열두 살 어린아이도 남자인 이상 '그렇소' 라고 반항심을 가진 어투로 말하는 건 의외다.

'의외로 강단이 있는 녀석이로구나. 제 어미처럼.'

"나를 데려온 이유를 알고 싶소."

불망이 질문하자 자영부인은 흰 치아를 드러내며 살짝 웃었다.

불망은 다시 마음이 설레기 시작하자 얼른 시선을 옆으로 돌리며 창밖을 내다봤다. 석양 때문에 대나무 잎사귀 위로 그늘이 졌다.

"수인이 말해주지 않았느냐?"

"나는 들은 게 없소."

"그녀는 나와 같은 피를 가진 친동생이다. 그러니 나는 네게 이모가 되는 셈이지."

"……!"

"수인은 내게 너를 맡겼다. 그리고 떠났다. 떠난 건 알고 있느냐?"

"다시 돌아오실 것도 알고 있소."

"그렇지. 그녀는 다시 돌아올 것이다. 그게 언제가 될는지는 모르지만……."

"어머니께 이모가 계시다는 말을 들어본 적이 없소."

"나도 너처럼 장성한 조카가 있다는 말을 듣지 못했다. 서로가 알지 못하였으니 정(情)이 있을 까닭도 없지."

"……!"

"사실을 말하자면 나와 수인의 사이에도 정은 없다. 그러나 어쩌겠느냐? 서로 정이 없다 할지라도 하늘 아래 단 하나뿐인 혈연인 것을. 네 어미는 어릴 때부터 자존심이 남달랐다. 너를 맡기며 검노의 적혈신화장에 맞은 이후 평생을 배고프게 살아온 아이니 죽을 때까지 굶지만 않게 해달라고 부탁했다.”

‘어머니……’

불망의 가슴에서 뜨거운 눈물이 흘렀다. 하지만 자존심 강한 수인의 아들로서 그는 결코 눈물을 보이진 않았다.

“나는 그리하겠다고 했다. 하나, 네가 검노의 적혈신화장에 맞았다는 사실을 굳이 말한 까닭이 무엇이겠느냐? 그 강한 자존심에 살려달라고 차마 말은 못하겠으나, 살릴 수만 있다면 살려달라는 뜻이 아니겠느냐?”

“나를 살릴 수 있는 의원은 없소. 있다면 오직 검노뿐이오.”

“그렇지. 그래서 나는 너를 그에게 데려가려 한다.”

“……!”

순간 귀신에 홀린 듯 불망은 자영부인을 쳐다보았다.

“물론 그전에 마검혈을 얻어야겠지.”

“가능… 하오?”

온몸이 부들부들 떨렸으나 차마 살려달라는 말은 못했다. 그러나 불망의 ‘가능하오?’ 라는 말의 의미가 무엇인지 못 알아들을 사람은 세 살 먹은 어린아이뿐일 것이다.

자영부인은 가루라 가면 아래로 환하게 웃었다.

“마음먹은 일은 이루지 못한 적이 없다. 있다면 오직 하나 수인, 네 어미의 마음을 내게 두지 못한 것이지. 그러나 내가 너를 살려낸다면 그녀의 마음도 내게 오지 않겠느냐?"

"……!"

"마검혈을 얻으러 갈 준비는 곧 끝날 것이니 그때까지 몸과 마음을 편안히 하고 쉬도록 해라. 밖에 염옥(簾玉) 있느냐?"

홍의소녀는 즉시 방으로 들어와 자영부인에게 허리를 숙였다.

"불망에게 천향각(天香閣)을 내주고 잡인의 출입을 삼가라."

3

개방은 방주 아래 여덟 명의 장로를 두고 있다.

그중 한 사람이 궁귀(窮鬼) 서축(徐燭)이다. 그는 여든이 넘은 나이에도 현역에서 왕성한 활동―활동이라는 것이 구걸에 불과했지만―을 하여 수만 개방인에게 존경을 받는 인물이었다. 그의 주된 활동지는 개봉이었다. 특히 그는 개방의 거지들 중 유일하게 돈 없이 요요궁을 출입할 수 있는 인물이었다. 사실을 아는 자들 중 부러워하지 않는 자가 없었다.

궁귀 서축이 요요궁주 두염방을 은밀히 만난 건 인적이 끊어진 술시(戌時) 말이었다. 그는 두염방과 반 시진가량 밀담을 나눈 후 곧바로 빠른 말을 타고 개봉을 떠났다.

궁귀 서축이 향한 곳은 호북성 월인산(月認山)에 있는 작은 암자였다. 암자의 입구에는 천사도(天師道)라는 낡은 나무 현판이 매달려 있었다. 천사도는 원래 후한(後漢) 시대 도사였던 장도릉(張道陵)이 세운 오두미도(五斗米道)의 다른 이름으로 오늘날 도교(道敎)의 원류다.

　이곳 천사도의 주인은 예순가량의 노인으로 십 년 전 월인산 기슭에 홀연히 나타나 암자를 지었다. 월인산에는 크고 작은 암자들이 산재해 있었는데 그곳들 중 대부분이 사람의 약한 마음을 이용해 돈을 갈취하는 사이비 도교 집단이었다. 사람들은 노인이 직접 일필휘지로 내갈겨 쓴 천사도라는 광오한 이름을 보고 그 역시 다른 사이비 도교 집단과 다르지 않다고 생각했다.

　그는 제자는 물론 교도(教徒) 한 명 없이 암자에 홀로 기거했다.

　십 년간 찾아오는 사람도 없었고 그 스스로 산문 출입을 하는 경우도 없었다. 암자는 세상과 완전히 격리되어 있었다. 그래서 사람들은 그를 고독진인(孤獨眞人)이라 불렀다.

　아무도 고독진인을 따르지 않았지만 단 한 사람 고독진인을 따르는 여자가 있었다. 그녀는 고독진인과 함께 월인산에 들어와 돌과 목재를 나르며 함께 암자를 건설한 사람이었다. 사람들은 그녀가 고독진인의 아내일 것이라고 생각했으나 아니었다. 그녀는 고독진인의 속세에서부터 데리고 있던 하녀였다.

　백발성성한 도사 한 사람과 그의 백발성성한 하녀 한 사람이 살고 있는 천사도의 암자는 괴괴한 어둠 속에 잠긴 채 황량한 바람만 분다.

　그런데 오늘,

　십 년 만에 처음으로 한 사람이 암자를 찾아왔다.

　그 사람은 개방의 늙은 거지 궁귀 서축이었다.

4

은천장에 온 후 불망의 생활은 완전히 달라졌다.

그는 질 좋은 옷감으로 만든 새 옷을 입고 듣도 보도 못한 고급 음식들을 먹었다. 하녀들은 입 안의 혀처럼 그가 원하는 기색만 보여도 무엇이든 알아서 처리해 주었다.

어머니와 함께 강호를 주유할 때 돈 때문에 좌절한 경우가 한두 번이 아니었다. 비무는 항상 위험했다. 때론 쓰러지기도 했다. 그럴 때면 불망은 어머니를 대신해 돈을 벌어야 했다. 아이가 할 수 있는 돈벌이란 그리 많지 않았다. 고작해야 산에서 나뭇가지를 주워와 식은 밥 한 덩이와 바꾸는 것, 중년의 부유하게 보이는 아주머니 앞에서 최대한 불쌍한 표정으로 구걸을 하는 것 따위가 불망이 할 수 있는 최선의 돈벌이였다.

돈은 처녀의 없는 불알을 살 수 있을 정도로 상상 초월의 힘을 가지고 있다. 바꿔 말하면 돈이 없는 삶은 고통스럽다. 없는 처녀의 불알도 만들어 팔아야 하니.

가난은 천형(天刑)이다.

불망은 가난 때문에 피지도 못하고 죽어버린 계집아이를 알고 있다.

그녀는 태어날 때부터 약한 심장을 가지고 있었다. 그래서 천식(喘息)을 뗄 수 없는 그림자처럼 달고 사는 아이였다. 사람들은 아이가 오래 살지 못할 거라고 말했다. 불망이 봐도 그랬다. 특히 자고 있을 때, 헉헉거리며 끊어질 듯 가늘게 이어지는 숨소리는 사람의 애간장을 녹였다.

그녀의 아버지는 죽도록 일했다. 하지만 대대로 가난하고, 그래서 배운 것 없으며 못 먹어서 몸까지 허약한 그가 뼈가 빠지도록 일한다고 해서 큰돈을 벌 수 있을까? 행운의 여신이 웃으며 다가오지 않는 한 불가능하다. 그가 벌어들이는 돈은 아이의 약값을 충당하기에도 턱없이 모자랐다. 영원히 깨지 않는 악몽처럼 삶의 희망이라고는 손톱만큼도 남아 있지 않은 가난 속에서 그나마 숨통을 트일 수 있었던 건 아내가 있었기 때문이다. 아내는 그의 장난감이며 화풀이 대상이었다. 그녀의 얼굴은 맞고 또 맞아서 멍 자국이 지워지는 날이 단 하루도 없었다.

폭력 남편과 병든 아이, 그리고 가난.

배고파 울고 있는 아이를 내팽개치고 아내가 도망치던 날, 눈이 펑펑 내렸다. 아내가 사라지자 남자는 식음을 전폐한 채 술독에 빠졌다.

"쌍년! 잡히면 죽여 버릴 거야. 죽여 버리겠다고!"

술 취한 남자는 악을 쓰며 통곡했다.

그러나 그녀를 잡아 죽이기는커녕 그 겨울이 다 가기 전 그는 섭하교 다리 아래서 밀린 술값 대신 몽둥이찜질을 당한 채 얼어 죽었다.

아이가 네 살 때였다.

이 네 살짜리 아이는 부모의 무기력과 무관심으로 말도 배우지 못했다. 그래서 할 줄 아는 말이라고는 생존을 위해 스스로 터득한 '나 배고파요' 뿐이었다.

사람들은 그것을 알지 못하고 멍석에 둘둘 말린 남자의 시체를 아이에게 내던지며 말했다.

"네 아버지가 죽었다."

"나…… 배고파요."

아이는 최대한 불쌍한 표정으로 밥을 구걸했다.

사람들은 끌끌 혀를 찼으나 그뿐이었다. 다 같이 가난한 토굴촌에서 그녀를 보살필 사람은 없었다. 그렇게 부모를 잃은 아이는 누구의 보호도 받지 못한 채 조금씩 죽어가고 있었다.

"먹어버릴까?"

아이를 노리는 어른들이 하나둘 늘어갔다. 어차피 죽을 목숨이라면 먹어치우는 게 나을지도 모른다. 어른들은 자신들의 생각을 그런 식으로 자위하며 앙상하게 뼈만 남은 아이를 다른 사람 몰래 먹어치울 틈을 노렸다.

불망은 '먹어버릴까?' 라는 어른들의 수군거림에 가슴이 철렁 내려앉았다. 그것이 진담인지 농담인지 분간할 수 없었으나 다만 농담이라도 그런 말을 할 수 있다는 것에 가슴이 뛰었다.

결국 아이는 죽었다.

그리고 그날 밤 아이의 시체는 감쪽같이 사라졌다.

비단 가난 때문에 죽는 아이는 불망이 본 그 아이만은 아닐 것이다. 수많은 아이들이 단지 돈이 없다는 이유로 죽어간다. 그 한편에서는 주체할 수 없는 돈을 마르지 않는 샘물처럼 쓰는 사람도 있었다.

안타까운 일이다.

불망은 가슴이 답답했다. 현재 그는 잘 입고 잘 먹고 잘 쓰고 있었다. 하지만 마음 한구석의 공허감은 채워지지 않았다. 그것은 불망도 알지 못하는 사이에 마음속에서 일어나는 공평치 않은 세상에 대한 저항심이었다.

불망은 이모가 부자라는 이유만으로 가난을 벗어나 거대한 전각의 주인이 되었다. 원하는 모든 것을 소유할 수 있었지만 그는 곧 외로워졌다. 주변의 사람들은 물과 기름처럼 그와 어울리지 않았다. 심지어 그가 부릴 수 있는 하녀조차도 부유해 보였다.

불망이 독서를 시작한 건 은천장에 들어온 지 삼 일째 되던 날부터 였다. 글을 알고 있었으나, 유랑 생활이라는 것이 한가하게 책을 볼 짬을 내기 어려웠다. 그래서 그는 학문에 대한 갈증이 심했다. 사람으로 태어나서 사람으로 살아가야 하니 머리를 텅 비워서는 안 된다. 특히 신기루처럼 아련하게만 느끼던 마검혈이었다. 그런데 이제 그것이 손에 잡힐지도 모른다는 생각을 하자 불망은 잠을 이룰 수 없을 정도로 초조했다. 그는 지식에 대한 욕망과 머리 속을 지배하는 온갖 상념들로부터 해방되기 위해 독서에 빠졌다.

햇볕이 좋았다.

불망은 나지막한 담장이 한낮의 양광을 반쯤 가려주는 정원 한곳의 바위에 앉아 책을 읽었다. 그가 읽고 있는 책은 노자의 도덕경(道德經)이었다.

"거지 주제에 구걸이나 할 것이지 쓸데없이 책을 읽다니. 제법 학식이 풍부한 거지가 되고 싶은 모양이지?"

그가 독서삼매경에 빠져 있을 즈음, 도화(桃花)가 만발한 정원 입구에서 한 사람이 비스듬히 벽에 기댄 채 비꼬는 말투를 흘렸다.

책을 읽던 불망은 천천히 고개를 들어 그 사람을 쳐다보았다.

그 사람은 고유기였다.

천향각에 기거하는 동안 불망은 여러 가지 쓸 만한 정보를 하녀들의 입을 통해 입수할 수 있었다. 그중 하나가 자영부인의 주변에는 스무 살 미만의 선남선녀로 이루어진 열두 개의 친위 조직이 있다는 것이다. 사람들은 그것을 피로 맺어졌다 해서 십이지혈(十二之血)이라 불렀다.

염옥과 고유기는 그 십이지혈의 열두 혈주에 속했다.

'거지라······.'

토굴촌에서 처음 그를 만났을 때부터 인상이 좋지 못했다. 성인군자라 해도 더러운 벌레 보듯 자신을 바라보는 자를 좋아할 사람은 없었다.

"거지가 책을 읽지 않는 건 구걸 중에 더 많은 걸 경험할 수 있기 때문이오."

오는 말이 꼬였으니 가는 말이 고울 리 없었다.

"오호! 꽤나 건방진 말투인걸. 내게 감정이 있는 모양이지?"

고유기는 천천히 정원을 걸어오더니 불망의 옆에 앉았다.

"글은 언제 배웠나?"

"오래전에."

"그럼 글을 알면서도 거지처럼 산 것인가? 왜지? 게으르기 때문인가?"

불망은 어이없게 웃으며 고유기를 돌아보았다.

"거지에 대한 그 섣부른 편견이 얼마나 많은 죄를 짓게 되는지를 알고 있소?"

"허······!"

고유기는 한 방 먹은 것처럼 불망을 쳐다보았다. 그러나 이내 같잖다는 듯 소리 내 웃었다.

"하하. 제법인걸. 그런데 도덕경이라?"

고유기는 불망의 손에 들린 책을 뒤적거리며 말했다.

"도를 닦아서 신선이라도 될 생각이냐?"

"내게 볼일이 있소?"

"볼일이 없다면 너 같은 자를 만날 이유가 있겠어? 부인께서 찾으시니 가봐."

고유기는 더 이상 할 말이 없다는 듯 불망의 어깨를 툭툭 치며 일어섰다.

"그리고 노파심에 하는 말인데 말이야, 네가 부인의 조카라고 해서 다른 사람들도 너를 인정해 주는 건 아니야. 조용히 살다 가면 일생이 편안하겠지. 안 그래? 하하하."

고유기는 필요 이상으로 소리 내 웃으며 사라져 갔다.

불망은 아무 일도 없었던 것처럼 엉덩이의 먼지를 털며 일어섰다.

5

불망이 자영부인의 거처를 찾았을 때, 그녀는 늙은 거지와 무릎을 맞대고 앉아 담소를 나누고 있었다. 가루라 가면을 쓴 자영부인의 표정은 보이지 않았으나 늙은 거지는 무엇이 그리 기쁜지 연신 누런 이를 드러내며 박장대소를 터뜨렸다.

죽향과 거지의 몸에서 나는 역겨운 냄새가 뒤섞여 불망은 토할 것처럼 머리가 어지러웠다.

"인사드리거라. 개방의 큰어른이시다."

자영부인의 말에 불망은 꾸벅 인사했다.

“이 아이가 이 몸의 불민한 조카입니다. 불망이라고 하지요.”

“허허. 불민하다니 당치않아요. 눈에 총기가 빛나는 것이 무척 영리한 아이인 듯하오.”

예의상 하는 말이겠지만 늙은 거지의 말에 불망은 내심 쓰게 웃었다. 은천장에 처음 왔을 때보다 불망의 얼굴이 나아진 것은 사실이었다. 그러나 눈 밑 그늘은 마치 먹물을 풀어놓은 듯 짙어 누가 봐도 한눈에 병자임을 알 수 있었다. 시간이 날 때마다 불망신공을 수련하였으며, 자영부인이 보내준 각종 영약을 복용하였으나 열독은 점점 신체를 장악해 오고 있었다.

“만나서 반갑구나. 노부는 궁귀 서촉이라고 한다.”

강호에서 제법 명성을 가진 그의 이름을 불망도 들어본 적이 있었다. 그러나 묻지 않는다면 아는 척할 필요는 없었다. 아는 것보다 모르는 것이 많은 게 생활하기 편한 법이니.

궁귀 서촉이 인자하게 바라보자 불망은 뭐라 해야 할지 모르는 사람처럼 다시 한 번 꾸벅 인사했다.

“불망아.”

“예.”

“너는 서 장로님을 따라가야 한다. 그가 너와 함께 검노의 마검혈을 얻으러 갈 것이다.”

“……!”

순간 불망은 말문이 탁 막혔다. 마치 꿈을 꾸듯 몽롱해진 머리 속에 자영부인의 ‘검노의 마검혈을 얻으러 갈 것이다’ 라는 말이 둥둥 떠 다녔다.

"마, 마검혈이라 하셨습니까……?"

"그렇다. 서 장로님께서 어렵게 일을 성사시켜 주셨다."

처음부터 그녀는 워낙 자신하였기에 불망도 일말의 희망을 걸었다. 하지만 이렇게 빨리 찾아낼 줄 상상도 못했다. 불망은 감격이 복받쳐 올라 하마터면 눈물을 흘릴 뻔했다.

자영부인은 불망의 감격에 한차례 미소를 보이더니 궁귀 서촉에게 말했다.

"곧바로 떠나시겠습니까?"

"그녀의 마음을 얻기 위해 삼 년을 기다렸으니 한시인들 지체할 수 있겠소? 이 노개는 오직 부인만 믿고 바로 떠나겠소."

"빠른 말을 준비해 놓겠습니다."

"은밀히 진행할 일이오. 거지가 말을 타서 주위의 시선을 끌 필요는 없겠지요. 이대로 떠나겠소. 단지 이 아이의 옷차림이……."

서촉은 불망의 비단옷을 벗기고 다 떨어지고 구멍이 숭숭 뚫린 거지옷을 입혔다. 불망은 거지 차림이 된 자신을 보며 내심 쓰게 웃었다. 고유기의 말대로 그는 진짜 거지 모양새가 되어버린 것이다.

"이제야 좀 쓸 만해졌군."

서촉은 만족하게 웃으며 불망을 데리고 개봉을 벗어났다.

성문을 나가자 넓은 갈대밭이 펼쳐졌다.

서촉은 무엇이 그리 흥에 겨운지 콧노래를 불렀다.

불망도 오랜만에 탁 트인 산야를 보자 소풍을 나선 것처럼 마음이 상쾌했다. 불망은 길게 펼쳐진 갈대밭을 개구쟁이처럼 뛰어다녔다. 서축은 연신 노래를 흥얼거리며 시선은 불망의 뒤를 따랐다.

갈대밭 끝에서는 황혼이 지고 있었다.

황혼에 비친 불망의 온몸이 붉게 타올랐다. 노래를 흥얼거리고 있던 서측은 문득 불망의 붉은 몸을 보자 그가 핏물에 타오르고 있다는 생각이 들었다. 그는 불망의 신세 내력을 자영부인으로부터 어느 정도 들었다. 다만 그녀는 그가 수인의 아들이라는 말을 하지 않았기에 불망이 강호에서 제법 명성 아닌 명성을 떨치고 있는 일검경천이라는 건 알지 못했다.

'고난의 연속이라 들었건만 저렇게 천진난만한 녀석이라니…….'

불망은 이리저리 갈대밭을 달려가다가 저 멀리 석양을 배경으로 하늘을 날아가는 철새들을 보았다.

한가하고 평화로운 저녁이었다.

"와! 새들이다!"

불망은 돌멩이를 주워 석양을 향해 던졌다.

푸드득!

돌은 하늘을 나는 철새들을 향해 던졌건만 갈대밭에 앉아 휴식을 취하던 수많은 새들이 돌멩이를 피해 날아올랐다. 붉은 석양 아래로 온통 새들 천지였다.

불망은 양팔을 허공으로 치켜든 채 날아가는 새들을 뒤쫓았다.

새들은 퍼덕거리며 하늘 높이 사라졌다.

불망의 천진난만함을 바라보는 서측의 두 눈이 음울해졌다. 흥얼거리던 노랫가락도 멈춘 지 오래다.

'어차피 죽을 아이다. 마검혈을 손에 넣는다 할지라도 저 아이는 지

킬 힘이 없다. 그러나…….'

좋았던 서촉의 기분은 불망의 천진난만한 모습에 순식간에 우울해 졌다. 의와 협을 위해 개방에 투신했다. 한때는 그렇게 세상을 살고 있 다고 믿었다. 모든 것을 버리는 거지가 되었으나 살다 보니 새로운 것 들이 쌓였다. 거지도 지켜야 할 것이 있게 된 것이다.

'나의 타락한 영혼은 저 아이의 죽음까지 이용하고 있어…….'

어두운 얼굴을 감추기 위해 고개를 들어 황혼을 바라보는 서촉의 모 습은 더 더욱 음울해졌다.

새들을 쫓던 불망이 숨을 헐떡거리며 서촉의 옆으로 달려왔다.

"왜 아무것도 묻지 않느냐?"

서촉은 어두운 얼굴을 지우며 가볍게 말했다.

불망은 눈을 동그랗게 뜨며 '무슨 말씀이신지?'라는 얼굴로 서촉을 쳐다보았다.

"궁금한 것이 많을 거 아니냐. 어디를 가고 있는 것이며, 마검혈은 어떻게 손에 넣게 될 것인지 등등."

"궁금해요."

"그런데 왜 묻지 않았지?"

"말씀해 주실 때를 기다린 건데요."

"기다릴 줄도 아느냐?"

"저는 아직 어리지만 평생 기다리면서 살았어요. 기다리는 건 생각 보다 어렵지만 할 수 없는 것도 아니에요."

"그렇지. 사람은 기다림에 익숙해야 한다. 성급히 조급증을 드러내 면 되는 일도 실패하기 십상이다."

“예.”

“우리가 가는 곳은 월인산의 천사도다. 그곳에 가자 도사질을 하며 한 늙은이가 살고 있지. 그는 한때 북궁도가(北宮刀家)의 가주로서 속명이 북궁면(北宮免)이었다. 들어본 적이 있느냐?”

“칠절신군(七絶神君) 북궁면 대협을 말씀하시는 건가요?”

불망이 되묻자 서축은 의외라는 듯 깜짝 놀랐다.

북궁면이 강호에서 은퇴하고 도사질을 시작한 건 십 년도 더 된 일이었다. 강호인도 아닌 평범한 소년이 알기엔 북궁면은 너무 오래된 사람이었다.

“그의 이름을 어디서 들었느냐?”

“그냥…….”

“하긴 한때 워낙 유명했던 인물이니 네가 알고 있다고 해도 하등 이상할 것은 없지. 그렇다. 그는 시(詩), 서(書), 화(畵) 등 일곱 가지 재주가 뛰어나다고 해서 칠절신군이라 불렸다. 젊은 시절엔 잘생긴 얼굴과 뛰어난 언변으로 많은 여협들의 가슴을 설레게 해서 화화공자(花花公子)라고 불리기도 했고. 그러나 다 옛날이야기고 이제는 고독진인이라 불린다. 하지만 말이야, 그가 왜 모든 걸 등지고 도사가 되었는지는 아직도 의문이란 말이야. 신선이 되려는 것도 아니고.”

“다 가져보았으니 놓을 줄도 아는 게지요.”

불망은 그 자신이 말해놓고 깜짝 놀랐다. 서축은 그에게 묻지 않았으나 말을 하다 보니 그 자신이 하고 싶은 말을 하고 있었던 것이다.

“네가 그러한 경지를 아느냐?”

서축은 지금까지와는 다른 눈으로 불망을 보며 되물었다.

불망은 서촉이 정색을 하자 겸연쩍게 뒷머리를 긁적거렸다.

"전 다만… 제가 이대로 죽으면 후회할 것 같아서요. 태어나서 다른 사람에게 폐만 끼쳤을 뿐, 아무것도 한 게 없거든요."

서촉은 물끄러미 불망을 바라보았다.

'순수한 것인지, 생사의 경계를 넘어 초월한 것인지…….'

서촉은 단 한 번도 그 자신이 후회없는 죽음을 맞이할 것인가에 대해 생각해 본 일이 없었다. 그는 오늘 처음으로 죽는다면 후회할 것인가를 생각해 보았다. 후회할 것 같았다. 그는 최선의 생을 살지 못한 모양이었다.

서촉은 석양이 붉게 타오르는 먼 하늘을 바라보며 속으로 허허 웃더니 다시 말했다.

"마검혈은 그의 수중에 있다. 미리 이야기가 되어 있지만 최종적으로 네가 그에게서 마검혈을 얻어야 한다. 그러기 위해서 너는 노부의 제자인 것처럼 행세해야 한다. 그가 별다른 의심을 하지 않게."

"그분을 속이는 건가요?"

"너와 나의 관계가 모호하니 정립해 두자는 것일 뿐, 특별히 그를 속이고자 하는 건 아니다."

"그렇군요."

말귀가 어두운 불망이 아니었다. 불망과 자영부인, 그리고 서촉의 관계를 일일이 다 설명하기 어려우니 사제지간으로 단순하게 만들어놓자는 말인 것이다. 또 그래야 고독진인이 불망을 다른 의심의 눈으로 보지 않을 것이다.

"나머지는 노부가 알아서 할 것이니 너는 따라오기만 하면 된다. 해

가 지기 전에 산을 넘어야 할 텐데 시간을 너무 지체했구나. 어서 가
자."

6

떠날 때는 늦은 가을이었으나, 월인산에 도착했을 때는 소담스럽게
첫눈이 내리고 있었다.

고독진인이 기거한다는 도관은 초막에 불과했다. 천사도라고 쓰인
현판이 안쓰러울 정도였다. 얼기설기 엮은 지붕으로 조금씩 눈이 쌓이
고 있었는데, 만약 폭설이라도 내린다면 무너져 버릴 듯 위태로웠다.

무슨 엄청난 도관을 기대한 건 아니었지만 불망은 내심 실망했다.
하나 도관에 대한 선입견은 잠시, 불망의 가슴은 마검혈을 벌써 손에
넣은 것처럼 심하게 방망이질 쳤다.

서촉이 인기척을 넣자 도관 안에서 호호백발의 노파가 달려나와 두
사람을 맞이했다.

"별일없었는가?"

서촉은 마치 제집이라도 찾아온 것처럼 노파와 몇 마디 인사치레 겸
농을 주고받으며 고독진인의 거처로 안내를 받았다. 불망은 얌전히 서
촉의 뒤를 따랐다.

고독진인의 방은 검박했다.

낡은 침상과 탁자, 앉아서 책을 볼 수 있게끔 서탁이 한쪽에 있었고
서탁 위로 몇 권의 책이 쌓여 있었다. 다른 한 벽면엔 팔괘(八卦)가 그
려진 한지(漢紙)가 붙어 있었다. 단지 도관이라고 해서 도관으로 알 뿐,

방의 생김새만으로는 여느 집과 다를 바 없었다.

거기에 고독진인은 또 어떠한가?

그가 한때 강호를 쩌렁쩌렁 울리는 북궁도가의 가주였다고는 도저히 생각할 수 없었다. 그는 어디서나 흔히 볼 수 있는 촌로(村老)에 불과했다. 서축은 그가 젊은 시절 화화공자를 행사하였다 했는데, 지금 그의 모습에서는 믿기 어려웠다. 단지, 보통의 촌로와 다른 점이 있다면 혈색이 남달리 좋다는 것뿐이었다.

'북궁도가는 도의 명가인데, 방에 칼이 없구나…….'

남몰래 방의 곳곳을 훔쳐본 불망은 내심 의아하게 생각했다.

따뜻한 차가 나오고 의미없는 인사말이 오간 후, 서축은 불망을 가리키며 말했다.

"이번에 들인 제자일세. 자네의 도움이 간절히 필요해. 부디 거절하지 말고 날 좀 도와주게."

고독진인은 불망을 향해 인자하게 웃더니 입을 열었다.

"이미 강호를 떠났으니 마검혈은 내게 필요없는 물건일세. 다른 사람에게 가 유용하게 쓰인다면 바랄 게 없네. 무 대협(無大俠)도 그리 생각할 것이고. 그러나 무 대협에게 함부로 폐를 끼칠 수는 없는 일이 아닌가? 마검혈을 소유하는 데 조건이 필요한 건 아니지만 최소한 인의로운 자가 소유해야 분란이 없을 걸세. 그래서 자네의 제자를 데려와 보라고 한 것이기도 하고."

검노의 속명은 무극경(無克敬)이었다. 때문에 고독진인은 그를 무 대협이라 칭한 것이다.

"허허. 그래서 이렇게 오지 않았나."

"그래, 잘 왔네."

"내 제자라서 하는 말이 아니라 아이는 올바르게 키웠네. 자네도 마음에 들 걸세."

고독진인의 노회한 시선이 물끄러미 불망을 쳐다보았다. 조금 전 인자하게 웃던 모습과는 사뭇 달랐다.

"적혈신화장을 맞았다고 들었는데 어찌 된 연유인지 말해줄 수 있겠느냐?"

"제가 아기일 때 일어난 일이라 기억하지 못합니다."

불망은 머리를 조아리며 감히 올려다보지 못하고 말했다.

"내가 알지 못하는 근래 십여 년 사이에 무 대협이 제자를 키우지 않았다면 적혈신화장을 시전할 수 있는 자는 없다. 알고 있느냐?"

"알고 있습니다."

"그렇다면 네가 어찌 적혈신화장을 맞아?"

누구나 이상하게 생각하는 부분이었다. 그러한 의혹은 몇 마디 말로써 풀 수 있는 게 아니었다. 불망은 말없이 웃옷을 벗었다. 그의 가슴은 갈비뼈가 드러나 보일 정도로 앙상했다. 거기에 열 개의 혈인이 뚜렷이 찍혀 있었다. 흔적이 있으니 그것보다 더 뚜렷한 증거는 없었다.

"으음. 적혈신화장을 맞고 일각도 버티지 못해야 하거늘……."

"전에 말했듯 개방에서는 이 아이를 살리기 위해 온갖 노력을 아끼지 않았어. 본 방의 일로 자네에게 폐를 끼치고 싶지 않았으나 결국 이렇게 찾아왔으니 돌고 돌아 제자리에 온 셈이지."

"네 사부가 너를 위해 온갖 노력을 다하였구나."

적혈신화장에 맞고 죽지 않았으니 그 노력이 얼마나 눈물겨운 것인지 고독진인은 알고 있었다.

불망은 그게 아니라 말하고 싶었다. 어머니의 힘든 노력이 다른 사람의 공이 되는 것은 용납하기 어려웠다.

불망은 고통스러운 얼굴이 되었다.

"하고 싶은 말이 있는 게냐?"

"무엇이든 말을 해도 되겠습니까?"

"그렇다. 하고 싶은 말이 있다면 하거라. 무엇이든 좋다."

"어머니께서는 이 세상 누구도 믿지 말라고 저를 가르쳤습니다. 부유하고 무공이 강하고 권력이 있을수록 남을 잘 속인다고 말씀하셨습니다. 그러나 어머니께서는 네가 그 사람을 필요로 한다면 네 자신이 그를 속이지 않고 솔직한 믿음으로 대해야 한다고 하셨습니다. 그러면 그 사람도 저를 믿고 마음을 터놓을 거라고 하셨습니다."

"……!"

고독진인의 얼굴에 의혹이 스쳤다.

그는 아주 오래전, 누군가에게 그러한 말을 해준 적이 있었다.

"사실을 아뢰겠습니다."

"불망! 무슨 말을 하려는 게냐!"

서촉은 대경실색하며 불망의 입을 막으려고 했다.

고독진인이 팔을 들어 서촉을 제지했다.

"저는 이분의 제자가 아닙니다."

"하면?"

"속이려고 한 건 아닙니다. 살고 싶었습니다. 무슨 수를 써서라도 마검혈을 가지고 싶었습니다. 그래서 검노를 만나고 죽음의 공포가 없는 편안한 세상을 단 하루라도 살고 싶었습니다."

"그렇다면 너는 사실을 말할 필요가 없었다."

"거짓으로 삶을 연장한다면 그것이 어찌 참된 삶이라 할 수 있겠습니까? 거짓으로 이룩한 삶을 고통없이 살아갈 수 있겠습니까? 지금 한 순간의 거짓도 이토록 고통스러운데 평생 진인을 속이고 거짓된 삶을 무덤까지 가져간다면 그것은 죽음의 공포보다 더욱 큰 고통일 거 같습니다."

불망은 그간 자신이 살아온 이야기를 고독진인에게 숨김없이 말했다. 어머니와 함께 겪었던 수많은 고초들과 자식이 검의 절대고수가 되기를 바라는 그녀의 눈물겹도록 헌신적인 사랑 이야기를.

불망의 이야기를 듣고 있는 고독진인의 안색이 점점 변했다.

이야기가 모두 끝났을 즈음 불망은 닭똥 같은 눈물을 주르륵 흘리고 있었다.

"어머니를 위해서라도 저는 살고 싶습니다. 진인, 부디 제게 마검혈을 주십시오."

불망은 소매로 눈물을 닦으며 고독진인을 향해 절을 했다.

"네가… 정녕… 수인의… 아들이냐?"

고독진인은 충격에 온몸을 부르르 떨며 더듬거렸다.

"그렇습니다, 진인. 제가 바로 수인의 아들입니다."

"그래, 그렇구나. 네가 바로 수인의 아들이로구나."

불망의 앞에 앉은 고독진인의 두 눈에서 눈물이 흘렀다. 칠십을 바라보는 나이. 세상의 모든 변화를 지켜본 노영웅의 눈에서 아직 흐를 눈물이 남아 있다는 것은 놀라웠다.

옆에서 참담하게 이야기를 듣고 있던 서축도 놀란 얼굴을 감추지 못
했다. 상황이 워낙 변화무쌍하여 자신이 취해야 할 행동을 판단하기도
어려웠다.

"십오 년간 단 한 번도 수인을 잊어본 적이 없다. 내게 있어서 십오
년간의 삶은 삶이 아니라 지옥이었다. 그런데 수인이 너를 내게 보냈
구나. 그 자신이 힘으로 어찌할 수 없으니 비로소 내게 도움을 청하였
구나. 고맙다. 고마워. 고마운 일이다."

고독진인은 의자에서 비틀거리며 일어나더니 바닥에 엎드려 오열하
는 불망의 어깨를 어루만졌다. 찰나의 순간에 그의 온몸에선 만감이
교차했다.

第5章

주어서
비워진 가슴

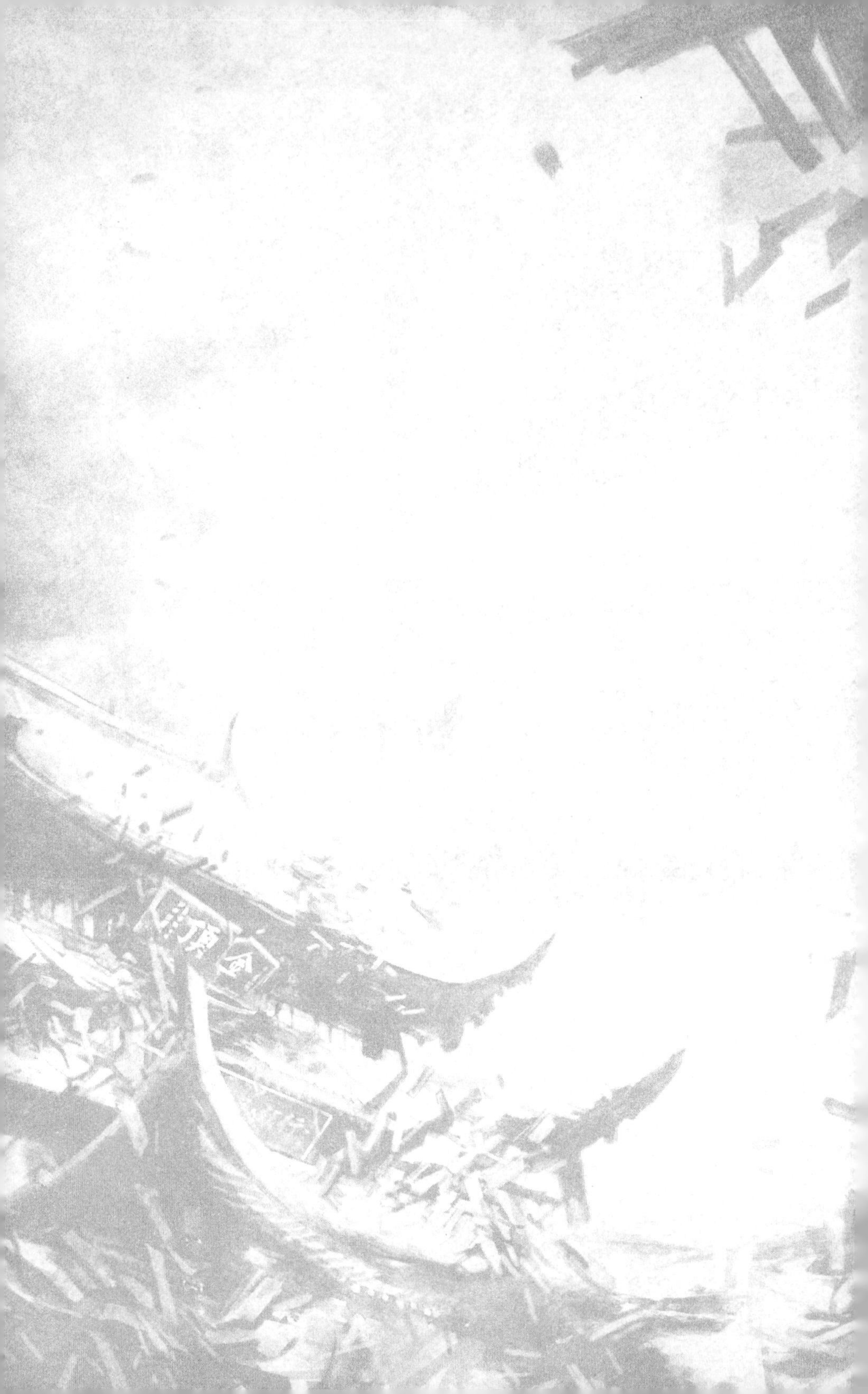

어떤 말로도 표현될 수 없는 감정 하나가 있다.

한 번 보고 다시 한 번 보기를 반복하는 와중에 헤어날 수 없는 운명의 질곡은 이미 그의 정신을 삼켜 버렸다.

죽는 날까지 끊어지지 않으며 끊고 싶지도 않은 이름 하나가 있다.

수인…….

처음 그녀를 만났을 때, 그는 오십하고 삼 년을 더 산 나이였다. 하지만 그녀는 열여덟. 삼십오 년이라는 세월의 벽은 시대를 뛰어넘고 남을 정도로 장구(長久)하다. 결혼을 했고 가문의 대를 이었으며 세상의 이치를 어렴풋이 깨달아 적당히 타협할 줄 아는 때 묻은 나이가 되었을 때, 그녀는 막 태어났다.

위대한 북궁도가의 가주였던 자가 서른다섯 살이나 어린 여자를 사랑하였다. 속세의 규범도 사랑 앞에서는 무용지물이었다.

젊은 시절 화화공자로 이름을 날렸던 그가, 여자는 의복과 같아 마음에 들지 않거나 더러워지면 갈아입어야 한다고 생각했던 그가, 사랑 따위는 선술집 작부의 찌그러진 젖가슴보다 형편없는 것이라고 믿었던 그가 미친 사랑의 열병을 앓게 될 줄은 그 자신조차도 몰랐다.

그러나.

혈맥을 타고 흐르는 뜨거운 피처럼 그의 정신 속을 흐르는 한 사람.

화산처럼 폭발하는 뜨거운 가슴속에서 그 자신을 흔적없이 녹여 버리는 한 사람.

그 사람으로 인해 세상이 빛을 뿌리고 있었으니… 이것이 사랑이 아니고 무엇이겠는가? 세상 삼라만상(森羅萬象)이 모두 사라지고 오직 그 사람만이 존재하는데… 이것이 미친 사랑의 열병이 아니고 무엇이겠는가?

하지만 그녀는 바람이었다.

아무리 잡으려 해도 잡을 수 없이 손가락 사이로 빠져나가는 바람.

원하는 것은 무엇이든 가질 수 있는 북궁면이었으나, 사람의 마음만큼은 돈과 권력과 명예와 무공으로도 살 수 없는 것이었다. 가질 수 없었기에 더욱 간절했는지도 모른다. 자신이 아닌 다른 남자를 사랑하는 여자. 하지만 그녀가 그의 남은 인생이며 삶이며 영혼이었다.

그녀는 한 사람의 추천서를 가지고 북궁도가에 왔다.

머물렀던 시간은 불과 한 달여.

그리고 바람이 불고 벚꽃이 만발하여 휘날리던 날, 수인은 북궁면에게 등을 보였다. 돌아선 그녀의 뒷모습은 휘날리는 벚꽃에 가려 뿌연

안개처럼 흐렸다.

“수인…….”

북궁면은 백발이 성성한 수염을 휘날리며 목이 메어 나오지 않는 음성을 쥐어짜듯 그녀를 불렀다.

“가지 마라. 이제 난 네가 없으면 단 하루도 살 수 없다.”

한 문파의 수장인 그가, 강호무림의 위대한 명숙인 그가 열여덟 살짜리 여자 아이 때문에 마지막 자존심을 버리고 그녀의 치마 끝에 매달렸다.

수인은 길게 한숨을 쉬며 무겁게 걸음을 멈췄다.

북궁면은 피를 토할 듯 충혈된 눈으로 그녀를 애타게 갈구했다.

“내가 모든 것을 버리마. 여기 남는 것이 싫다면 내가 너를 따라가게 해다오. 종이라도 좋다. 노비라도 좋다. 너를 위해 빨래를 하고 밥을 짓고 옷을 기우겠다.”

수인은 북궁면을 돌아보았다.

북궁면은 처연했다. 오십이 넘은 남자가 어머니의 허락을 기다리는 어린아이의 절박한 눈으로 그녀를 보고 있었다.

“나는 가주님을 사랑하지 않아요.”

“나를 사랑하지 않아도 좋다. 내가 너를 사랑한다. 네가 없으면 나는 살아야 할 의미가 없다.”

“그럼…….”

수인은 비정했다.

“살지 마세요.”

“…….”

　북궁면은 마법에 걸린 것처럼 그 자리에 털썩 무릎을 꿇었다. 흩날리는 벚꽃은 그의 머리 위에 눈꽃처럼 떨어졌다.

　"그것이 네가 진정으로 바라는 바냐?"

　"……."

　수인은 대답하지 않았다.

　"그렇게 하면…… 영원히 네 마음속에 남을 수 있겠느냐?"

　북궁면의 손은 부르르 떨렸다. 그는 칼집에서 칼을 뽑았다.

　"당신…… 정말 죽을 생각은 아니겠죠?"

　"함께 있을 수 없다면…… 오직 기억해 주기를 바랄 뿐이다."

　허무한 음성 뒤로 그는 이미 결심을 굳힌 듯 망설임이 없었다. 칼을 거꾸로 잡은 그의 손이 목을 그었다. 놀란 수인의 낚싯대가 날아온 것은 바로 그 순간이었다. 낚싯줄이 북궁면의 칼을 휘감아 허공으로 날렸다.

　그러나 이미 그의 목에는 깊은 혈선이 그어졌다. 숨을 쉴 때마다 핏물이 배어 나왔다.

　"어이없는 사람……."

　수인은 달려가 북궁면의 목에서 흐르는 피를 자신의 옷으로 닦았다.

　"말했잖아요. 나는 이미 마음을 준 사람이 있다고. 당신이 나를 놓지 못하듯 나도 그를 놓지 못해요."

　"수인… 난……."

　"다음 세상에선."

　수인의 눈가에 맑은 이슬이 맺혔다.

　"내가 다른 곳을 보지 못하게…… 우리 같이 태어나요. 그때까지 당신이 기다려 주실 수 있다면……."

수인은 눈물을 지우며 돌아섰다.

북궁면의 목에서 다시 피가 흐르기 시작했다. 핏물 위로 눈물은 말없이 흘렀다.

'그녀가 떠난 후… 숨을 쉬는 것조차 힘들 때가 있었다. 저무는 황혼의 태양을 한없이 바라보고 앉아 세상에 대한 관조를 넘어 자살을 꿈꾸기도 했다. 내 칼에 베어진 짚단이 땅 위에 쓰러지듯, 나 역시 그렇게 쓰러져 버리고 싶은 충동을 느낀 적도 한두 번이 아니다. 그러나 나는 아직 이렇게 숨 쉬고 있다. 마치 아무 일도 없었던 사람처럼…….'

북궁면, 아니, 고독진인은 불망을 바라보았다.

십오 년이 흘렀지만 불망에게서 그녀의 모습을 찾는 건 어렵지 않았다. 불망은 그녀와 닮았다. 어려운 생각을 할 때 코끝에 주름을 짓는 것과 미안한 말을 할 때 살짝 얼굴을 붉히며 머리를 긁적이는 것도. 심지어 눈가에서 떨어지는 맑은 이슬까지 그는 그녀와 닮았다.

'모두 주어서 텅 비어진 가슴. 아직도 그녀에게 줄 것이 있음에 감사할 따름이다.'

"호법을 서게."

고독진인은 궁귀 서촉에게 말했다.

2

파파파팟!

화개(華蓋), 선기(璇璣), 천돌(天突), 염천(廉泉) 등 고독진인은 빠르게 불망의 열여덟 군데 혈을 찍었다.

불망은 거짓말처럼 움직이지 못했다.

"마음을 고요히 흐르는 물처럼 편히 가져라."

고독진인의 쌍장이 불망의 양쪽 젖가슴에 부딪쳤다.

순간 노도와 같은 그의 내공력이 장심을 통해 불망에게 전이되었다.

북궁도가의 태양신공(太陽神功)은 거칠고 강하다. 그래서 불망처럼 무공을 전혀 모르는 자가 내력을 받아들인다면 견디지 못하고 목숨을 잃고 만다. 그러나 고독진인은 젊은 시절 우연히 전진교(全眞敎)의 대연신공(大硏神功)을 얻는 기연이 있었다. 이 대연신공은 천 년 도가의 맥을 면면이 이어 내려오는 비급 중의 비급이었다. 고독진인은 지난 십여 년간 천사도에 기거하며 북궁도가의 강함과 전진교의 웅대함을 합해 새로운 내공심법을 창안했다. 신공의 이름은 월인산 자락에서 창안했다 하여 월인신공(月引神功)이라 지었다.

아직까지 강호에 단 한 번도 모습을 나타내지 않았던 월인신공이 불망의 몸 안으로 쏟아져 들어와 휘몰아쳤다. 내장이 뒤틀리고 온몸의 뼈마디가 우두둑거렸다. 혈맥은 터져 버릴 듯 팽창했다. 불망의 신체는 그 자신도 모르게 긴장하며 힘이 들어갔다.

"대항하지 마라. 단전기문을 열어 노부의 내력을 물처럼 흐르게 하라. 음양이 교감하고 인혼화동(絪混和同)하듯 노부의 내력이 휘돎에 몸을 맡겨라. 오르고 내리고 휘날림이 연속하여 태허(太虛)의 경지에 이르게 하라."

고독진인은 고통스러워하는 불망에게 전음을 보냈다.

불망은 아득한 와중에 한 가닥 정신력으로 고독진인의 말을 되새김질했다. 그의 말을 따라 자신을 잊는 무아(無我) 무소유(無所有)의 경지에 다다르려 노력했다.

"우주 삼라만상이 모두 몸 안에서 있다. 자아(自我)를 버리고 대우주의 기(氣)만으로 공허하게 하라."

비록 배운 것 없는 불망이었으나 어머니가 몸으로 보여주었던 수없이 많았던 비무는 은연중 삶과 죽음, 인생과 자연의 이치를 깨우치게 해주었다. 무학의 심오한 이치도 바로 거기에 있지 않겠는가. 불망의 오장육부와 기경팔맥은 깨달음에 상응하는 만큼 고독진인을 받아들였다.

"월인신공은 정신을 온화하게 하는 것으로 시작한다. 편안하게 자리에 앉아 몸을 따뜻하게 하고 움직이지 아니한다. 호흡은 가늘어 귀에 들리지 말아야 하며 눈은 공기 중에 흐르는 미세한 먼지도 보이지 아니해야 하며 마음은 생각하는 것이 없게 해야 한다. 가슴과 단전은 열고 기는 제멋대로 흐르게 내버려 두어라."

듣기는 간단하지만 오랜 수련이 없으면 불가능했다. 그러나 불망은 힘껏 내응하였고 고독진인은 좋은 스승이 되어 그를 인도했다.

일각여 시각이 지나자 불망은 점점 고통을 잊을 수 있게 되었다.

혈도를 따라 힘찬 기운이 사지백해로 흐르는 게 느껴졌다. 불망의 온몸은 수십 년 만에 처음 목욕을 한 사람처럼 시원해져 뭐라고 말할 수 없을 정도로 황홀한 쾌감을 느꼈다. 그것은 꿈속에서 느끼던 몽정(夢精)의 쾌감과 비슷한 것 같으면서 질적으로 달랐다.

반 시진가량이 지나자 고독진인의 장심은 붉게 타올랐다. 머리 위에서는 아지랑이가 피어올랐고 온몸에선 땀이 비처럼 쏟아져 도포마저 흠뻑 젖었다.

그는 그 자신의 공력에 상당한 자신감을 가지고 있었다. 특히 대연신공을 얻은 이후로 그의 공력은 일취월장하여 내심 소향무적(所向無敵)의 자부심마저 있었다. 때문에 검노에게 가지 않더라도 불망을 치료할 수 있을 거라 믿어 의심치 않았다.

몸 안의 열독을 내공으로 태워 버리는 것은 쉽지 않지만 하지 못할 일도 아니었다. 상황은 그의 뜻대로 되고 있었다.

하지만 어느 순간 불망의 가슴에 맞닿은 그의 양팔이 와들와들 떨리기 시작했다.

백수인은 약 십 년간 각고의 노력 끝에 열독을 체내에서 더 이상 번지지 못하게 잡아 가두었다. 그런데 고독진인의 웅대한 월인신공이 흡입되면서 모든 것이 흐트러져 버렸다.

불망의 신체가 시뻘겋게 달아오르며 뜨거워지기 시작했다.

고독진인의 장심도 붉게 타올랐다. 시작하였으니 끝을 봐야 한다. 이른바 기호지세였다. 고독진인은 월인신공을 십이성 끌어올렸다. 양팔이 점점 더 심하게 떨리며 이마에서 흐르는 땀은 시야를 가렸다.

궁귀 서촉은 본의 아니게 방관자가 되어 호법을 서고 있었다. 달리 찾아올 사람이 있는 것도 아니니 호법을 선다는 것 자체가 무의미한 일이었다. 그는 있어도 되고 없어도 되는 사람으로 전락하고 만 것이다.

서촉은 지금 고독진인이 굉장히 위험한 상태라는 걸 알았다.

‘검노의 적혈신화장을 내력으로 태워 버리려 하다니……’

얼마나 무모한 선택인지는 누구보다 고독진인이 잘 알고 있을 것이다. 물론 그의 선택은 그 자신을 포함하여 누구도 성사 여부를 단정할 수 없었다.

‘그러나.’

서촉은 바싹 마른 입술을 혀로 적시며 ‘그러나’ 라고 생각했다.

‘지금 그의 천령개(天靈蓋)를 내려친다면……’

아무리 고독진인이라고 해도 죽을 수밖에 없다.

서촉의 투명한 시선이 도관(道冠)에 가려진 고독진인의 정수리를 내려다보았다.

그는 지금까지 그러한 생각을 해본 적이 없었으나 한 번 그러한 생각이 들자 헤어 나올 수 없는 늪에 빠진 사람처럼 허우적거렸다. 그것은 서촉의 선택을 강요했다.

고독진인과 그는 오십 년 친분을 유지하고 있었다. 젊은 시절, 어울려 술을 마시고 계집질을 했으며 불알을 내놓고 함께 목욕도 했다. 청춘의 열정과 의(義)와 협(俠)을 앞세워 호연지기를 키웠다.

그러나 시간은 덧없이 흐르고 고독진인은 늙고 그도 늙었다. 원한다면 생명이라도 나누어 줄 수 있을 것 같았던 우정은 세월의 화살에 맞아 쇠락하고 가슴 한구석에서 말없이 잠들어 있었다.

세월은 우정을 버리고 탐욕을 키웠다.

‘천사도에는 단 네 사람.’

그중 세 사람이 같은 방에 있고 한 사람은 밖에 있다.

밖에 있는 한 사람은 늙어 허리까지 꼬부라진 고독진인의 하녀일 뿐이다. 자신을 제외한 세 사람이 한날한시에 죽는다면 천사도는 그의 차지가 된다. 그리고 이곳 어딘가에 마검혈은 반드시 있을 것이다.

서측은 고독진인의 부들부들 떨리는 팔을 보며 마른침을 삼켰다.

'북궁면. 가난한 농부의 자식으로 태어난 나와 달리 너는 가문의 후광 하에 모든 것을 다 가졌다. 하지만 나는 한 번도 너를 시기하거나 질투하지 않았어. 왜냐고? 달리는 출발선이 달랐으니 처음부터 나는 너의 경쟁 상대가 될 수 없다고 생각한 거지. 풍요로운 자만이 나눠 줄 줄도 알지. 너는 그 풍요로운 자였고 나는 너무 없이 살다 보니 무엇이든 움켜쥐고 내놓을 줄 모르는 옹졸한 자였어. 미안하네. 자네는 뭐든 나눠 줄 줄 아는 사람이니 옹졸한 내가 하나만 더 가져가겠네.'

만약 고독진인이 불망의 치료를 위해 빈틈을 보이지 않았다면 서측은 결코 그를 상대로 이런 생각을 하지 않았을 것이다.

'그러니 전적으로 나의 책임은 아니지. 마검혈을 앞에 두고 욕심을 부리지 않을 자가 몇 명이나 되겠는가!'

서측은 암암리에 진기를 끌어올렸다. 단 한 수에 끝내야 한다. 상대에게 반격할 여지를 남겨두면 이득이 없다. 그래서 그는 혼천공(混天功)을 준비했다. 원래 자신을 감추기 위해선 개방의 무공을 사용해서는 안 되는 것이나 서측은 빨리 끝내야 한다는 생각이 앞서 미처 거기까지 계산해 두지 못했다.

불망과 고독진인의 옆에서 서성거리던 서측의 눈이 한순간 악독하게 변했다. 동시에 그의 오른팔이 빠르게 허공으로 올라갔다.

'죽엇!'

서측의 팔이 고독진인의 천령개를 향해 내리 꽂혔다.

그런데 그때였다.

'위험해!'

서촉의 오감이 소리쳤다.

본능적으로 고개를 뒤로 돌렸다. 그의 뒤에는 휘장으로 가려진 방문이 있었다. 그곳에서 소털보다 가는 십여 개의 쇠침이 서촉을 향해 날아왔다.

'허억! 봉황침(鳳凰針)!'

찰나의 순간 봉황침을 떠올린 것은 쇠침의 좌우가 날개처럼 펼쳐져 있었기 때문이다. 날개에서 시퍼런 독물이 떨어졌다. 서촉은 피해야 한다고 생각했다. 사천당가의 십대암기 중 하나인 봉황침의 독은 집채만 한 황소도 눈 깜짝할 사이에 죽일 수 있다고 알려져 있었다.

서촉의 상체가 옆으로 흔들렸고 팔은 고독진인의 천령개를 스치며 내리 꽂혔다.

파파파팟!

봉황침은 맞은편 벽에 붙은 팔괘 그림의 한지에 나란히 박혔다.

"크으윽!"

고독진인의 입에서 답답한 신음성과 주르륵 선혈이 흘렀다.

부릅떠진 고독진인의 눈은 충혈되었다. 고통을 이기려는 의지와 여기서 멈출 수 없다는 절박감에 눈까풀이 파르르 떨렸다. 불망의 가슴팍에 맞닿은 장심은 강도 높은 지진이라도 만난 것처럼 덜덜거렸다.

고독진인의 진기가 급락을 거듭하자 불망이 참지 못했다.

"푸왓!"

앉은자리에서 피화살을 뿜으며 상체는 썩은 짚단처럼 앞으로 꼬꾸라졌다. 불망의 입에서 뿜어진 피화살에 마주 앉아 있던 고독진인의 얼굴과 허연 수염이 온통 핏물을 뒤집어썼다.

"부… 불망……."

고독진인은 자신의 상세를 돌볼 겨를도 없이 쓰러진 불망을 애타게 불렀다.

용두괴장을 든 노파가 휘장을 가로지르며 방 안으로 뛰어들었다.

서축은 경황이 없었다.

그는 용두괴장을 든 노파가 고독진인의 늙은 하녀이며 자신의 목과 다리에 가는 쇠침이 박혀 있다는 것만을 인식할 뿐이었다. 쇠침이 박힌 목 주변의 피가 죽으며 검은 반점이 생겼다. 반점은 눈을 한 번 깜박거리고 볼 때마다 점점 커져 있었다. 서축은 아픔을 느낄 겨를도 없었다. 다만 정신이 혼미해지고 있었다.

바람을 가르며 용두괴장이 그의 머리통을 향해 날아왔다.

서축은 몸을 날려 창문을 부수며 도망치기 시작했다.

노파는 서슴없이 서축의 뒤를 쫓았다.

"혜… 혜홍(惠鴻)……."

고독진인은 팔을 저으며 노파를 불렀다.

노파는 한순간의 분노를 참지 못해 서축의 뒤를 쫓으려 하였으나, 고독진인의 부름에 번뜩 정신을 차렸다. 놈을 쫓는 것보다 고독진인의 상세를 살피는 것이 더 급했다.

고독진인은 쓰러진 불망을 아득하게 바라보고 있었다. 심장이 미어지다 못해 손톱으로 갈가리 쥐어 뜯어내는 것 같았다. 십오 년의 세월이 아물게 했던 고독진인의 목 주변 칼자국이 옷의 단추가 뜯어지듯 투투툭! 터져 나가며 회한의 피를 쏟아냈다.

노파는 다급한 대로 휘장을 뜯어냈다. 고독진인의 목에서 쏟아지는 피를 지혈하기 위함이었다.

"진인, 고개를 들어보세요."

쓰러진 불망을 바라보기 위해 숙여진 고독진인의 목을 노파는 사정없이 들어올렸다. 그러나 고독진인은 옆으로 고개를 돌렸다.

"나, 나는… 괜찮다. 부, 불망을… 살펴라……. 어… 어서!"

그러나 노파는 불망을 외면했다. 난생처음 보는 아이, 설사 아이가 죽는다 할지라도 그녀는 눈 하나 깜짝할 이유가 없다.

"진인을 살핀 후 아이를 살피겠어요."

찢어진 휘장이 고독진인의 목을 감기 시작했다.

"혜홍! 제, 제발… 불망을… 제발……."

고독진인이 소리치자 다시 피가 역류하여 휘장마저 빨갛게 젖었다.

이 상태로는 지혈이 불가능했다. 고독진인은 외상이 아니라 마음의 상처를 치료해야 했다. 아이가 죽는다면 그도 살 수 없을지 모른다고 노파는 생각했다.

고독진인의 그러한 태도를 그녀는 이해하기 어려웠으나, 현재로서는 명을 따르지 않을 수 없었다. 아이를 살려야 그도 살 수 있는 것이기에.

노파는 짚단처럼 쓰러진 불망을 한 손으로 일으켜 앉게 했다. 그리고 진기를 주입하기 시작했다. 주름 깊은 눈으로는 고독진인을 살피며.

노파의 이름은 막혜홍(莫惠鴻)이다.

그녀는 고독진인의 아내인 당자란(唐紫蘭)이 북궁도가에 시집올 때 함께 온 시비이자 호위무사였다. 당자란은 죽기 직전 평생 자신을 위해 수고해 온 그녀에게 자유를 주었다. 그러나 당자란의 그림자로 생을 바친 그녀는 갈 곳도 없었고 세상의 도리도 몰랐다. 당자란이 죽은 이후에도 북궁도가의 하녀로 남았으며, 고독진인의 충복으로 오늘날까지 살아온 것이다.

그녀의 무공 기초는 당가에서 수립되었으나, 북궁도가에 온 이후 고독진인의 눈에 들어 직접 가르침을 받았다. 하지만 구중궁궐 깊숙한 곳에 기거하는 그녀가 다른 사람과 손발을 다툴 일은 없었다. 때문에 고독진인을 제외한 누구도 그녀의 본 실력을 알지 못했다. 서측 역시 그녀를 안중에 두지 않고 일을 꾸몄기 때문에 당할 수밖에 없었다.

더욱이 평생 결혼을 하지 않은 처녀의 몸으로 육십 년 이상 수련해 온 순음무극공(純陰無極功)은 이미 화경에 이르렀다.

불망의 가슴에 적중된 혈라인은 불에 타는 듯한 극양의 성질을 띠고 있었고 막혜홍의 순음무극공은 얼어붙을 정도로 차디찬 극음이었다. 음양의 조화가 그런대로 어울리니, 순음무극공은 열독을 빨아들이기에 더없이 적합했다.

그녀가 반 시진쯤 운기하자 불망의 핏기없는 얼굴에 점점 혈색이 돌아왔다.

고독진인은 그녀가 손을 쓰자 비로소 마음을 놓고 자신의 몸을 보호했다. 만약 그녀가 제때 나타나 주지 않았다면 서축의 장력에 자신은 물론 불망도 목숨을 부지하기 어려웠을 것이다. 죽는 것은 두렵지 않으나 아직 죽을 때가 되지 않았다고 생각하는 고독진인이었기에 실로 아찔한 순간이 아닐 수 없었다.

그가 한 번 운기조식을 끝내고 눈을 떴을 때, 막혜홍의 얼굴에 은은한 붉은 기운이 감돌며 손가락 끝이 가볍게 떨리고 있었다. 불망의 열독을 잡아내지 못하고 오히려 밀리고 있는 것이다.

"견디지 못하겠으면 인계하거라. 억지로 버텨서는 안 된다."

불망의 몸은 뜨거워질 대로 뜨거워져 활활 타오르는 거대한 숯덩이 같았다.

막혜홍을 물러나게 하고 고독진인의 장심이 불망에게 부딪쳤다. 그러나 한 번의 운기조식으로는 손상된 진기를 모두 회복할 수 없었던 고독진인은 불망에게 손을 대자마자 전신을 부들부들 떨었다.

막혜홍은 한쪽에 앉아 진기를 삼관을 통하게 하여 단전의 내공을 움직여서 빨아들였던 열독을 한 가닥 한 가닥 모두 태워 버렸다. 그녀는 열독을 모두 제거한 후 고통스러워하는 고독진인에게 다시 불망을 넘겨받았다.

이렇게 두 사람이 사흘 밤낮을 돌아가며 불망을 치료했다. 피로가 극심했으나 불망은 점점 안정을 찾았다. 열독 역시 조금씩 제거되었다.

불망의 회복은 빨랐다.

그러나 일주일이 넘어서자 더 이상 변화가 없었다.

고독진인은 자신과 막혜홍의 능력으로는 한계에 다다랐음을 알았다.

만약 처음부터 두 사람이 힘을 합해 불망을 치료하였다면 큰 효과를 볼 수 있었을지 모르겠으나, 이미 진기가 뒤틀려 열독이 전신에 퍼진 상태에선 한계가 있었다.

고독진인은 땅을 치며 애석해했으나 늦은 후회였다.

'현재로서는 달리 방법이 없다. 오직 무 대협의 진전을 이어 그의 내공력을 전수받는 길뿐.'

"아무래도 불망을 데리고 천애봉에 다녀와야겠네."

고독진인은 침상에 누워 잠들어 있는 불망을 내려다보며 회한에 젖은 음성으로 말했다.

막혜홍은 깜짝 놀라며 고독진인의 뒷모습을 바라보았다. 밑으로 처진 고독진인의 어깨가 슬펐다.

"진인, 천애봉까지는 수만 리 길입니다. 진인께서도 몸이 안 좋으신데…….."

"불망의 치유는 이미 우리의 능력을 떠났네. 어차피 갈 거라면 빠르면 빠를수록 좋아."

"제가 모시겠습니다."

"아니야. 달리 일이 없다면 한 달이면 다녀올 길이야. 자네는 이곳에 남아 개방의 움직임을 살펴주게. 만약 서촉이 죽지 않았다면 반드시 나타날 것이야. 그가 나타나면… 죽이게."

고독진인은 목의 상처를 어루만졌다. 그에게 있어서 목의 상처는 깊은 아픔이자, 마음의 위안이었다.

막혜홍은 그가 떠나기로 완전히 결심을 굳혔음을 알았다. 북궁도가의 가주 직을 내놓고 도사가 되겠다고 했을 때도 세가의 사람들은 모두 반대했으나 뜻을 관철시킨 고독진인이었다. 한 번 마음을 굳히면 어떤 말로도 되돌릴 수 없었다.

막혜홍은 나직하게 한숨을 내쉬었다.

'그저 조용히 살기를 바랐을 뿐인데…….'

그 길이 너무 어렵고 어렵다.

다음날, 고독진인과 불망은 길을 떠났고 막혜홍은 천사도에 홀로 남았다.

그녀는 하루를 어떻게 보냈는지 모를 정도로 넋이 나가 있었다. 뜬 눈으로 밤을 새웠으나, 그 긴긴밤을 무슨 생각으로 지새웠는지 도무지 기억나지 않았다.

이른 새벽부터 그녀는 집 안 곳곳을 청소하기 시작했다.

쓸고 닦고 또 쓸고 닦았다.

천사도의 곳곳은 광이 날 정도로 번쩍거렸다. 호호백발에 허리마저 활처럼 휜 그녀였으나, 한낮이 될 때까지 하늘 한 번 보지 못하고 오직 구부정하게 엎드려 바닥을 닦았다. 그것만이 그녀가 할 수 있는 유일한 일이었으니.

"한 번도."

고독진인은 떠났지만 그의 방은 아직 그의 체향이 남아 있었다. 걸레로 그의 마지막 남은 체향을 닦아내던 막혜홍은 문득 설움이 복받쳐 일었다.

"혼자 살아본 적이 없어."

그것은 번화한 도심 한복판에서 엄마를 잃어버린 어린아이의 심정이었다. 그녀는 걸레질을 하며 흐느끼기 시작했다. 한 번 흐른 눈물은 주체할 수 없었다. 그녀는 털썩 주저앉아 목 놓아 울기 시작했다.

억울했다. 아무 잘못도 없었다. 그런데 버려졌다.

당자란은 죽기 전, 그녀에게 한 가지 유언을 남겼다.

"만약 그가 다시 그녀를 찾아간다면… 네 손으로 그를 죽여라."

당가의 금지옥엽으로 자라 평생 험한 꼴을 당해본 적이 없는 당자란에게 있어서 백수인은 유일무이한 저주 상대였다. 그리고 그녀에게 마음을 빼앗긴 북궁면을 도저히 용서할 수 없었던 것이다.

막혜홍은 고독진인이 백수인을 찾아간 것인지, 검노를 찾아간 것인지부터 생각해야 했다. 백수인을 찾아간 것이라면 그녀의 유언을 실행할 때가 온 것이다. 생각은 스스로 명분을 쌓는 구실일 뿐 원하는 대로 이뤄지기 마련이다.

그녀는 자리를 털고 일어났다.

눈물을 닦고 얼굴을 씻고 늙은 피부에 분을 발랐다.

그리고 한 사람을 만나보기 위해 산을 내려갔다.

4

불망과 고독진인은 산천을 유람하듯 천천히 길을 떠났다. 마음 같아서는 천애봉까지 한달음에 달려가고 싶었으나 불망의 몸 상태가 따라주지 못했다. 또 세상 이치가 원한다고 빨리 이루어지는 것이 아니니

구태여 서두를 것도 없었다.

"천산(天山) 깊은 곳에 위치한 천애봉은 높이가 하늘을 찌를 듯하고 곳곳에 절벽심곡에 눈 덮인 숲이 끝없이 펼쳐져 있다. 천애봉에 간다 할지라도 무 대협의 거처를 찾는 건 쉽지 않은 일일 것이다. 또한 온갖 독물들과 맹수들이 끊이지 않고 출몰하여 입산하는 즉시 목숨의 위협을 받을 수도 있다. 그러므로 용기와 의지, 초인적인 힘이 없다면 갈 수 없는 곳이기도 하다. 후회하지 않겠느냐?"

"혼자서라도 가려고 했던 길입니다. 진인께서 함께 가주시니, 저는 최선을 다해 도전해 보고 싶습니다."

불망은 고독진인을 보며 희미하게 웃었다.

고독진인은 불망의 생기없는 미소를 보자 가슴이 아팠다.

"휴. 서촉이 보물에 눈이 어두워 네 목숨까지 노릴 줄은 몰랐다. 과연 누구도 믿지 말라는 네 말이 가슴에 와 닿는구나. 너는 이것을 잘 보관하거라."

고독진인은 직사각형으로 된 팔뚝만 한 옥함을 불망에게 건넸다.

"그 안에 마검혈이 들어 있다. 이제부터 네 것이다. 혹시 내 마음이 바뀌어 다시 달라고 해도 너는 줄 필요 없다."

"제가 가지고 있는 것보다 진인께서 가지고 계신 게 더 안전하지 않겠습니까?"

"네 것이니, 네가 간수해야지."

불망은 공손히 옥함을 받아 감히 열어볼 생각도 하지 못한 채 가죽 끈으로 옥함을 자신의 허리에 칭칭 동여맸다.

두 사람은 삼 일 만에 하남성의 경계를 벗어났고 또 한 달이 지났을 무렵 협서를 지나 감숙에 이르고 있었다. 그동안 고독진인은 불망에게 월인신공을 꾸준히 가르쳤다. 비록 월인신공이 지금의 불망에게는 필요없다 할지라도 언젠가는 큰 도움이 될 것임을 믿어 의심치 않았다.

"조금만 더 가면 난주(蘭州)에 도착하게 된다. 그곳에서 잠시 쉬면서 몸을 추스르고 다시 떠나도록 하자."

5

"혹시 제가 잘못 들은 겁니까?"

일을 의뢰받자 조수림(趙秀臨)은 놀라 되물었다.

그는 단 한 번도 이러한 일을 자신이 의뢰받을 거라고 생각해 본 일이 없었다. 하지만 의뢰인은 고개를 저었다.

"더하고 뺄 것 없이 말한 그대로야."

조수림은 의뢰인이 혹시 망령이 난 게 아닐까 생각했다. 하지만 의뢰인의 늙은 얼굴에서 짙은 허무를 보았을 때, 조수림은 그가 심심해서 농담을 하는 게 아니라는 걸 알았다.

"알겠습니다. 준비하겠습니다."

조수림은 정색하며 의뢰인에게 허리를 숙였다.

그리고 한 달.

그는 마지막으로 계획을 다시 한 번 머리 속에서 점검하며 허점을 찾아보았다. 허점은 찾을 수 없었다. 계획은 의뢰인이 원하는 대로 대담무쌍하게 진행될 것이다. 그렇게 하기 위해서는 지독한 조심성이 필요했으며 한 치의 오차도 허락되지 않는다.

성공한다면 그는 살수로서 다시 한 번 엄청난 위업을 이루게 된다.
그러나 실패한다면?

살수에게 실패는 곧 죽음이다.

하지만 그는 죽음에 대해선 이미 초월해 있었다.

그는 최고로 어려운 일만 맡았고 그때마다 실패를 대비한 죽음을 생각해 왔다. 벌써 십 년. 무감각해질 때도 되었다.

조수림은 살수들 세계에선 전설적인 인물이었다.

누구도 그의 이름을 알지 못했고 다만 귀혼(鬼魂)이라 불렀다.

그는 보통 사람보다 머리 하나는 큰 키였고 얼굴은 다부지면서 지성미가 흘러넘쳤다. 건장한 체구와 달리 눈은 항상 우수에 차 있었는데, 그를 아는 자들은 그가 살인을 많이 해서 그런 눈이 되었다고 했고 그를 모르는 자들은 그의 우수에 찬 눈이 매력적이라고 말했다.

그는 한가할 때는 항상 독서를 했다.

만 리의 길을 걸으면 만 권의 책을 읽는 것보다 유익하다는 말도 있듯 살수가 책을 보는 것은 그리 어울리는 행동은 아니었다. 무공을 연마하고 은신술을 갈고닦으며 사람을 죽일 방법만 연구해도 시간이 모자랄 살수가 왜 사서오경을 읽는 것일까?

누군가 그에게 물었고 그는 말했다.

"죽은 자는 책을 읽을 수 없기 때문이지."

6

무양촌(撫養村)은 난주에서도 작은 마을이었다.

멀리 천산산맥을 끼고 있는 이 마을은 농사짓기엔 척박한 땅이다. 그렇다고 유목 생활을 하는 것도 아니었다. 사람들은 일을 하지 않았으되, 주점과 객점 등 향락업소의 발달로 인해 일 년 열두 달 퇴폐와 유흥으로 홍청거렸다. 가까운 곳에 비단길이 있었기 때문이다. 하지만 비단길이 있다고 해서 국제무역상들이 작은 마을에 불과한 무양촌을 찾을 까닭은 없다.

이유는 다른 곳에 있었다.

무양촌을 아는 사람들은 이곳을 무양촌이란 이름 대신 투견촌(鬪犬村)이라 불렀다.

중원 대륙은 물론 비단길을 타고 투견에 미친 색목인(色目人)들까지 무양촌에 몰려들었다.

투견은 인간의 야만성을 극점에 이르게 하는 홍미있는 도박이었다. 사람들은 오로지 자신들의 쾌락을 위해 사투를 벌이며, 죽어나가는 투견을 보면 마치 자신이 직접 나가 싸우는 것처럼 눈에 핏발까지 세운 채 광분한다. 승리한 투견은 영웅이 되고 패하여 죽은 투견은 고깃덩이로 팔린다. 그야말로 가장 적나라한 약육강식의 법칙이 적용되는 세계다.

새로운 한 해가 시작되는 일월(一月), 세계 각지에서 용맹을 자랑하는 투견들이 한데 모여 절대강자를 뽑는 천황전(天皇戰)이 개최된다.

객점의 방들은 이미 오래전에 차버렸고, 거리 곳곳에는 천황전을 구경 온 사람들로 인산인해를 이루었다.

주최 측은 홍을 돋우기 위해 경극단과 재주패까지 불렀다. 마을 곳곳은 밤낮없이 볼거리로 가득했다. 이미 수백 마리 투견이 천황전에 참석하기 위해 무양촌에 들어와 있었다. 거리는 투견들의 성난 울음소리와 짜릿한 긴장, 그리고 사람들의 웃고 떠드는 즐거운 함성이 어울려 마치 다른 세상에 온 것처럼 낯설기마저 했다.

"우와! 굉장한데요."

불망은 난생처음 보는 낯선 광경에 넋을 잃었다.

고독진인은 불망이 흥미로워하자 그 역시 모처럼 환하게 웃으며 말했다.

"나도 소문만 들었지 직접 보기는 처음이다. 과연 네 말대로 굉장하구나."

수백 마리의 투견이 한꺼번에 부르짖고 있는 거리에선 바로 옆에서 하는 말소리도 제대로 들리지 않았다. 불망과 고독진인은 자신들도 모르는 사이 한 단계 음성이 높아져 있었다.

"진인 어른, 저기 좀 보세요. 오늘밤에 천황전의 전야제로 황소 이십 마리와 투견 이백 마리의 싸움이 있대요."

불망은 거리에 쏟아진 사람들의 틈에 섞여 벽보가 붙은 공고문을 보며 흥분했다.

"죽은 소와 개고기는 대회 참가자들에게 나눠 준다는데요."

"예전부터 식용소를 도살하기 전에 개가 소를 물어뜯는 소물기라는 놀이가 있었다. 개가 소를 물어뜯으면 고기 맛이 좋아진다는 속설 때문이었지. 그 놀이를 하는 모양이구나."

"진인 어른, 그러면 정말 소고기 맛이 좋아요?"

"글쎄다. 하지만 분명한 건 우리가 고기를 먹기 전에 칼이나 망치 등으로 다지지 않느냐? 그건 육질을 연하게 하기 위함이지. 개가 소를 물어뜯는 것도 그런 이치 아니겠느냐?"

"하지만 살아 있는 황소를 물어뜯게 하는 건 굉장히 잔인한 거 같아요."

"그렇지. 황소가 지쳐 쓰러지고 죽을 때까지 계속되는 싸움이기 때문에 아마도 꽤 잔인할 거 같다. 거리 전체가 투견과 소의 피로 범벅이 될 것이야."

"에구, 사람들은 왜 그리 잔인한 놀이를 즐기는 걸까요?"

불망의 말에 고독진인은 쓰게 웃었다.

인간의 원초적 야만성을 어린 불망에게 설명하기는 쉽지 않았다. 다른 동물들과 달리 두뇌가 발달하여 문명이라는 걸 일궈낸 인간은 원시 미개 시절의 야수적 성격을 그 좋은 머리로 원시 시대의 그것보다 더 음습하게 표현한다고밖에는.

"그런데 진인 어른, 아무리 투견이라고 하지만 개는 갠데, 황소를 이길 수 있는 거예요?"

"예전에는 진짜 소와 개를 싸움시켰는지 모르겠으나 요즘은 그렇지 않다고 들었다. 다만 구경꾼들의 볼거리를 제공하기 위한 싸움이니 소가 이길 수 없도록 약간의 제약을 가하겠지. 다리 인대를 끊어놓는다던가, 뿔을 뭉뚝하게 만들어놓는다던가 하는 식으로 말이다. 정말 싸움이 붙는다면 수십 마리의 투견이 떼로 덤빈다 해도 어찌 소를 이길 수 있겠느냐. 무게만 해도 열 배 이상 차이가 날 터인데."

"헛! 진인 어른, 저 개 좀 보세요. 엄청나요!"

불망의 손가락이 어느 한곳을 가리켰다. 거기에는 개를 가둬놓은 수십 개의 우리가 있었는데, 그중 한곳에 다른 우리완 확연히 달라 바로 눈에 들어오는 거대한 우리가 있었다.

우리에 갇힌 놈은 개라고 하기엔 너무 컸다.

길이는 다섯 자에 무게는 백오십 근이 넘어 보이는 놈이다. 온몸에 수북이 덮인 털은 검은색이고 눈썹은 노랗다. 얼굴 주변의 털은 사자의 갈기처럼 성난 듯 바짝 서 있었다. 단지 보는 것만으로 위압감을 주는 그런 놈이 투견지왕(鬪犬之王)의 도도한 자태로 우리에 오만하게 앉아 있었다.

"허! 장오(藏獒)로구나."

"장오요? 저 개 이름이 장오인가요?"

"그렇다. 사자를 닮았다고 해서 사자견(獅子犬)이라 불리기도 한단다. 주로 천산에 서식하는 놈으로 늑대조차 물어 죽인다는 맹견일뿐더러 예지 능력까지 가진 걸로 알려져 있다. 충성심도 깊어 자신의 주인에게 위해가 가해지면 목숨을 걸고 막는 놈이지."

"굉장한 놈이군요. 호위견으로 쓰면 아무도 못 덤비겠는데요."

장오를 바라보는 불망의 눈이 초롱초롱 빛났다.

"가지고 싶으냐?"

"조금요."

"천산에 오르면 한 마리 구해보도록 하자꾸나."

그때 뿔피리 소리가 하늘 높이 울려 퍼졌다.

곧 소물기 대회가 시작된다는 신호였다.

이미 투견들은 전의를 불태우기 위해 흥분제가 섞인 사료까지 복용한 상태였다.

사람들과 투견들이 대회 장소로 이동했다. 불망도 고독진인의 손을 잡고 군중 속에 섞여 그들을 따라 움직였다.

　넓은 광장에 어른의 가슴까지 오는 나무 방책이 튼튼하게 설치되어 있었다. 그 안에 이십 마리의 황소가 주인들의 손에 이끌려 가둬졌다.

　군중은 들뜬 가슴을 억누르며 곧 벌어질 소물기 시합을 기다렸다.

　나무 방책의 좁은 문 앞으로 속속 투견들을 가둔 우리가 등장했다. 우리 안에서 날카로운 이빨을 자랑하는 투견들이 영역 확보를 위해 으르렁거렸다.

　잠시 후 두 번째 뿔피리 소리가 울려 퍼졌다.

　순간 영원히 잊지 못할 장관이 펼쳐졌다. 우리 문이 열리고 백여 마리의 투견이 소들을 향해 질주했다.

　"와! 달려라! 달려!"

　"투왕(鬪王)! 물어버려!"

　흥분한 사람들이 고함을 쳤다.

　불망은 달려나가는 투견들의 발달된 근육과 거친 숨소리, 그리고 지축을 울리는 소발굽 소리에 가슴이 터질 듯 쿵쾅거렸다.

　먼저 달려나간 수십 마리의 투견이 소들을 향해 날카로운 이빨을 드러내며 몸을 날렸다.

　소들의 비명이 허공에 울려 퍼지자 사람들은 흥분으로 자지러졌다. 물어뜯고 물리고 피가 튀기 시작했다. 광분한 황소들이 거칠게 몸을 흔들자 투견들은 소의 살점을 뜯어낸 채 짚단처럼 나가떨어졌다.

　장내는 흥분의 도가니였다. 사람들의 눈은 투견들의 광기 어린 눈과 닮아갔다.

　모두가 소물기 대회에 열중하여 옆에 사람이 죽어나가도 모를 정도로 흥분한, 바로 그때였다.

쾅—!

나무 방책의 한곳이 무너졌다. 무너진 방책과 함께 주변 군중이 장내로 떠밀리듯 쏟아져 들어왔다. 장내는 순식간에 개와 소와 사람으로 아수라장이 되었다.

도망칠 곳을 찾던 소들에겐 퇴로가 열렸다.

소들이 넘어진 사람들을 밟으며 도망치기 시작했다. 미친 듯이 휘파람을 불어대던 사람들이 한순간 소들의 날카로운 뿔과 치명적인 발굽을 피해 뿔뿔이 흩어져 달아났다. 사람이 사람을 밟고 소가 사람을 밟고 피를 본 투견은 고깃덩이 물어뜯듯 닥치는 대로 사람들을 물었다.

"아아악!"

"으악!"

사람들의 비명 소리가 고막을 찢어발겼다.

축제는 아비규환으로 변했다.

"지, 진인 어른!"

불망은 공포에 질려 고독진인의 도포 자락을 잡았다. 고독진인은 암암리에 불망을 보호하며 주위를 살폈다.

한 번 무너진 나무 방책은 무용지물이었다. 곳곳에서 우왕좌왕하는 사람들에 의해 밟히고 부서져 나갔다. 황소와 투견들은 제 마음대로 달렸다. 미쳐 버린 그들은 주인도 알아보지 못했다.

끔찍한 뿔이 객점의 문을 들이박고 질주했다.

어머니의 손을 잡고 객점 안에서 소면을 먹고 있던 어린아이가 즉사했다. 어머니는 아이를 보호하기 위해 몸을 날리다가 황소의 앞발에 두개골이 박살났다. 죽음은 전염병처럼 번졌다. 성난 투견들 앞에 구경꾼들은 무력했다. 특히 여자와 아이들이 투견들의 주 공격 대상이었다. 장정들이 가족을 지키기 위해 몽둥이를 들고 투견들의 앞을 막았으나 역부족이었다.

고독진인은 불망을 자신의 허리에 꿰차고 아비규환으로 변한 주변을 살폈다. 불망을 안전한 곳으로 피신시키는 것이 우선이다. 네발짐승으로부터 안전한 곳은 지붕 위다. 그는 불망을 안고 허공으로 날아올랐다.

"꼼짝 말고 여기 있어야 한다."

"제 걱정 마시고, 사람들을 구하세요."

고독진인은 불망의 머리를 쓰다듬어 안심시킨 후 다시 밑으로 내려갔다.

투견들은 사람들이 도망치는 반대 방향에서 달려오는 고독진인을 발견했다. 가장 빠른 투견이 고독진인을 향해 아가리를 벌리며 달려들었다. 투견의 날카로운 이빨이 고독진인의 목덜미를 향했다.

고독진인은 북궁도가의 가주였으나 지난 십 년간 도를 사용한 적이 없었다. 그런데 그가 십 년 만에 도를 뽑았다.

'개를 베기 위해 청홍(靑紅)을 사용하게 될 줄이야……'

쐐애애액!

그의 애도(愛刀) 청홍이 짓쳐드는 투견을 내려쳤다. 투견의 몸통이가 반 토막으로 갈라졌다. 허공에서 피와 내장들이 쏟아졌다. 고독진인의 뒤에서 다시 한 마리의 투견이 달려들었다. 고독진인의 다른 손이 투견의 머리통을 움켜쥐며 눌렀다. 그의 손가락이 투견의 두개골을 으스러뜨리며 뼛속 깊이 박혔다. 투견의 눈이 튀어나올 것처럼 커졌다. 고독진인은 투견을 바닥에 내동댕이쳤다. 물 풍선이 터지듯 퍽! 소리를 내며 투견은 바닥에 자신의 내장을 쏟았다.

'진… 인…….'

지붕 위의 불망은 고독진인의 싸움에 숨이 막혀 소리조차 내지 못했다. 그는 어머니를 따라 일백 번의 비무를 경험했지만 이처럼 처절한 싸움은 처음이었다. 이것은 사람과 사람의 싸움과는 류가 달랐다.

고독진인은 수십 마리의 개 떼에 둘러싸여 있었다. 그의 발밑으로 투견들의 피가 강이 되어 흘렀다.

빈틈을 노리던 투견이 다시 달려들었다. 고독진인의 반응은 빨랐다. 그의 청홍이 앞으로 쑥 내밀어졌다. 크르릉! 거리며 달려오던 투견의 아가리에 청홍이 쑤셔 박혔다. 청홍은 놈의 몸통을 관통했다. 마치 꼬치를 꿰듯 놈의 꼬리 부근에서 피와 함께 칼끝이 나왔다. 청홍을 쥔 고독진인의 손이 놈의 아가리 속에 들어가 있었다.

놈은 칼을 맞았음에도 불구하고 아직 죽지 않았다. 고통으로 일그러진 놈은 있는 힘을 다해 아가리를 닫았다. 청홍을 쥔 손과 팔 사이에 놈의 이빨이 박혔다.

고독진인의 왼쪽 검지와 약지가 놈의 눈알을 찍었다. 눈알이 몸통과 분리되며 밖으로 튀어나왔다. 고독진인은 힘을 주어 놈의 턱을 들어올렸다. 놈의 위 이빨이 피 범벅이 된 채 고독진인의 팔에서 빠졌다. 고독진인은 힘을 늦추지 않았다.

파지직!

놈의 얼굴이 완전히 뒤로 꺾이며 부서졌다. 어느 정도 팔을 움직이게 된 고독진인은 놈의 몸 안에서 청홍을 휘저었다. 칼날이 놈을 산산조각 내기 시작했다. 피와 뇌수와 살점과 뼈가 분리된 채 소나기처럼 후두두 소리를 내며 바닥으로 떨어졌다.

그의 팔은 개의 이빨 자국으로 구멍이 숭숭 뚫려 있었다.

서너 마리의 투견이 한꺼번에 달려들었다. 놈들은 고독진인의 온몸을 향해 흉포한 이빨을 세웠다.

고독진인의 싸움은 이전투구와 다를 바 없었다.

사실, 그의 능력이라면 방원 십여 장을 초토화시킬 수 있었다. 그러나 주변에 사람이 너무 많았다. 죽은 자도 있고 부상당한 자도 있고, 아직 도망치지 못한 자도 있었다. 개를 죽이겠다는 명분 하에 도기(刀氣)를 내뿜어 불특정 다수를 모두 죽여 버릴 수는 없었다. 더욱이 이들은 무공은커녕 평생 고통 속에 살아온 양민들임에야.

지붕 위의 불망은 보는 것만으로도 숨이 가쁜지 헉헉 소리를 냈다. 그는 고독진인의 도움으로 매우 안전한 곳에 있었으나, 아직 안전치 못한 사람들이 너무 많았다.

불망은 투견과 황소에 쫓기는 사람들을 돕기 위해 지붕의 기와를 뜯었다. 그는 투견들을 향해 있는 힘을 다해 기와를 던지기 시작했다. 하지만 먼 거리에서 날아오는 기와에 맞아 목숨을 잃을 정도로 미련한 투견은 없었다. 다만, 그가 기와를 던짐으로 해서 쫓기는 자와 투견의 거리를 아주 약간 더 벌어지게 해주었을 뿐이었다. 물론 그 약간의 차이가 어떤 경우 생사를 가늠한다는 건 불문가지(不問可知)다.

불망이 다시 한 장의 기와를 집어 들었을 때였다.

소리도 없이 누군가 불망의 옆으로 다가왔다. 그 사람은 인기척을 없애려 하지 않았기 때문에 불망은 곧 알아차릴 수 있었다. 불망은 옆으로 고개를 돌려 그 사람을 바라보았다.

불망은 한 손에 기와를 든 채 눈을 동그랗게 뜨며 그 사람을 향해 반색했다.

"어? 할머니……?"

7

살수가 자신을 숨기는 방법에는 여러 가지가 있다. 그중 하나가 여러 사람들 틈에 자신을 섞어 동화되는 것이다. 설령 상대가 자신을 보았다 할지라도 무리 중 하나인 것처럼 보여 전혀 기억하지 못하게 하는 것이다.

조수림이 그러했다.

그는 사람들 틈에 섞여 성난 황소를 피해 도망 다녔다. 누가 봐도 한눈에 알아볼 수 있을 정도로 큰 키를 가진 그였으나 구부정하게 허리를 굽힌 채 허둥거리는 모습은 영락없는 마을 사람들 중 하나였다.

조수림은 그렇게 도망치며 기회를 노리고 있었다.

그리고 곧 그 기회가 왔다는 것을 알았다.

그는 사람들 틈에 섞여 허공으로 불꽃을 쏘았다.

신호였다.

사방에서 전각의 지붕이 일어나며 암살자들이 모습을 나타냈다. 그들은 숨겨두었던 활을 꺼내 고독진인의 치명적 급소를 향해 일제히 시위를 당겼다.

슈슈슈슈슉!

수십 대의 화살이 투견과 싸움을 벌이고 있는 고독진인을 향해 섬전처럼 날아갔다.

찰나의 순간이었으나 고독진인은 무사의 본능으로 위험을 느꼈다.

그는 일월신공으로 호신강기를 일으켜 몸을 보호했다. 동시에 날아오는 화살을 향해 천막밀밀의 수법으로 춤추듯 칼을 휘둘렀다. 칼에 부딪친 화살들이 반 토막으로 부러졌다. 고독진인을 물어뜯기 위해 달려들던 몇 마리 개들이 빗나간 화살에 맞아 짚단처럼 쓰러지며 답답하게 울었다.

'암습? 누가?'

개가 아닌 사람이 나타나자 고독진인은 순식간에 숨이 가빠졌다. 그의 매서운 눈초리가 사방을 훑어보았다. 개피로 범벅이 된 신형이 바닥으로 낮게 가라앉더니 곧바로 전각 위 암살자들을 향해 쏘아졌다.

"크악!"

"크아악!"

죽음을 부르는 비명 소리가 밤하늘을 찢어발기듯 쏟아졌다. 고독진인은 전광석화처럼 전각 위를 날아다녔다. 암살자들은 다시 한 대의 화살을 준비했다.

슈슈슈슈슉!

화살은 고독진인의 요혈을 정확히 노렸다. 하지만 그의 신형은 이미 허공을 날아 그 자리에 없었다.

황소에게 쫓기던 조수림이 미미하게 놀라며 손을 흔들었다.

숨을 죽인 채 아직 드러나지 않았던 몇 명의 암살자가 화섭자로 불을 일으켰다. 그것은 고독진인의 주변에 심어두었던 화약을 폭파시키기 위한 정지 작업이었다. 도화선에 불이 붙고 치치치직! 소리와 함께 화약을 향해 불꽃이 당겨졌다.

콰—!

천지번복의 대폭음이 일었다.

콰콰콰쾅!

사방에서 불길이 확 타올랐다.

고독진인의 주변으로 십여 채의 전각이 일제히 무너져 내렸다. 고독진인의 신형은 불길과 연기와 흙먼지에 가려져 보이지 않았다. 화마(火魔)가 허공으로 확 올라오며 모든 것이 초토화되기 시작했다.

무림고수라 할지라도 가공할 화력을 지닌 화약 앞에서는 보잘것없는 존재라는 걸 조수림은 몇 번 경험한 바 있었다. 그러나 조수림의 경험이 모두 맞는 것은 아니다. 일은 한 사람의 경험대로만 진행되는 것이 아니기 때문에 사람은 늙어 죽을 때까지 수많은 시행착오를 겪으며 새로운 경험을 쌓아나가는 것이다.

도화선에 불이 붙고 심지가 타 들어가는 시간까지는 찰나였으나, 무림고수에게 있어서 그 시간은 길었다.

고독진인은 심지가 타 들어가는 동안 세 번 호흡을 했고, 첫 번째 호흡 때 허공으로 몸을 떠올렸고, 두 번째 호흡 때는 초상비를 전개했으며, 세 번째 호흡 때는 이미 화약의 사정권에서 벗어나 있었다.

물러난 고독진인은 문득 한 사람을 떠올렸다. 순간 이름난 고수(鼓手)의 빠른 북소리처럼 그의 심장이 급박하게 떨리기 시작했다.

"불망!"

고독진인은 소리쳤다.

그는 불망에게 꼼짝 말고 있으라고 했다. 그가 말했던 그 자리에 불망은커녕, 전각의 지붕 자체가 송두리째 날아가 버리고 없었다. 시커멓게 죽은 전각은 뼈대만 남긴 채 불타올랐고 그 아래선 팔다리가 끊어진 사람들이 피를 흘리고 신음했다. 참혹한 현장을 보는 고독진인의 눈에 핏물이 고였다. 그는 보여야 할 불망이 보이지 않자 미쳐 버릴 것 같았다. 그를 왜 전각 위에 혼자 두었을까, 라는 회한이 가슴에 대못으로 박혔다.

"불망! 불망! 어디 있느냐? 불망!"

그는 사방을 돌아보며 미친 듯이 소리쳤다.

그러나 어디에도 불망은 보이지 않았다. 칼을 든 고독진인의 손이 파르르 떨렸다. 그는 시신들 사이를 헤집고 다니며 불망을 찾았다.

고독진인은 불망을 찾을 수 없었으나 불망은 그를 애타게 바라보고 있었다. 아직 부서지지 않은 전각의 이층 창가에 불망은 앉아 있었다. 그는 눈을 뜨고 귀를 열고 있었으나 혈도가 찍혀 움직이지 못했다.

마치 다정한 조손처럼 그의 옆에 앉은 막혜홍은 쓸쓸한 눈빛으로 미친 듯이 거리를 헤매는 고독진인을 내려다보고 있었다. 화약의 파편에 고독진인의 도복은 걸레처럼 너덜거려 속살까지 다 보였다. 도관은 어디론가 사라졌고, 비녀를 꽂아두었던 백발은 봉두난발로 변했다. 멋지게 기른 은색 수염도 반쯤 타다 말아 시커멓게 그슬려져 있었다. 그 상태로 미친 듯이 불망을 외치는 고독진인을 보자 막혜홍은 가슴이 무너지는 것 같았다. 아니, 그녀의 가슴은 이미 다 무너지고 새카맣게 타버려 재만 남아 있었다.

그녀는 점점 화가 났다.

"네놈이 나타나지만 않았어도."

막혜홍은 낮게 중얼거렸으나 한마디 한마디에 냉기가 펄펄 날렸다.

"우린 행복했다!"

암살자들이 벌 떼처럼 고독진인에게 달려들었다.

고독진인은 칼에 사정을 두지 않았다. 그는 오로지 불망을 외치며 보이는 모든 것을 베고 찌르고 그었다.

"나는 그를 위해서 밥을 짓고 빨래를 했으며 해진 옷을 꿰매주었다. 북궁도가를 떠난 그는 아무것도 가진 게 없었다. 나는 오로지 그를 위해 일을 했고 돈을 벌었다. 나는 살림(殺林)이라는 작은 살수 집단을 만들고 키워 돈 때문에 많은 사람들을 죽였으나 결코 후회해 본 적은 없었다. 그를 옆에 둘 수만 있다면 악마에게 혼이라도 못 팔겠느냐. 아니지. 그의 아내를 수은에 중독시켜 조금씩 죽여갔을 때, 나는 이미 악마에게 혼을 팔았을 것이다. 결국 나는 그를 얻었다. 그는 오직 내 곁에만 있게 되었다. 세상의 무엇과도 바꿀 수 없는 즐겁고 행복했던 시간들이었다. 그런데!"

막혜홍의 눈에서 살기가 일었다.

그녀의 말을 듣고 있었으나 불망의 시선은 고독진인에게서 떠나지 못했다. 자신을 위해 싸워주는 사람은 어머니 이후 그가 처음이었다. 불망은 그가 잘되었으면 하고 바랐다.

"너의 부정한 어미가 그러했듯 네놈이 그를 나에게서 데려가려 했어!"

분노에 찬 막혜홍의 손바닥이 움직이지 못하는 불망을 내려쳤다.

짝! 소리와 함께 불망의 입에서 피가 튀며 신형은 의자에서 굴러 떨어졌다. 혈도가 찍힌 불망은 혼자 일어나지 못했다. 그는 바닥을 굴렀다. 숨을 헐떡거리며 소리쳤다.

"제 어머니를 부정하다고 말하지 말아요!"

"뭣이!"

막혜홍은 불망의 멱살을 잡아 일으켜 세웠다. 불망의 얼굴은 살기 가득한 막혜홍의 눈앞에 있었다. 바닥에 발이 닿지 않는 불망은 디딜 것을 찾아 버둥거렸다.

"어머니는 할머니가 생각하는 그런 여자가 아니에요. 고귀해요. 성스럽다고요. 평생 일부종사하며 한 남자만을 바라보았다고요. 그 남자만을 미친 듯이 사랑했다고요! 다른 남자는 거들떠보지도 않았다고요!"

"그런 년이 바람을 피워? 꼬리를 쳐? 아내가 있는 남자를 유혹해? 그것도 모자라 자식 놈까지 보내?"

"미쳤기 때문이죠. 한 남자에게 미쳐서 다른 것은 보이지 않기 때문이죠. 그래서 그 남자의 아이를 살리려고 주변의 모든 것들을 이용하는 것이죠. 그래야 하니까요. 아이를 살려야 하니까요. 그가 남겨놓은 유일한 핏줄! 영혼을 팔아서라도 살려야만 하니까요. 이 지긋지긋한 세상! 제가 왜 사는 줄 아세요? 어머니 때문이에요. 어머니의 그 정성이 저를 죽을 수 없게 해요! 아세요? 저는 평생 죽음의 공포와 싸웠어요. 그게 얼마나 힘든 줄 아세요? 그래요. 어머니는 저를 살리기 위해 진인을 이용했는지 몰라요. 하지만 그건 진인을 사랑해서가 아니죠. 저의 아버지에게 미쳐 있었기 때문이죠. 그걸 모르세요? 할머니도 진

인에게 미쳐 있으면서 그 당연한 이치를 깨닫지 못하세요? 사랑에 미
친 여자가 어떤 일까지 할 수 있는지 지금 할머니가 보여주고 있잖아
요!"

"내 사랑을 함부로 말하지 마라!"

막혜홍은 불망의 목을 잡고 위로 들어올렸다. 불망은 숨이 막혀 캑
캑거렸다. 막혜홍은 짚단을 내던지듯 불망을 땅바닥으로 내리꽂았다.

꽈당!

의자가 부서지며 불망이 바닥에 내팽개쳐졌다.

"일어나!"

불망은 혼자 힘으로 일어날 수 없을 정도로 타격을 받았다. 막혜홍
도 그가 일어날 수 있으리라 생각하지 않았다. 그러나 '일어나' 라는
말이 끝나자마자 불망의 신형이 거짓말처럼 꿈틀거리며 일어섰다.

"네가 뭘 안다고 나를 판단해! 너의 조악한 머리로 다 타버린 이 가
슴을 어찌 알아!"

막혜홍은 일어난 불망을 다시 움켜쥐더니 패대기쳤다.

퍽!

어린아이가 개구리를 패대기치는 것과 다를 바 없었다. 그렇게 한
번 두 번 패대기치다 보면 힘없는 개구리는 내장이 터져 결국 목숨을
잃고 만다.

불망도 마찬가지였다. 사람의 육신이 걸레 조각처럼 너덜너덜해졌
다. 가슴이 답답해 숨조차 제대로 쉴 수 없었다. 이렇게 죽을지도 모른
다는 생각이 들자 처음에는 무서웠으나 차라리 편해졌다.

다시 멱살이 잡혀 허공으로 들어올려진 불망은 쓰게 웃었다.

"할머니는 이야기를 하고 싶었던 게 아닌가요?"

멱살을 잡힌 불망의 말투는 어눌해 귀 기울여 듣지 않는다면 잘 들리지 않았다.

"네놈과 무슨 할 말이 있어? 나는 오로지 너를 죽이고 싶은 마음뿐이야!"

"하지만 하고 싶은 말을 다 털어낸 다음 죽이고 싶은 거겠죠. 그동안 할머니 가슴속에 꾹꾹 눌러두었던 말 말이에요. 깊은 산에서 혼자 고함을 쳐도 풀리지 않는 응어리 말이에요. 그걸 들어줄 사람이 필요한 거 아닌가요?"

"……!"

"하고 싶은 말은 다 하세요. 들어드리겠어요. 그래서 응어리가 풀리고 할머니의 한이 모두 해소될 수 있다면 말이에요. 하지만 할머니, 저를 죽이고 진인을 죽인다고 해서 마음이 편해질까요?"

8

막혜홍의 지시를 받고 이룩된 조수림의 계획은 한 치의 오차도 없었다. 적어도 그의 생각대로라면 고독진인은 이미 죽어야 했다. 그는 계획의 어디가 잘못되었는지 골똘히 생각했다. 결론은 곧 내려졌다.

'그를 과소평가했어.'

조수림은 이 싸움이 자신의 마지막이 될지도 모른다고 생각했다. 마지막이라고 해서 피할 생각은 없었다. 황소에게 도망치던 조수림은 검을 뽑았다. 검집에서 무지개처럼 검광이 피어올랐다.

조수림은 달려오는 황소의 등을 박차고 허공을 날았다.

십여 명의 암살자가 고독진인을 공격하고 있었다. 그 뒤로 뒤엉킨 실타래가 풀리듯 수백 가닥의 검기가 짓쳐들었다. 조수림의 성명절기인 대라연환검(大羅連環劍)이 세상에 모습을 드러냈다.

고독진인은 칼로 암살자들을 내려치는 와중에 왼손으로 지체하지 않고 장력을 내뻗었다. 푸른 섬광이 그의 장심에서 뻗어 나왔다. 와선형의 회오리를 일으키며 조수림의 대라연환검이 철저하게 차단되었다.

조수림의 무심한 얼굴에 놀람이 서렸다.

'수강(手罡)까지!'

허공에 떠올라간 조수림의 신형이 지면에 내려섰다.

고독진인의 주변에는 십여 명의 암살자가 피를 뿜으며 무릎을 꿇었다.

고독진인은 조수림을 쳐다보았다.

조수림도 고독진인을 노려보고 있었다.

두 사람의 발아래로 사람과 짐승의 피가 뒤엉켜 흘렀다.

조수림은 몸을 날렸고, 두 사람은 삼 장의 공간을 순식간에 좁히며 얽혀들었다.

"아직 나이가 어려 사랑은 뭔지 몰라요. 하지만 할머니, 사람의 마음을 얻으려면 진실을 감추지 마세요. 물러서지 마세요. 용기를 잃지 마세요. 그에게 다 주었다고 생각하지 마세요. 더 줄 것이 있는지를 찾아보세요. 기다리세요. 그리고 결과가 나쁘다 해도… 그를 탓하지 마세요. 그의 잘못이 아니고 그를 사랑한 당신의 잘못이니까요."

까깡!

불꽃이 연이어 일어나며 귀청을 울리는 금속성이 따갑다. 엄청난 경기가 사방으로 휘몰아치는 가운데 두 사람은 상대의 반탄력에 십여 장씩 물러나서야 간신히 지면에 내려섰다.

조수림은 숨이 턱밑까지 차 오른 모습으로 입가에 흐르는 피를 닦아냈다.

"불망은 어디 있느냐?"

고독진인은 쉬지 않았다. 청홍은 조수림의 목을 노리며 찔러왔다.

조수림의 검이 빠른 속도로 공간을 갈랐다.

한순간에 열여덟 번의 변화가 환상처럼 펼쳐지며 검기의 가닥이 고독진인의 전신 요혈을 찔러왔다. 상대의 움직임과 자신의 움직임을 감안한 회심의 일검이었다.

고독진인이 풍차처럼 회전했다. 회전의 기세가 빨라질수록 조수림의 검기가 철저하게 튕겨 나갔다. 조수림은 자신이 그의 적수가 되지 못한다는 걸 깨달았다.

깨달았을 때는 이미 늦었다.

경미한 파육음과 함께 고독진인의 칼이 가슴과 어깨를 스쳐 가며 눈앞에 붉은 선을 그었다. 돌풍처럼 회전하는 기세로 공간을 찔러온 고독진인의 칼을 피할 도리가 없었다.

조수림이 휘청거리는 몸을 바로잡았을 때, 고독진인의 칼은 그의 목 위에 올려졌다.

"불망은 어디 있느냐?"

있는 힘을 다해 울분을 참고 있는 고독진인의 음성은 미미하게 떨렸
다.

"진인 어른……."

그때 고독진인의 뒤에서 불망의 음성이 들렸다.

고독진인은 고개를 돌렸다. 불망의 모습이 보였다. 그는 누구에게
얻어맞고 고문을 당했는지 얼굴이 퉁퉁 붓고 퍼렇게 멍까지 들어 있었
다.

하지만 고독진인에게 불망의 피멍 든 모습은 보이지 않았다.

그가 살아 있다는 것이, 다시 자신의 앞에 나타났다는 것이 반갑고
고마웠다.

"망아!"

고독진인은 불망을 향해 달려왔다.

그는 불망의 작은 몸을 가슴에 끌어안았다.

"할머니께서 저를 구해주셨어요."

불망은 고독진인의 품속에서 말했다. 그러면서 생각했다. 과연 이
노인에게 거짓을 말하는 것이 잘하는 일일까, 라는 것을.

고독진인은 그제야 불망의 옆에 막혜홍이 있다는 것을 알았다.

불망을 가슴에 안은 고독진인, 그것을 바라보는 막혜홍의 눈은 쓸쓸
했다.

고독진인은 불망의 손을 잡은 채 환하게 웃었다.

"혜홍, 이번에도 너의 도움을 받았구나. 네가 아니었다면 큰일날 뻔
했다."

"……."

"망아, 어디 보자. 많이 다치지는 않았느냐? 아픈 곳은 없느냐? 얼굴이 부었구나. 그자들이 너를 때리더냐? 무엇을 요구하더냐?"

고독진인은 막혜홍에게 인사치레 정도의 말만 한 채 다시 불망에게 관심을 주었다.

막혜홍은 지그시 입술을 깨물었다. 결심을 한 그녀의 심장은 터질 듯 쿵쾅거렸다.

"폭약이 터져 놀랐을 뿐이에요. 무엇을 요구한 사람도 없어요. 할머니가 폭약이 터지기 전에 저를 구해……."

"제가 그랬습니다!"

불망의 말이 채 끝나기 전, 막혜홍은 소리쳤다.

"제가 당신과 아이를 죽이기 위해 일을 꾸몄습니다."

"혜홍, 그게 무슨 말이야?"

"사십 년! 사십 년을 기다렸어요! 당신을 보면 주체할 수 없이 뛰는 심장을 가지고 사십 년을 기다렸다고요! 그 긴 세월 동안 제가 할 수 있는 건 오직 하나! 기다림뿐이었습니다!"

"……!"

"당신만 보면서 당신을 따라다녔습니다. 당신의 뒤에는 항상 제가 있었지만 당신은 한 번도 뒤를 돌아보지 않았어요! 먼 산… 뜬구름… 잡히지 않는 허공을 보며 당신이 한탄하고 있을 때, 당신에게 다 주어 비어버린 제 가슴은 새카맣게 재가 되도록 타버렸습니다."

설움이 복받친 막혜홍은 폭포처럼 눈물을 흘리며 악을 썼다.

고독진인은 자신과 적대하며 생사를 겨루었던 조수림을 돌아보았다. 조수림은 검을 검집에 꽂은 채 자작나무 아래 서서 살아남은 수하들에게 뭔가를 지시하고 있었다. 고독진인은 곧 그녀의 말이'사실임을 알았다. 배신감이 싸ー 하게 머리끝으로 피어올랐다. 사십 년간 그녀를 믿었던 대가가 이것이었던가를 생각했다.

"사랑했습니다. 당신 안에서 행복했습니다. 당신은 저의 처음이자 마지막 사랑이었습니다."

불망은 그녀의 고백을 들으며 지금도 어딘가를 헤매고 계실 어머니를 생각했다. 오로지 아버지만을 생각하며 자신을 철저하게 학대하고 계신 어머니.

불망은 그녀와 막혜홍의 감정이 이입되자 자신도 모르게 주르륵 눈물을 흘렸다.

"도대체 정이란 무엇이기에 아득한 만 리에 구름만 첩첩이 보인단 말인가?"

만 리 구름 속, 해가 지고 온 산에 눈이 내리는 저녁에 홀로 떠도는 외로운 그림자 하나. 그것이 바로 사랑을 얻지 못한 사람의 뒷모습이 아니겠는가. 그리고 그것이 바로 절망 속에서 피는 한 송이 꽃을 놓치지 않기 위해 천하를 떠도는 불망, 그 자신의 뒷모습이 아니겠는가.

고독진인은 단 한 번도 막혜홍의 인생에 대해 생각해 본 적이 없었다. 불망의 탄식을 들으며 그는 처음으로 그녀에 대해 생각했다.

그녀는 언제나 자신의 옆에 있었다.

수인을 만났을 때도, 아내가 죽었을 때도 그랬다.

가주의 자리를 팽개치고 출가를 하겠다고 했을 때, 누구도 그를 이해하려 들지 않았다. 그 역시 이해를 바라지 않았다. 다만 그는 말했다.

"누가 나를 따라가겠느냐?"

일백여 식솔 중 아무도 나서지 않았다. 오직 막혜홍만이 말없이 그의 뒤에 섰다. 월인산 기슭에 움막을 짓고 천사도라는 현판을 달고 일 년을 하루처럼 수인을 그리워하며 살았다.

오직 그녀만을 그리워하며 살 수 있었던 건 누군가가 그를 보살펴주었기 때문이다. 막혜홍은 그가 다른 일에 신경 쓰지 않고 수인만 생각할 수 있도록 돈을 벌었고 집 안을 청소했으며 의복을 빨았다.

고독진인은 막혜홍을 내려다보았다.

그녀는 그의 시선이 부담스러워 점점 작아졌다.

"나를 사랑한다면 어찌 나를 죽일 생각을 해? 그것이 어찌 사랑이야?"

"제가 언감생심 당신을 죽일 수 있겠습니까? 그냥… 너무 슬퍼서… 떠나는 당신이 너무 안타까워서… 다시는 돌아오지 않을 것 같아서… 이렇게라도 붙잡을 수만 있다면… 이라고 생각했습니다."

막혜홍의 늙은 얼굴에선 하염없이 눈물이 흘렀다. 그녀는 결코 아름답지 않은 얼굴이었으나, 고독진인은 그녀의 아름답지 않은 얼굴에서 아름다운 눈물을 보았다.

그녀가 무슨 말을 하는 것인지 그가 왜 모르겠는가.

사랑을 잃지 않으려는 발버둥. 그 고통을 뼛속까지 체험한 고독진인이었다.

"당신이 이렇게 가신다면 저는 살 수 없습니다. 차라리, 저를 죽이고 가세요."

막혜홍은 고독진인의 발아래 무릎을 꿇었다.

불망은 오한에 걸린 사람처럼 벌벌 떨고 있는 그녀를 바라보았다. 사랑은 아름답기도 하지만 구차하기도 하다.

고독진인은 먼 하늘을 올려다보며 길게 한숨을 쉬었다.

"단지, 그 이유만으로 저지른 일이라고 하기엔 너무 많은 사람들이 죽었구나."

"……."

"보이느냐? 저 사람들의 주검이? 저들의 원혼은 결코 너와 나를 용서하지 않을 것이야."

"죄를 씻겠습니다. 당신께서 죽으라면 죽고 평생 속죄하며 살라면 살겠습니다. 비구니가 되라면 비구니가 되겠습니다. 한 번만… 저를 한 번만 봐주시기만 한다면……."

구차함을 넘어 구걸이 되고 있었다.

사랑은 구걸을 해서라도 꼭 쟁취해야 하는 것일까?

세 사람 중 누군가가 포기해야 한다면 그건 자신이라고 불망은 생각했다.

"진인 어른, 저기 보이는 저 산이 천산이지요?"

불망은 팔을 들어 손가락으로 저 멀리 눈 덮인 산맥을 가리켰다.

"이제 저는 혼자서도 찾아갈 수 있을 거 같아요. 진인 어른께서 제게 베푸신 은혜는 절대 잊지 않겠습니다."

"혼자 가겠단 말이냐?"

"진인 어른께서는 가실 수 없을 거 같습니다."

불망은 환하게 웃었다.

고독진인은 불망을 바라보았다. 혼자 가겠다는 말은 불망이 하였으나 고통은 그의 몫이었다.

"천산은 진인 어른께 맞지 않는 것 같습니다."

"지금까지 그녀가 나를 돌보았으니 이제 내가 그녀를 돌볼 때가 온 것 같다. 세상을 떠나고자 하였으나 오로지 몸만 떠났을 뿐 마음이 떠나지 못하였다. 나는 이제 훌훌 털고 그녀만을 위해 살고자 한다. 너는 나를 이해할 수 있겠느냐?"

"물론입니다, 진인 어른."

"그래. 천애봉을 찾는 건 오로지 네 일이 되고 말았구나."

"진인 어른, 심려치 마십시오. 소원하면 반드시 이뤄진다는 믿음이 오늘 또 생겼습니다. 제가 후일 어머니를 뵙게 되면 진인 어른께서는 참된 사랑을 찾아 행복해하셨노라고 말씀드리겠습니다. 그리고 어머니께 말씀드리겠습니다. 진인 어른의 여인은 어머니보다 아름답고 행복하고 훌륭한 여인이었다는 것을."

고독진인은 불망의 말에 동의하지 않았다. 사랑은 한 사람이 간절히 원한다고 이루어지는 것이 아니다. 그러나 그는 불망의 말에 토를 달아 생각을 바꿔주고 싶지는 않았다. 수인, 그녀는 아름답고 영원히 그의 마음속에 있었다. 늙은 몸뚱이는 어디에 있든 영혼만큼은 그녀의 것이다.

고독진인은 자신을 위해 사십 년 수고를 아끼지 않은 호호백발 노파의 생을 가련하게 여길 뿐이었다. 그녀의 남은 생은 행복해질 권리가 있었다. 그래서 고독진인은 불망을 놓았다. 그것이 수인을 놓는 길이기에.

고독진인은 불망의 머리를 쓰다듬으며 말했다.

"인간은 목숨이나 재산, 명예, 권력 등 그 자신이 가지고 있는 것을 잃을까 봐 두려워한다. 하지만 이러한 두려움은 우리의 삶과 세상의 역사가 더 큰 틀에서 기록 보존되고 있음을 이해한다면 단숨에 사라진다. 무슨 말인지 알겠느냐?"

"알고 있습니다, 진인 어른. 반드시 소원하면 이루어지듯 누구나 자기가 원하거나 필요로 하는 것을 이룰 수 있다면 아무것도 두려워할 필요가 없을 것입니다."

"그렇다. 참 똑똑하구나. 참으로 똑똑해. 십 년 후 네가 무림의 동량으로 크기를 나는 바라고 또 바랄 뿐이다."

석양이 지고 있다.

눈 덮인 산하는 붉게 물들고 그 아래 외로운 세 사람이 긴 그림자를 드리웠다.

만 리 구름 속,
외로운 그림자 하나

천산산맥(天山山脈).

신비롭고 우람하고 장엄한 그곳은 만 년의 세월을 두고 거듭 쌓인 끝없는 설원(雪原)의 길이다. 눈이 부실 정도로 흰 능선은 톱니 모양으로 이어져 나가며 굽이굽이 험준한 산줄기를 이뤄내고 있다. 마치 하늘에 도전하고 하늘을 제압하려는 것처럼 끝없이 치솟은 만년설 앞에서 인간은 초라하기만 하다.

천산산맥은 시작과 끝이 없는 거대함의 대명사다. 아득히 멀리 있으면서도 가까이 있고, 가까이 있으나 누구나 오를 수 없는 그곳은 보는 사람을 압도하며 숙연케 하며 경건한 마음을 갖게 한다.

천산산맥은 그 자체가 거대한 백색 우주다.

누구도 오른 적 없다는 만년설 덮인 주봉(主峰)은 구름과 맞닿아 끝이 보이지 않는다. 어디가 땅이고 어디가 하늘인지 분간할 수조차 없었다.

어깨에 옷가지와 비상 식량이 든 바랑 하나를 둘러멘 불망은 까마득한 산줄기를 올려다보았다. 높이도 깊이도 짐작할 수 없는 그곳은 보는 것만으로도 불망에게 위압으로 다가왔다.

첩첩이 쌓인 눈과 구름, 불망은 작은 발자국 하나만 남긴 채 도도한 천산산맥의 능선을 일엽편주(一葉片舟)처럼 외로이 걷고 있었다.

하늘은 쾌청하고 맑았다. 그러나 코와 입에서는 새하얀 김이 뿜어나왔고 두툼한 솜 옷 사이로 스며드는 한풍은 칼날처럼 예리하고 매서웠다.

불망은 천산의 봉우리를 잠시 둘러보았다.

"이거 참."

하얀 눈이 덮인 채 병풍처럼 끝없이 늘어선 천산의 위용은 불망을 참으로 난감하게 만들었다. 겹겹이 쳐져 있는 봉우리와 계곡을 한 사람의 행적을 찾기 위해 막연히 뒤지고 다녀야 한다고 생각하니 그저 암담할 뿐이었다.

천애봉이란 이름은 알고 있었으나, 헤아릴 수조차 없는 수천, 수만 봉우리 중에서 무슨 수로 찾는단 말인가? 불망은 용감무쌍하게 홀로 천산에 오르겠다고 고독진인에게 말했지만, 그것이 얼마나 무모하고 철없는 짓이었는지 뼈저리게 깨닫기까지는 단 하루도 걸리지 않았다.

그렇다고 포기할 수는 없었다.

검노를 찾는 일만이 그의 유일한 희망이자 구원의 등불이었다.

불망은 안 된다는 생각보다는 천천히 시간이 걸리더라도 하나씩 찾아보기로 마음먹었다.

그는 우선 눈앞에 보이는 봉우리를 오르는 것부터 시작했다.

주위는 대부분 얼어 있어서 미끄러지기 십상이었다. 자칫 미끄러지기라도 한다면 도와줄 사람 하나 없는 곳에서 낭패를 당할지 몰랐다.

저녁이 되면 바람을 피할 수 있는 동굴 속에 들어가 잠을 청했다.

모닥불을 피워도 춥고 떨리는 밤이다. 자다가 몇 번씩 깨어나 오한이 든 것처럼 벌벌 떨며 모닥불을 찾았다. 비록 내공을 모을 수는 없었으나 고독진인이 전수해 준 월인신공은 운기행공할 때만큼은 추위를 잊을 수 있을 정도로 도움이 되었다. 불망은 그나마 다행이라고 생각했다.

삼 일이 지나자 완전히 방향 감각을 잃었다.

만년설이 뒤덮인 천산은 어디가 어딘지 구별이 되지 않았다.

산에서 태어나 자란 산사람이라 할지라도 두 발과 두 손을 모두 사용하지 않으면 기어오를 수 없는 가파른 바위산과 깎아지른 절벽을 발길 닿는 대로 누볐다.

그는 자작나무 숲을 헤치며 사람의 발길이 닿지 않은 깊은 원시림을 찾아들었다. 길을 잃었지만 자신이 있는 곳을 알려고 노력하지 않았다. 목적지도 없으면서 무작정 발길을 옮겼고 지치면 쉬었다.

오 일째, 설원에 피부가 타기 시작했으며 눈은 극도로 피로해졌다. 불망은 눈 밑에 숯을 칠해야 그나마 피로가 덜하다는 것을 알았다. 얼굴과 손 등 옷으로 가리지 못한 피부가 나무에 긁히고 베여 피가 났고 딱지가 앉았다. 더 이상 참을 수 없어 헝겊으로 칭칭 감아놓은 발은 이제 무감각해졌다. 손발에 물집이 생겼고 피부 조직이 괴사하기 시작했다. 동상이었다.

'찾아야 한다. 반드시 검노를 찾아야 해. 그래서 내 잃어버린 생을 보상받아야 한다.'

길은 끊어지고 병풍처럼 막아선 절벽 앞에서 불망은 기어오르기 시작했다. 빙판으로 이루어진 절벽을 기어오르는 것은 도구를 완전히 갖춘 산사람도 망설이는 일이었다.

불망은 미끄러지고 구르고 나자빠졌다. 하지만 멈추지 않았다. 사람이 오를 수 없는 곳에 올라야 검노를 만날 수 있을 거라는 믿음은 그를 끊임없이 움직이게 했다.

뼛골을 에이는 삭풍이었지만 등에선 식은땀이 났다.

불망은 칼로 빙벽을 깨고 넝쿨을 잡고, 나뭇가지에 매달리며 절벽을 기어올랐다. 미끄러지면 처음부터 다시 시작했고 배가 고프면 얼음을 깨 먹었다.

그래서 올라온 높이가 까마득하다. 하지만 아직 올라가야 할 높이도 까마득했다. 손톱이 갈라지고 열 개의 손가락 끝에서 피가 흘렀다. 피는 곧바로 응고되었고 아픔 따위는 느끼지 못했다.

진인사대천명(盡人事待天命).

그의 목숨은 하늘에 맡겨졌다.

그렇다. 그의 목숨은 처음부터 자신의 것이 아니었다. 적혈신화장에 맞은 순간부터 그의 목숨은 타인에 의해 운명 지어졌다. 그러한 운명은 결코 불망이 원하는 것이 아니었다. 운명은 그 스스로 개척해 나가야 한다. 그는 목숨을 걸고 빙벽과 싸웠다.

‘기어오르다 끝내 오르지 못하고 떨어져 죽는다면 그것은 나의 선택이다! 결코 적혈신화장의 열독을 이기지 못해 죽는 것이 아니야!’

그는 난생처음 자신의 운명에 그 자신의 힘으로 도전하고 있었다.

위험이 닥쳐도 좋다. 추락하여 목숨을 잃어도 그만이었다.

죽는다면.

태연하게.

목숨이 다하는 순간을 태연하게 맞으면 그만이었다. 굳이 죽으려 애쓸 필요도 없지만 죽는 순간이 온다면 잠을 자기 위해 눈을 감듯 그렇게 눈을 감으면 되는 것이다.

불망은 다시 한 팔을 앞으로 올렸다. 손톱이 불망의 지탱하는 힘을 이기지 못하고 빠져나가 절벽 아래로 추락했다. 그는 그렇게 자신의 신체 일부분을 남겨둔 채 끝내 절벽 위로 올라섰다.

휘이이이잉―!

강풍이 불망의 육신을 날려 버리기라도 하려는 듯 매몰차게 불어왔다. 천장단애에서 맞이한 바람은 살을 샅샅이 얼려 버릴 것 같다.

불망은 정신을 잃을 정도로 지쳐 있었지만 결코 바닥에 눕지 않았다. 그는 절벽 끝에 서서 기어이 올라왔다는 자신감으로 굽이치는 산하(山下)를 내려다보았다.

눈물이 주르륵 흘렀다.

“야―!”

그는 소리쳤다.

“야! 이 개새끼들아!”

그 순간 눈물이 왜 설움으로 바뀌어 생각지도 않았던 욕이 비명처럼 터져 나왔는지 불망은 알지 못했다. 단지 있는 힘을 다해 목청이 터져라 욕지기를 내뱉었고, 이후 살아가며 그는 단 한 번도 누구를 향해 욕을 한 적이 없다.

불망의 욕은 눈 덮인 천산을 쩌렁쩌렁 울렸다.

오호통재(嗚呼痛哉)라.

오직 눈뿐, 아무것도 보이지 않는 대설원의 깊은 곳에서 어린 불망은 이렇게 서 있었다.

그런데 그의 운명을 결정지어 줄 한 사람이 환영처럼 시선 속으로 쏘아져 들어온 건 바로 그때였다.

그 사람은 불망이 우뚝 선 절벽의 뒤, 아스라이 구름 너머로 뿌옇게 보였다. 사람인지 신선인지 구별할 수 없는 선풍도골풍의 노인이었다. 불망은 미간을 찌푸려 안력을 집중하며 그 사람을 살폈다. 그 사람은 백색 장포를 표표히 날리며 천기를 살피듯 먼 하늘을 올려보고 있었다.

'검노!'

불망의 가슴은 미친 듯 쿵쾅거렸다.

천산에 오른 지 벌써 일주일이었다.

긴 시간은 아니었으나 지난 일주일은 그가 세상에 태어나 육체적으로 가장 어려웠던 시간이었다. 더 생각할 것도 없었다. 불망은 그가 검노임을 믿어 의심치 않았다.

'검노가 아니라 할지라도 심산유곡(深山幽谷)에 은거하는 기인인 건 틀림없다. 그렇다면 검노와 서로 알고 지내는 사이일 수도 있어.'

다행히 불망이 오른 절벽에서 백색 장포 노인이 우뚝 서 있는 절벽까지는 그리 멀지 않았다.

불망은 어깨에 걸머진 바랑을 추스르며 다시 절벽을 오르기 시작했다. 힘들고 거친 길이었으나, 그는 마지막 힘까지 짜내 기어올랐다.

연이어 이어진 절벽과 산로가 끝나갈 무렵, 단단하게 얼어붙은 땅바닥에 박힌 직사각형의 돌기둥이 보였다. 돌기둥은 불망의 키보다 훨씬 컸다. 불망은 더러운 소맷자락으로 이마에 흐르는 땀을 닦으며 돌기둥을 바라보았다.

천애봉.

돌기둥의 글자를 읽는 순간 불망의 눈에서 주르륵 눈물이 났다.

그는 자신도 모르게 돌기둥으로 다가가 '천애봉' 이란 글자를 어루만지며 그 위에 쌓인 눈을 털었다. 만감이 교차했다. 지난 시절의 고통이 주마등처럼 뇌리를 스치고 지나갔다.

'어머니, 보고 계서요? 소자… 드디어 찾아왔습니다.'

그러나 아직 기쁨의 눈물을 흘리기엔 일렀다. 검노를 만나보기 전까지 아무것도 단언할 수 없었다.

불망은 얼어버린 소맷자락으로 눈물을 닦고 마음을 경건히 했다.

돌기둥을 지나 좀 더 오르자 한 채의 낡은 목옥(木屋)이 보였다.

그 앞은 제법 너른 공터였는데, 처음 그가 보았던 백발 창창한 백색 장포 노인이 절벽 앞 큰 바위 위에 결가부좌를 틀고 앉아 있었다. 그의 백발과 장포 자락이 세찬 바람에 표표히 휘날렸다.

바위 옆에는 불망의 키보다 큰 거대한 검은색 검이 눈[雪]에 박혀 있었다.

'묵철중검(墨鐵重劍)!'

검노가 강호를 종횡할 때 그가 쓴 검은 보통 검보다 훨씬 크고 무거 웠다는 말을 들은 적이 있었다. 그래서 검노의 검을 받아본 사람들은 검이 아니라 거대한 도끼가 정수리에 내리 꽂히는 것 같은 공포를 느 꼈다고 말했다.

묵철중검을 보자 점점 더 그가 검노라는 확신이 들었다.

불망은 당장 확인해 보고 싶었으나 백색 장포 노인이 여전히 결가부 좌를 틀고 움직이지 않자, 감히 용기를 낼 수 없었다.

'검노든 아니든 그가 은거고인이라면 나의 인기척을 모를 리 없다. 명상을 하는 건지 운기행공을 하는 건진 모르겠으나 스스로 움직일 때 까지 기다리자.'

당장 묻고 싶은 것도 많았으나 기다림에 익숙한 불망은 조용히 옆으 로 물러나 노인의 등을 보며 절을 했다. 예를 갖춘 후 무릎을 꿇고 앉 아 그가 움직이기를 기다렸다.

불망은 마른침을 삼키며 일각이 여삼추라는 말을 실감했다.

검노의 적혈신화장.

그것은 검노 그 자신이 시전한 것은 아닐 거라고 어머니를 비롯한 모든 사람들이 말했다. 그러나 검노가 아니라면 해답을 얻을 수 없다 고 사람들은 다시 입을 모아 말했다.

적혈신화장을 맞은 가슴이 은은하게 아파왔다.

날이 어두워지고 조금씩 눈발이 휘날렸다. 불망은 무릎을 꿇고 앉은 다리가 저리다 못해 감각이 없어졌다. 날씨는 견디기 어려울 정도로 추웠다.

'십 년을 넘게 기다렸다. 이렇게 무릎을 꿇고 십 년을 더 기다리라고 한들 못 기다리겠는가.'

불망은 스스로에게 최면을 걸며 월인신공으로 조금씩 몸을 데웠다. 얼어 죽지 않으려는 최소한의 발악이었다. 그러나 턱이 와들와들 떨리고 이빨과 이빨이 딱딱 소리를 내며 부딪쳤다. 머리 위로는 눈이 쌓였다.

겹겹이 펼쳐진 설봉(雪峰)은 해가 졌다고 생각되는 순간 어두워졌다. 불빛 한 점 없는 산중 어둠은 코앞의 물체도 보이지 않았다.

바람은 더욱 강해졌다.

불망은 피곤했고 지쳤으며 배도 고팠다. 수십 일을 긴장하며 살아온 육체가 딱딱하게 굳어지는 것 같았다.

비몽사몽간이다.

"너는 누구냐?"

탁하고 거친 음성이 들렸다.

불망은 번뜩 정신이 들며 얼어붙은 눈을 떴다.

그는 일어나 앞에 선 노인에게 절을 해야 한다고 생각했다. 하지만 그건 생각일 뿐 일어서는 순간 현기증으로 인해 머리가 핑 돌고 딱딱하게 얼어버린 무릎 관절은 마음먹은 대로 펴지지 않았다. 불망은 일어서려다가 짚단처럼 픽 쓰러지고 말았다.

노인은 불망을 부축하지 않고 그냥 내버려 두었다.

불망은 얼굴이 화끈거릴 정도로 창피했지만 다시 일어나 절뚝거리며, 그러나 공손히 절을 했다.

"너는 길을 잃었느냐?"

"아닙니다, 어르신. 저는 천애봉을 찾아왔습니다. 이곳이 천애봉이 분명한지요?"

얼어버린 불망의 음성은 쩍쩍 갈라졌다.

"그렇다. 천애봉임에 틀림없다."

"그러면 어르신께선 검노 무극경 무 대협이신지요?"

불망의 단도직입적인 물음에 노인은 은은한 미소를 보였다.

"한때 검노란 이름으로 강호를 떠돌았으나 대협이라 불릴 행동을 한 적은 없다. 그러니 검노 무극경이란 말은 맞다만 무 대협은 맞지 않다."

"아!"

불망은 신음처럼 탄식했다.

천신만고 끝에 기어이 검노를 만난 것이다. 고생한 대가에 비해 그와의 만남은 허무했다. 이렇게 쉽게 만날 수 있는 사람인데 어찌 그토록 긴 시간을 필요로 했단 말인가?

"네가 바로 찾아왔다면 노부를 만나기 위해 온 것이로구나."

검노 무극경의 시선이 맨바닥에 무릎 꿇고 앉은 불망을 살펴보았다. 이처럼 어린아이가 무슨 볼일이 있어 자신을 만나러 왔는지 궁금하다는 얼굴이었다.

불망은 그가 정면으로 자신을 내려다보자 부끄러웠다. 다 떨어진 솜옷과 상처투성이의 얼굴, 피딱지가 덕지덕지 앉은 동상 걸린 손과 발은 다른 사람에게 보여주기에 민망했다. 거지도 이런 상거지가 없었다. 불망은 편 채 땅을 짚고 있던 손톱 빠진 손가락을 슬그머니 접어 감추었다.

그러나 검노 무극경의 얼굴은 무덤덤에 가까웠다.

"그렇습니다, 무 대협. 저는 무 대협을 만나기 위해 수만 리 길을 천신만고 끝에 찾아왔습니다."

"고생이 심하였구나. 그러나 아이야, 노부는 세상을 등지고자 하는 사람이다. 우리가 만날 일이 있다고는 생각되지 않는구나."

"무 대협, 저는 그냥 오지 않았습니다. 저는 마검혈을 가지고 있습니다. 무 대협, 잊지 않으셨겠지요? 마검혈은 무 대협에게 무엇이든 한 가지 요구 조건을 말할 수 있고 무 대협께서는 그것을 반드시 들어주셔야 합니다."

불망은 자신이 너무 서두른다고 생각했다. 그것은 불망 스스로가 얼마나 초조한지를 말해주는 일이었다. 하나 초조하면 초조한 대로 상대에게 보여주면 그뿐이지, 굳이 감출 필요도 없었다.

"네가 마검혈을 가지고 있단 말이냐?"

마검혈이란 말에 검노 무극경의 눈에 이채가 띠었다.

"그렇습니다, 무 대협. 저는 마검혈을 가지고 있습니다. 무 대협, 무 대협의 예전 약속은 유효한 것인지요?"

"물론이다. 나는 세상을 등지기 전 인연의 끈을 완전히 놓지 못하고 세 자루의 마검혈을 남겼다. 무엇이든 요구할 수 있다? 지금 다시 생각해 보면 매우 오만한 행위였다. 하나 이미 뱉은 말을 주워 담을 수는 없는 일. 무엇이든 요구할 수 있는 것은 맞다. 하지만 그 요구 조건은 허황되지 않아야 하며, 불의하지 않아야 하며, 배은망덕하지 않아야 한다. 하늘의 별을 따달라던가, 너를 황제로 만들어달라는 요구를 해온다면 내가 무슨 수로 그 소원을 들어줄 수 있겠느냐?”

“무 대협, 저는 그리 허황되지 않습니다. 제가 무 대협께 바라는 건
가문의 원수를 갚을 수 있을 정도의 힘뿐입니다.”

불망의 음성은 비장했다.

가문의 원수를 갚을 수 있을 정도의 힘!

꿈에서든 현실에서든 수천 수만 번 되뇌이던 말, 그러나 단 한 번도
입 밖으로 내보내지 못했던 말이었다. 불망은 오로지 이 말을 하기 위
해 지금까지 살아왔다.

“너의 요구 조건은 무공을 가르쳐 달라는 말이냐? 가문의 복수를 해
달라는 말이냐?”

격정적인 불망과 달리 검노 무극경은 담담했다. 그것이 가진 자와
가지지 못한 자의 차이였다.

“가문의 복수를 어찌 무 대협께 맡기겠습니까? 무공을 가르쳐 주십
시오.”

“무공이라? 그렇다면 마검혈을 다오.”

기다렸던 말이었다.

옥함 속에 든 마검혈은 가죽 끈으로 허리에 칭칭 동여매어 놓았다.
고독진인에게 옥함을 받은 후 그는 잠을 잘 때도 풀어놓은 적이 없었
다. 옥함은 그의 생명보다 소중했다.

불망은 두 손으로 공손히 옥함을 검노에게 바쳤다.

검노는 옥함의 뚜껑을 열었다.

짙은 어둠 속에서 한줄기 찬란한 빛이 옥함을 뚫고 나왔다.

“이것이 고독진인이 네게 준 마검혈이란 말이냐?”

"그렇습……!"

불망은 뒷말을 잇지 못했다. 그는 깜짝 놀라며 검노를 올려다보았다.

옥함의 찬란한 빛에 드러난 검노의 눈. 그것은 희열과 탐욕의 빛이 번쩍이는 눈이었다. 옥함의 뚜껑이 닫히며 검노의 눈도 사라졌다.

"고독진인이 네게 준 마검혈이라니요?"

말하지 아니하였는데 검노는 지금 그 자신이 바친 마검혈이 고독진인의 것이라는 걸 어찌 안단 말인가?

"고독진인께서 주었다는 걸 어떻게 아십니까?"

"세 자루의 마검혈 중 두 자루는 회수되었고 남은 건 하나뿐이니 고독진인의 것이 아니고 누구의 것이란 말이냐?"

검노는 웃으며 말했다.

"당신은 검노 무 대협이 아닙니다. 마검혈을 제게 돌려주십시오."

"너는 내가 검노가 아니라는 걸 어찌 단정해?"

"어르신, 마검혈을 돌려주십시오. 제 목숨이 달린 일입니다."

"말해보거라. 내가 검노가 아니라는 걸 어찌 알았어? 이곳은 천애봉이고 묵철중검도 여기 있는데."

"검노는 고독진인을 알지 못합니다. 당신이 고독진인을 알고 있다면 검노가 아닌 게 되는 겁니다."

"……!"

검노는 불망의 말을 언뜻 이해하지 못했다. 그러나 잠시 생각하자 불망의 말을 알 수 있었다.

"아하! 내 미처 거기까지 생각하지 못했구나. 검노는 고독진인이 북

궁도가의 가주로 있을 때 은거하였고 그 후 다시 만나지 못했으니 그
가 도사 나부랭이가 되었다는 걸 알 수 없지. 하지만 어디선가 그가 도
사가 되었다는 소문은 들었을 수도 있지 않겠느냐?"

"검노라면 자신의 물건을 회수하는 데 탐욕을 드러내지는 않을 것이
오. 마검혈을 돌려주십시오."

불망은 금방이라도 백색 장포 노인에게 달려들 듯 눈에 핏발을 세웠
다. 참으로 어이없는 일이었다. 그 자신이 마검혈을 알아서 바친 격이
아닌가. 이처럼 바보 같은 일이 세상에 또 어디 있단 말인가? 불망은
가슴속에서 불기둥이 확 치밀어 올라 울컥! 핏물을 토했다.

"진작에 빼앗을 수 있었으나 마검혈의 진위 여부가 확실치 않아 네
스스로 바치기를 기다렸다. 빠르고 늦고의 차이는 있겠지만 마검혈은
원래부터 네 소유가 될 수 없는 물건이었으니 그리 억울해할 필요 없
다."

백색 장포 노인은 미미하게 웃으며 말했다.

"그렇다면… 이곳은 천애봉도 아니고 저 검은 묵철중검도 아니란
말이오?"

"당연하지 않느냐? 한 사람을 완벽하게 속이기 위해선 그 정도 수고
는 해줘야지."

"당신은 누구요?"

"그분은 판관대부 이선기 천주님이시다."

백색장포 노인 대신 어둠 속 목옥의 문 뒤에서 냉랭한 음성이 들려
왔다. 이윽고 목옥의 문이 열리며 한 사람이 걸어나왔다. 너무 짙은 어
둠이라 불망은 그 사람의 모습이 보이지 않았다. 하지만 음성은 그가

누구인지 알려주었다. 불망은 기겁했다.

"너, 너는… 고유기?"

그는 주춤거리며 뒤로 두어 걸음 물러났다.

"불망, 오랜만이구나. 여기서 나를 다시 만날 줄은 꿈에도 생각 못했
겠지."

"……!"

불망은 머리가 나쁜 편이 아니었다. 하지만 고유기가 이곳에 왜 나
타난 것인지 이해하기까지는 꽤 오랜 시간이 걸렸다.

그리고 불망은 알았다. 그 자신이 철저하게 속았다는 것을.

판관대부 이선기는 자영부인이 실질적인 주인으로 있는 생사천주
다.

거기에 고유기의 등장.

자영부인의 명이 없었다면 이들이 어떻게 이곳에 나타날 수 있단 말
인가? 불망은 하체에 힘을 풀려 자신도 모르게 그 자리에 털썩 주저앉
고 말았다.

"나를 비롯하여 이 세상 누구도 믿지 마라. 부유하고 무공이 강하고 권력
이 있을수록 남을 잘 속이는 법이다. 그러나 네가 그 사람을 필요로 한다면
네 자신이 그를 속이지 않고 솔직한 믿음으로 대해야 한다. 그러면 그 사람
도 너를 믿고 마음을 터놓을 것이다."

수인은 말했다.

불망은 어머니의 말이 그리 어려운 말이 아니라고 생각했다. 고독진

인을 대할 때만 해도 그랬다. 하지만 지금 생각해 보니 이것보다 더 어려운 말이 없다. 그는 자영부인에 대한 첫인상이 좋지 않았지만, 그녀를 믿고 의지했다. 생명을 구해주겠다는 사람을 어찌 믿지 않겠는가.

'그녀는 상관없을지도 모른다. 이자들이 마검혈이 탐나 독단적으로 일을 꾸몄을 것이다. 궁귀 서촉처럼.'

하지만 궁귀 서촉도 독단적이었는지에 대해 지금으로선 자신이 없었다.

어디서부터 일이 잘못되었는지는 나중에 생각해도 된다. 지금은 이렇게 주저앉아 있을 시간이 없었다.

"마검혈을 내놔!"

불망은 이선기에게 달려들었다. 무슨 일이 있어도 마검혈을 되찾아야 했다. 그것은 그의 생명이었고 어머니의 간절한 바람이었으며 고독진인의 눈물겨운 정애(情愛)였다.

하지만 이선기는 한 문파의 대종사였고 불망은 어린아이였다.

이선기의 소맷자락에서 바람이 일었다.

불망은 실 끊어진 연처럼 허공으로 붕 떠오르더니 바닥에 팽개쳐졌다.

"쯧쯧. 계란으로 바위를 쳐라."

고유기는 울컥! 피를 토하며 나가떨어진 불망을 비웃었다.

"부인께선 이 아이를 어찌 처리하라 하셨느냐?"

"죽은 자는 말이 없는 법이라 하셨습니다. 천주님께서 나설 필요 없이 제가 저놈을 죽여 버리겠습니다."

자영부인도 한편이란 말이었다. 불망은 정신이 혼란해지며 무엇을 믿어야 할지 알 수 없었다. 오직 가슴이 터질 것처럼 답답할 뿐이었다.

"너의 능력으로는 어렵다."

"네?"

"죽은 자가 말이 없다, 라는 건 일반인들에게나 통용되는 말이다. 죽은 자는 그 말을 들을 줄 아는 사람에겐 시끄러울 정도로 말이 많은 법이다."

생사천은 도박장이었으나 결국 살수 집단이었다. 천주 이선기는 수많은 죽음을 보아왔다. 죽은 자가 말을 한다는 건 시체 검시관만 알 수 있는 건 아니었다. 이선기 같은 전문 살수들도 주검을 보면 그가 어떻게 죽었다는 것을 알 수 있었다.

살수는 주검에 흔적을 남기면 일류가 아니었다.

고유기는 살수가 아니었기에 시체에 흔적을 남길 수밖에 없었다.

이선기는 쓰러질 불망을 바라보았다.

불망은 상처 입은 짐승처럼 헉헉거리며 일어나지 못했다.

이선기는 쓰러진 불망을 향해 손을 뻗었다. 불망은 자석에 끌려오는 쇠붙이처럼 그의 장심으로 빨려들었다. 비록 불망이 어린아이지만 움직이는 사람을 끌어당긴다는 건 강호의 일류 고수라 할지라도 시전할 수 없는 놀라운 허공섭물이었다.

척.

불망은 자석처럼 이선기의 손에 달라붙었다.

그는 이선기의 허리까지밖에 안 오는 키였다. 이선기가 손을 얼굴 위로 들어올리자 불망의 두 발이 허공에 뜬 채 대롱대롱 매달렸다.

"마검혈을 내놔!"

불망은 주먹을 쥔 채 양팔을 휘저었다.

그러나 이선기는 불망보다 팔이 길었다. 그의 주먹에 맞을 턱이 없었다. 이선기는 불망의 목을 쥔 채 절벽으로 걸어가며 웃었다.

"꼬마야, 네가 찾는 검노는 이 만장절벽 아래 계신다. 내려가 보겠느냐?"

만년설이 덮인 절벽 아래는 끝이 보이지 않았다. 떨어진다면 목숨을 부지하기는커녕 가루가 되고 말 것이다.

절벽 아래를 보게 된 불망은 두려움이 왈칵 밀려들었다. 끝장이라는 생각에 머리 속이 아득해졌다. 그는 턱없이 모자라는 자신의 힘에 반항할 기력도 잃어버렸다. 속수무책이었다.

'살인멸구란 그냥 죽이는 것이 아니라 산산이 부숴 죽이는 것이로구나. 아… 나는 이렇게 고생만 하다 죽으려고 태어난 모양이다.'

제대로 된 반항조차 해볼 수 없는 뚜렷한 힘의 우위 앞에서 불망은 오직 절망을 느낄 뿐이었다.

"한 가지 묻겠소. 자영부인이 정말 나를 죽이라고 했소?"

"머리가 나쁘진 않은 거 같으니 명부(冥府) 가는 길에 혼자 추리해 보거라."

이선기는 불망을 치켜들었다.

불망의 가슴은 터질 것처럼 퍼덕거렸다. 죽음을 단 한시도 놓치지 않고 생각해 왔으나 이처럼 공포를 느끼기는 처음이었다.

"차라리 내 스스로 죽겠소!"

"그럴 필요 없다. 빨리 갈 수 있도록 도와주마."

이선기는 불망을 패대기치듯 만장단애 아래로 내리꽂았다.

"죽어도 잊지 않겠다!"

떨어지는 불망은 원독에 차 마지막 발악처럼 소리쳤다.

'노부도 그러기를 원한다!'

이선기는 머리부터 내리 꽂히는 불망을 향해 일장을 내갈겼다.

펑!

강맹한 장력이 그를 격타했다.

불망은 장력의 위력에 휩싸여 만장단애 아래로 끝없이 추락했다.

"천주님, 만약 놈이 죽지 않으면 어쩌려고?"

절벽가로 달려와 무저갱과 같은 단애로 추락하는 불망을 보는 고유기의 얼굴은 어두웠다.

"노부의 암연마장(黯然魔掌)에 격중당해 늑골이 부러지고 내장이 뒤틀린 채 만장단애로 떨어진 아이가 살아난다고 했느냐? 네가 지금 노부를 우롱하는 것이야?"

고유기는 얼른 허리를 숙였다.

"가, 감히 그럴 리가 있겠습니까? 다만 부인께선……."

"부인껜 노부가 보고할 것이니 너는 신경 쓸 것 없다."

이선기는 만장단애를 내려다보았다.

끝없는 추락의 길. 명가의 후예로 태어났으나 살수가 되어버린 그는 자신의 인생이 그것과 다르지 않다고 생각했다. 그는 불망을 향해 유언처럼 중얼거렸다.

'죽고 싶어도 죽을 수 없는 정애의 유혹은 마약처럼 달콤하여 결국 파멸의 늪으로 나를 인도하고 말았다. 벗어나고 싶으나 벗어날 수 없으니 오직 죽는 것만이 나를 구원하는 길이다. 그러나 정애의 늪은 죽

음마저 불사한다. 불망, 네가 그와 인연이 닿아 나를 구원할 수 있기를
바랄 뿐이다.'

2

꿈을 꾸었다.

그는 가만히 있었으나 주변의 풍경은 끊임없이 변했다.

전쟁터였다. 불망은 마귀를 보았다. 마귀들이 요사하게 웃으며 사람
을 죽이며 세상을 어지럽힌다. 하늘에서 갑옷을 입은 장군들이 청룡언
월도(靑龍偃月刀)를 꼬나 쥔 채 구름을 타고 내려왔다. 마귀와 장군들
의 싸움이 시작되었다. 바람과 비가 세차게 휘몰아친다.

불망은 감히 나가 싸우지 못하고 바위 뒤에 숨어 두근거리는 가슴을
진정시킨다.

대장군을 피해 도망치던 검은 장포의 마귀가 불망을 발견하곤 사이
하게 웃는다. 웃는 마귀의 입 안은 핏물로 목욕을 한 듯 빨갛다. 불망
은 너무 무서워 눈을 감았다. 어둠이 찾아들었다.

눈앞에서 뭔가가 휙 지나간다. 그리고 풍경이 바뀐다.

구름 위에서 불망 또래의 선녀들이 소맷자락을 하늘거리며 날아다
니고 있다. 무엇이 그리 재미있는지 까르르 웃으며 너울댄다. 눈부실
정도로 예쁘고 자유스럽다. 그러나 불망은 마음이 바위를 올려놓은 것
처럼 무겁다. 마치 남의 세상을 훔쳐보는 것 같은 죄책감도 느껴진다.

불망을 발견한 선녀가 조금 의외라는 듯 살짝 놀라더니 이내 웃으며
날아왔다.

"너는 누구니?"

"부, 불망입니다."

"아하, 네가 바로 불망이로구나. 만나서 반가워. 나는 관자재(觀自
在)야."

불망은 선녀에게 꾸벅 인사를 했다.

불망은 선녀의 성과 이름이 관자재라고 생각했으나, 후에 관자재가
광세음(光世音), 관세음(觀世音), 관세자재(觀世自在), 관세음자재(觀世
音自在) 등과 같은 말이며 사람들이 이를 줄여서 관음(觀音), 즉 관세음
보살(觀世音菩薩)이라 함을 알았다.

"너는 길을 잘못 온 거 같아. 여기는 네가 올 곳이 아니야. 보렴. 여
자들만 가득하잖니?"

관자재는 까르르 웃으며 불망의 머리를 쓰다듬었다.

그녀가 머리를 만지자 불망은 마음이 가벼워지며 더할 수 없이 편해
졌다. 삭신이 녹아들며 불망은 점점 작아졌다. 그것은 너무 편해서 녹
아들 수밖에 없다, 라는 느낌이었다. 태초의 그는 양수에서 물장구를
치며 부유했다. 온 우주가 그의 것이며 그의 세상이었다. 어느 날, 고
통이 찾아왔다. 그만의 우주가 부서지며 몸을 담갔던 물이 썰물처럼
빠져나간다. 춥다. 물의 따뜻함이 그립다. 무섭다. 온몸으로 밀려드는
이 차가운 느낌. 숨이 막힐 것 같다.

"으앙!"

그래서 울음이 터졌다.

"아드님이십니다. 소가주님께서 태어나셨습니다!"

산파의 호들갑스러운 음성.

문이 열리며 얼굴이 보이지 않는 남자가 들어선다.

"한 번 안아주시지요."

"됐다."

남자의 음성은 마치 철(鐵)을 삶아 먹은 듯 무겁다.

남자는 자리에 앉지도 않은 채 물끄러미 아기를 내려다보더니 건성으로 말했다.

"수고했네."

"당신… 너무해요."

아기의 옆에 누운 산모가 눈물을 쏟았다. 아니, 보지 못하는 아기는 그녀가 눈물을 쏟고 있다고 느꼈다.

남자가 비릿하게 웃으며 아기에게서 산모에게로 눈을 돌렸다.

"네가 이 아이의 어미인 것은 확실하다만 내 아이라고 확신할 수 있겠느냐?"

"당신… 어떻게 그런 말씀을……."

"나는 너를 증오한다!"

남자가 획 돌아서 방을 나갔다.

아기는 울음을 터뜨렸다.

산모는 흐느낀다.

세월은 화살처럼 쏘아지며 새하얀 손 하나가 공포를 동반한 채 아기를 덮친다. 삶과 죽음의 경계를 알지 못하는 아기의 눈은 공포를 느끼지 못한다. 초롱초롱하게 빛나며 사랑스러울 뿐이다.

장인(掌印)이 아기의 가슴을 덮쳤다. 열 개의 꽃송이가 아기의 가슴에 진홍빛 선혈을 새긴다.

‘왜?’

아직 말을 배우지 못한 아기는 마음으로 물었다.

‘왜 날 때려요? 어머니.’

3

지독한 악몽이었다.

비록 꿈이었지만 불망은 깜짝 놀라 몸을 부르르 떨며 눈을 떴다.

휘이이이잉!

찬바람이 불어왔다. 오한을 넘어 온몸이 꽁꽁 얼어버리는 듯한 북풍한설이었다.

‘아, 나는 죽지 않았구나.’

죽지 않았다는 것에 대한 어떤 감흥도 없었다.

단지 쓰러져 있던 그는 일어나기 위해 한 팔로 바닥을 짚고 상체를 들어올리려 했다. 그 순간 신형이 휘청거리더니, 마치 구름을 탄 듯 둥실 떠올랐다. 불망은 깜짝 놀라며 주변을 살폈다. 이제 보니 그는 지면에 떨어져 있었던 것이 아니었다. 절벽을 뚫고 자란 거대한 나무 위에 걸치듯 쓰러져 있었던 것이다.

‘위로는 하늘이 보이지 않고 밑으로는 땅이 보이지 않는 곳이로구나. 나는 하늘과 땅 사이에서 천우신조로 살아났으니, 또 현실의 고통과 싸워야 하는 것인가?’

차라리 죽었으면 끝났을 일.

살아났으니 고통은 배가되었다.

‘마검혈까지 빼앗겼으니 어머니와 진인은 또 무슨 낯으로 대한단 말인가?’

우여곡절 끝에 찾은 천산에서도 되는 일은 없었다.

그나마 다행이라면 운이 좋아 목숨을 건졌을 뿐이다.

불망은 이선기가 그 자신을 죽일 생각이 없었다는 건 알지 못했다. 마검혈까지 빼앗아간 마당에 살인멸구를 위해서라도 그가 자신을 죽이지 않을 이유가 없었다. 그러나 이선기의 암연마장을 맞고도 아무렇지도 않게 눈을 뜬 걸 생각한다면 불망은 반드시 뭔가 이상하다고 느낄 것이다. 하지만 현재의 불망은 자포자기와 자책에 의해 거기까지 생각이 미치지 않았다.

“또 하나의 원한이 내 어깨 위로 올라왔구나. 그러나 일단 살아나는 게 먼저다.”

그는 주변을 살폈다.

위로 올라가든, 밑으로 내려가든 어디론가 움직여야 했다. 이대로 있어보았자 얼어 죽거나 굶어 죽는 수밖에 없었다. 그때 문득 불망의 눈에 들어오는 것이 있었다. 그 자신이 올라탄 거대한 나무의 밑동이었다. 그 옆 빙벽에 작은 구멍이 하나 나 있었다.

동굴이라고 보기엔 너무 작았다.

새 둥지로 적당할 것 같은 곳이다.

‘일단 저곳으로 가면 찬바람은 피할 수 있겠구나.’

덩치가 큰 어른이라면 구멍 안으로 들어갈 수 없었겠지만 불망은 가능했다. 불망은 나무를 타고 조금씩 내려가 구멍 안으로 몸을 던졌다. 그는 당연히 자신의 몸이 지면에 부딪칠 거라 생각했으나 그게 아니었다.

"허억!"

몸을 던진 순간, 불망은 마치 빨려 들어가듯 구멍 속에서 추락하기 시작했다.

구멍은 경사가 진 채 밑으로 향해 있었던 것이다. 손쓸 사이도 없이 가속도가 붙은 몸은 눈 깜짝할 사이에 수십 장을 미끄러졌다. 그러더니 어느 순간 밑이 허전해지며 붕 떠올랐다.

쾅!

엉덩방아를 찧었다.

입에서 저절로 '아이쿠!' 소리가 났다.

불망은 등에 걸머멘 바랑에서 얼른 화섭자를 꺼내 불을 밝혔다.

그곳은 거대한 석실이었다. 천장은 사람의 키보다 수십 배 높았고 그곳에 수천 년은 족히 자라왔을 듯한 종유석들이 주렁주렁 매달려 있었다. 어둠에 익숙한 박쥐들이 화섭자의 불빛에 푸드득거리며 날았다.

밖은 온몸이 얼어버릴 정도로 추웠으나 석실 안의 불망은 더위를 느끼고 있었다. 그는 자신도 모르게 이마에 흐르는 땀을 닦으며 '덥다'라고 생각했다.

"여기는 또 어디인가?"

불망은 조심스럽게 석실을 살폈다.

석실의 중심에는 작은 호수가 있었다. 부글거리며 기포를 피워 올리는 호수의 물은 뜨거웠다. 주변으로는 이름 모를 꽃들이 피어 있었다.

'온천(溫泉)인가?'

땀이 흐를 정도로 석실 안이 더웠던 이유였다.

온천은 달걀형 모양을 하고 있었는데 한 바퀴를 돌아도 열 걸음 이내였다. 사방으로 수로(水路)가 나 있는 것으로 보아 인공적으로 만든 것이 틀림없었다. 수로는 천장에서 종유석의 물방울이 떨어지는 자리를 정확하게 잇고 있었다. 온천의 물은 특이하게 우윳빛이었고, 물고기는 살지 않았다. 뜨거운 물에서 살 수 있는 물고기는 없을 것이니.

석실은 정사각형 모양이었는데, 그중 삼벽(三壁)에 통로가 나 있었다.

불망은 그중 우측 통로로 들어갔다.

그곳은 다른 석실의 입구였다. 그런데 석실 옆 석벽에 두 줄로 열한 글자가 패여 있었다.

그는 반드시 오리라[他望心會來的].
죽지만 않는다면[除非他死分].

글을 보는 순간 불망은 망치로 머리를 한 대 얻어맞은 것처럼 멍해졌다. 그것은 오로지 내가진력만으로 돌에 글을 새긴 것이기 때문은 아니었다. 그 글에 들어 있는 기다리는 마음이 얼마나 간절한 것인지를 엿볼 수 있었기 때문이다.

대륙의 끝 천산, 천산에서도 이름 모를 골짜기, 하늘과 땅의 가운데 나 있는 석부 안이다. 우연과 인연이 아니라면 찾으려 해도 찾을 수 없는 이곳에 애절한 고독 하나가 있었다.

석실 안에는 한 구의 시체가 있었다. 몸과 의복은 이미 썩어 없어지고 머리카락과 뼈다귀만 남아 있는 시체였다.

시체는 꼿꼿하게 등을 세운 채 가부좌를 틀고 앉아 있었다. 정면을 오시하고 있는 해골의 눈에서는 아직도 한줄기 광채가 흐르는 듯 강렬했다.

"입구에 글을 쓴 사람이 이 사람인가 보다. 기다리는 마음은 간절하였으나 세월이 기다려 주지 않아…… 백골이 진토되고 말았구나."

불망은 이 사람이 고독하게 심산유곡의 석부에서 죽어가도 제사조차 지내줄 이 없다는 생각에 가슴이 아팠다.

"후배는 우연히 석부에 들어오게 되어 노선배님의 유체를 보게 되었습니다. 마땅히 제사를 지내 드려야 하나 제물(祭物)도 없고 지전(紙錢)도 없으니, 그저 노선배님의 영전에 큰절을 올릴 뿐입니다."

불망은 마음을 숙연히 하고 외로이 죽어간 그를 위해 절을 했다.

절을 하다 보니 그 자신의 신세도 노선배와 다르지 않다는 생각에 마음이 답답했다. 기다린다는 것은 고통이었다. 언제 이 기다림이 끝날 것인지, 혹은 영원히 끝나지 않을 것인지도 몰랐다. 슬픔이 복받쳐 올랐다. 그는 되도록 눈물을 흘리지 않으려고 노력하는 성격이었으나 한번 슬픔이 복받치자 눈물은 샘솟듯 흘러내리고 가슴은 터질 것 같았다. 변화무쌍한 감정의 충돌은 도무지 걷잡을 수 없었다.

엎드린 채 한참을 그렇게 울자 속이 후련해졌다.

불망은 언제 울었냐는 듯 눈물을 쓱쓱 닦으며 마음을 추슬렀다.

천천히 꿇었던 무릎을 세우며 일어나던 불망은 문득 시체의 옆에 놓인 한 가지 물건을 보게 되었다. 그것은 오랜 세월의 먼지에 쌓여 본래의 모습을 보이지 않았다. 그랬기에 자세히 보지 않았다면 거기에 무엇이 있는지조차 알아볼 수 없었다.

"거, 검노의… 묵, 철, 중, 검……."

불망은 말을 더듬는 어린아이처럼 넋을 놓고 중얼거렸다.

검은 불망의 키보다 컸다. 검신은 불망의 몸통보다 넓었다.

그것은 이선기의 가짜 묵철중검과 같은 모양을 하고 있었다.

불망은 전율했다.

'이, 이 사람이…… 검노 무극경?

그렇다면 이상하다. 검노가 은거한 지는 이제 이십여 년.

은거가 아니라 이십 년 전에 죽었다 할지라도 시신이 모두 썩고 부패하여 앙상하게 뼈와 머리카락만 남을 수 있단 말인가?

"노… 선배님이… 검노요?"

불망은 떨리는 음성으로 시체를 향해 물었다.

그러나 시체는 말이 없었다.

불망은 고개를 저었다. 그가 검노라고는 믿기 어려웠다. 그는 죽지 않았을 것이다. 죽을 수 없다. 시신이 모두 썩어 없어지려면 몇 년이 걸릴지 알 수 없으나, 불망은 최소한 백 년은 걸릴 거라고 생각했다. 그것이 아니라 할지라도 불망은 절대적으로 그렇게 믿었다. 검노가 죽었다면, 그 역시 삶의 희망이 없는 것이기에.

묵철중검은 검집이 없었다.

불망은 운명처럼 검을 잡았다. 검은 무거웠다. 그의 힘으로는 도저히 들어올릴 수 없었다.

우우우우웅!

그런데 그때 검이 울었다.

불망은 깜짝 놀라며 잡았던 검을 떨어뜨렸다. 검이 울음을 멈췄다.

"자명검(自鳴劍)!"

불망은 검노가 묵철중검을 들고 강호를 종횡했을 때 있었던 여러 가지 일화들을 떠올렸다. 그는 사람들에게 들은 검노에 관한 일화는 사소한 것이라도 모두 기억했다. 그러나 아무리 생각해도 검노의 묵철중검이 스스로 운다는 말은 들은 적이 없었다.

'그렇다면 이것은 묵철중검이 아니란 말인가?'

불망은 혹시 자신이 잘못 듣거나 우연의 일치로 울었을 수도 있다고 생각하며 다시 검을 잡았다.

우우우우웅!

하지만 불망이 손을 대자 검은 다시 울기 시작했다. 처음처럼 놀라진 않았다. 불망은 검을 들어보려고 힘껏 힘을 썼다. 비록 내공이 없는 어린아이였으나 그는 뼛골까지 검도인이었다.

검이 움직였다.

"어, 어!"

불망은 중심을 잃고 마치 술에 취한 사람처럼 검을 따라 이리 비틀 저리 비틀 갈지자걸음을 걸었다.

쾅!

석벽에 몸이 부딪쳤으나 그의 갈지자걸음은 멈추지 않았다.

그의 갈지자걸음은 마치 미친 여자가 폭우를 맞으며 덩실덩실 춤을 추는 것처럼 난감했다.

우우우우웅!

검명이 빨라졌다.

자신보다 거대한 검을 든 불망의 위태로운 움직임도 빨라졌다. 그는 몰아지경에 빠졌다. 석실을 나오고 통로에 몸을 부딪치며 전후좌우를 분간없이 내달리는 불망의 전신에서 비 오듯 땀이 흘렀다.

"헉헉!"

숨은 턱까지 차 올랐다.

검과 그는 혼연일체가 되었다.

탁.

발등에 무엇인가 걸렸다. 불망은 앞으로 쓰러졌다. 온천수가 고인 호수의 뜨거운 기운이 확 올라왔다. 불망의 신형이 풍덩 소리를 내며 온천수 안으로 빠졌다. 손에서 검이 떨어졌다. 검이 울음을 멈췄다.

불망은 온천수에 빠진 채 그대로 정신을 잃고 말았다.

온천수 속에 온몸을 담그고 얼굴만 물 밖으로 내놓은 채 잠든 불망은 세상에서 가장 편해 보였다. 얼굴에선 미소가 보였고, 살짝 벌어진 입가에서 침까지 흘렀다. 그는 정말 오랜만에 꿈도 꾸지 않고 단잠을 잤다.

얼마나 오랜 시간 잠들어 있었을까?

"배가 고파."

불망은 부스스 눈을 뜨며 먹을 것을 찾았다.

다행히 주위에는 주먹만 한 야생 버섯들이 산재했다. 불망은 산속 생활을 꽤 오랫동안 영위해 왔기 때문에 먹을 수 있는 버섯과 먹을 수 없는 버섯을 구별할 수 있었다. 그는 석실의 야생 버섯들이 먹을 수 있는 버섯이라는 걸 처음부터 알고 있었다. 한 송이를 따 온천수에 살짝 익힌 후—사실은 씻으려는 것이었으나—입에 넣었다. 입 안 가득 싸한 향기가 퍼지며 씹을수록 달콤한 맛이 돌았다. 불망은 버섯이 생각 이상으로 달고 향기로운 것에 감격해하며 일고여덟 송이를 거푸 따 먹었다.
그러다 문득 버섯을 따고 있는 자신의 손을 내려다보게 되었다.

"……!"

동상이 걸려 괴사한 조직이 떨어져 나갈 정도로 너덜거리던 손이었
다. 그런데 그 손에 새살이 돋아나고 있었다. 흉물스럽게 빠진 손톱도
조금씩 새것으로 올라오기 시작했다.

기적인가?

불망은 어리둥절한 얼굴로 손바닥과 손등을 번갈아 살폈다. 이윽고
그는 발도 살펴보았다. 물러 터진 발도 손처럼 새살이 돋아나고 있었
다. 불망은 새우처럼 등을 구부린 채 손가락으로 발가락 사이사이를
샅샅이 뒤지며 동상의 흔적을 찾았다. 없었다.

"세상에! 내 손과 발이 멀쩡해!"

불망은 변화된 손발을 보며 소스라치게 놀랐다.

뿐만 아니었다.

빙벽에서 떨어진 후 온몸이 상처투성이였으나 지금은 멍 자국 하나
찾아낼 수 없었다.

"자고 있던 사이에 도대체 무슨 일이 일어난 거지?"

그는 자신의 몸에서 일어나는 이 놀라운 변화를 이해할 수 없었다.
자고 있는 사이에 하늘에서 의선(醫仙)이라도 내려와 치료를 해주었단
말인가? 하지만 그건 말도 안 되는 생각이라는 걸 하늘도 땅도 불망도
알았다.

"단지 온천수에 몸을 담갔을 뿐인데……."

지금으로서는 온천수에 특별한 효능이 있다고 생각할 수밖에 없었

다. 그리고 그런 불망의 생각은 정확했다. 천지간의 특별한 조화가 생긴 동굴에선 지정이 응집하여 우윳빛 액체의 형상으로 고이는 경우가 더러 있었다. 사람들은 이 우윳빛 액체를 석유(石乳) 또는 공청석유(空淸石乳)라 부른다. 응집된 지정이 한 방울의 석유를 생산하는 데 일백 년 이상이 걸린다고 알려져 있었다. 귀한 만큼 효능은 탁월하다. 단 한 방울이라 할지라도 마시면 무공을 모르는 일반인은 무병장수하게 되며 무공을 익힌 자는 내공을 속성으로 높여주는 공능을 석유는 가지고 있었다.

억겁(億劫)의 세월을 두고 천장에서 떨어진 석유와 땅 위에서 올라와 고인 석유는 수로를 통해 온천수로 흘렀다. 과연 이 온천수에 몇 방울 혹은 몇 종지의 석유가 내포되어 있는지는 아무도 모르는 일이다.

다만 불망은 석유가 섞인 온천수에 몸을 담갔다. 대가로 내상과 상흔들이 빠르게 치유되었다. 월인산에서부터 하루도 쉬지 않고 천산까지 달려온 강행군으로 천근만근이었던 몸도 깃털처럼 가벼웠다. 세상사는 걱정만 없다면 심신은 날아갈 듯 상쾌하다.

"굳이 검노를 만나지 않더라도……."

어둠 속에서 한 가닥 희망의 불빛을 본 불망은 가슴에 화인(火印)처럼 새겨진 열꽃을 쓰다듬었다. 몸은 상쾌했으나 열 개의 꽃송이는 여전히 붉게 타올랐다.

"여기서 나를 치유할 수도……. 어쩌면 나는 천고의 다시없을 기연을 만난 건지도 몰라."

생각이 거기에 미치자 가슴이 복받쳐 올랐다. 기쁜 마음이 목까지 차 올라 '야호!' 라고 소리치고 싶었다. 그는 시체가 놓인 석실로 달려가 쿵쿵 소리가 날 정도로 바닥에 이마를 찧으며 절을 했다.

"노선배님, 감사합니다. 뉘신지는 모르나 저는 노선배님의 안배로 새 생명을 얻게 될 것 같습니다. 저는 태어나서 오늘처럼 기쁜 날이 없었습니다. 노선배님은 제게 기쁨을 선물하셨습니다. 불망이 감사의 절을 올립니다."

시간은 유수와 같이 흘렀다.

하루 이틀, 그리고 일주일이 지나자 시간에 대한 개념이 사라졌다. 밤낮의 구별도 없었다. 졸리면 자고 배고프면 먹고 온천수에 몸을 담그고 명상과 불망신공, 월인신공을 번갈아 수련했다. 오직 그것만이 살길이라는 듯 불망은 최선을 다했다.

명상과 수련의 시간이 깊어질수록 적혈신화장의 열꽃이 흐릿해졌다.

잠을 자지 않아도 머리가 맑았으며, 단전에 한 가닥 뜨거운 기운이 올라오기도 했다. 지금까지 경험해 보지 못한 이 신기한 경험들에 불망은 놀랄 뿐이었다.

석유가 함유된 온천수를 만난 것도 놀라운 기연이었으나 온천수 주변의 이름 모를 야생화와 버섯들도 석유의 원액과 석부의 음기를 흡수하며 자라난 영초 중의 영초였다. 먹고 마시고 몸에 바르는 것들이 다 좋은 것들뿐이었으니 심신이 맑아지고 기운이 충만해지는 건 당연지사였다.

사람들은 어둠뿐인 막힌 공간에서 혼자 살기 두려울 것이다. 더욱이 밀폐된 곳에서 공포를 느끼는 사람이라면 단 일각도 견딜 수 없을 것이다. 그러나 불망은 아무 문제가 없었다. 오히려 어지러운 세상을 보지 않아서 좋았다. 속고 속이는 사람들을 만나지 않아서 더욱 좋았다. 먹고 자는 데 문제가 없으니 더 더욱 좋았다.

만나지 않고 부딪치지 않으니 번뇌와 망상은 저절로 사라졌다. 허망이 없고 원시의 참모습으로 돌아가 마음이 한데 뭉쳐 자타(自他)가 따로 없이 평등하여 경계에 흔들리지 아니했다.

상이 있는 것이 상이 있는 것이 아님을 알 때, 부처를 본다라는 말이 있듯 석실에서의 불망은 빛이 없고 소리가 없으니 눈과 귀로 보고 듣지 아니하여 물아일체의 경지에 이르렀다. 그는 도를 닦을 생각이 전혀 없었으나 본의 아니게 법력 높은 스님과 도인의 흉내를 내고 있었다.

석실은 외부로 출입하는 문이 없었다. 제아무리 무림의 일류고수라 할지라도 축골공(縮骨功)을 익히지 않은 이상 불망이 들어온 공기구멍 통로로는 출입할 수 없었다.

물론 출입문이 없는 건 아니었다. 다만 그것은 석벽과 똑같은 모양을 하고 있었기 때문에 불망은 찾지 못했고 찾을 필요도 느끼지 못했을 뿐이다.

그날도 불망은 온천수에 몸을 담그고 좌선을 하듯 월인신공을 연마하고 있었다.

쾅!

천지번복의 타격음이 터지더니 보이지 않던 석실문이 터져 버렸다.

찬바람이 휘이이잉! 소리를 내며 석실 안으로 들이닥쳤다. 뒤를 이어 배가 임산부처럼 부풀어 오른 비대한 중이 허공을 거꾸로 날았다.

그는 운기조식을 취하고 있는 불망의 머리 위를 지나 석벽에 쿵! 소리가 나도록 등을 부딪치며 주르륵 미끄러져 내렸다.

"크으윽!"

고통으로 일그러진 얼굴에서 답답한 신음성이 터져 나왔다.

삼십대의 중년 미부가 비대한 중을 쫓아 날아왔다.

"탄불두타(歎佛頭陀)! 네놈 따위가 감히 나를 막을 수 있겠느냐?"

중년 미부는 양손에 철조(鐵爪)를 끼고 있었다. 그녀는 철조의 날을 세우며 바람처럼 탄불두타를 향해 달려들었다.

"탄불이 위험해! 막아랏!"

밖에서 다급한 외침이 터졌고 검을 든 십여 개의 흑영이 석실 안으로 번개같이 날아오며 중년 미부를 덮쳤다. 그 위세가 얼마나 빠르고 강렬했던지 석실의 공기가 마구 파동을 일으켰다.

"크하하핫! 드디어 열화동(熱火洞)의 문을 열었구나!"

바로 그때, 광량한 웃음소리와 함께 황의 인영 하나가 석실 안으로 뛰어들더니 무서운 속도로 흑영들을 덮쳐 갔다.

황의 인영은 이십대 후반의 청년으로 양손에 반 토막짜리 칼을 들고 있었다. 크기는 보통 칼의 절반도 되지 않았고, 끝은 뭉뚝해 마치 부러진 것 같았다. 그가 반도를 휘두르자 주변으로 어마어마한 도기가 구름처럼 피어오르며 흑영들을 덮쳤다.

흑영들의 안색이 대변했다.

또 다른 사람이 석실 안으로 뛰어들어 왔다.

"피해랏! 쌍도(雙刀) 풍기백(風琦栢)의 회륜도강(回輪刀罡)이야!"

"크악!"

"크으윽!"

하나 그 사람의 외침이 끝나기 전, 귀청이 찢어지는 듯한 파공음과 함께 십여 명의 흑영 중 세 명이 도강에 휩쓸려 피분수를 뿜으며 쓰러졌다.

"혈륜탈심(血輪奪心)! 다른 놈들 걱정할 것 없이 네놈이나 피하거라!"

혈륜탈심이라 불린 사람의 뒤를 쫓아 홍의를 입은 청년이 질풍처럼 달려들어 왔다. 그는 온몸에 쇠사슬을 칭칭 감고 있었는데, 쇠사슬 끝으로 시퍼렇게 날이 선 겸(鎌)이 양쪽으로 매달려 있었다.

슈슈슈슉!

쇠사슬이 휘둘려지자 석부는 온통 겸 그림자에 갇혀 버렸다.

혈륜탈심이 혈륜을 풍차처럼 회전하며 겸을 막았다.

까까까깡!

사방으로 시퍼런 불꽃이 튀었다. 몇 명의 흑영이 질풍처럼 장내를 휘몰아친 겸에 처절한 비명을 토했다.

"크윽!"

"으아악!"

다시 세 명의 흑영이 피를 뿌렸다.

흑영들은 모두 무서운 공력을 지닌 고수들이었으나 두 청년의 일격을 감당하지 못해 허무하게 도륙났다.

"환영신겸(幻影神鎌) 냉소혼(冷逍魂)……!"

지켜보던 탄불두타의 입에서 자신도 모르게 침음성이 흘러나왔다. 그의 비대한 배가 숨을 헐떡일 때마다 산처럼 부풀어 올랐다가 꺼지기를 반복했다.

"제법이군. 천산에 처박혀 세상을 잊었을 줄 알았는데, 나를 알아보다니."

환영신겸 냉소혼이라 불린 청년은 탄불두타를 보며 냉소를 흘렸다.

살아남은 흑영들이 검을 꼬나 들고 탄불두타의 앞을 지켰다.

혈륜탈심은 두 자루 혈륜을 가슴에 모으고 그들의 공격을 대비했다.

숫자는 아직까지 탄불두타 쪽이 많았으나, 이미 기세가 꺾였으니 승부는 더 보지 않아도 알 수 있었다.

쌍도 풍기백과 환영신겸 냉소혼은 중년 미부의 양쪽으로 자리를 잡았다.

중년 미부는 탄불두타의 눈빛이 여러 차례 변하는 것을 놓치지 않고 바라보다가 불쑥 주변을 둘러보며 입을 열었다.

"너희가 보물처럼 여기는 열화동이라 뭔가 있을 줄 알았는데, 왜 이렇게 보잘것없지?"

탄불두타의 눈빛이 음침하게 변했다. 그는 살기가 번뜩이는 눈으로 마조신모를 노려보다가 실소를 흘리며 말했다.

"마조신모(魔爪神母)! 아가씨께서 자리를 비운 사이 쳐들어오다니! 그것도 풍기백과 냉소혼까지 데리고 말이야."

"기회는 쉽게 오는 것이 아니야. 너희가 모시는 아가씨와 천산칠군(天山七君)이 모두 있었다면 나는 이처럼 쉽게 기회를 잡을 수 없었겠지. 아, 그리고 보니 오늘부로 천산칠군은 없어지겠어. 너희 둘은 살아남을 수 없을 테니."

"마존(魔尊)이 이 땡초의 목숨까지 빼앗으라고 하던가?"

"배신자의 말로는 언제나 참혹하다는 걸 너도 알 텐데?"

"쿡쿡쿡. 배신자라……? 누가 누구를 배신했단 말인가? 열화동은 처음부터 천산 능가장(陵家莊)의 것이었어."

"능가장의 것이었지만 영원히 능가장의 것일 수는 없지. 깃발을 먼저 꽂는 자가 주인이라면 우리처럼 늦게 태어난 자들은 언제 한번 주인이 돼보겠어? 늦게 태어나서 가질 수 없다면 너무 억울하지. 안 그래? 그런데… 그건 그렇고……?"

마조신모는 미간을 살짝 찌푸리며 불망을 향해 고개를 돌렸다.

불망은 이들이 들어오기 전, 온천수에 가부좌를 틀고 앉아 운기조식 중이었다. 병장기 부딪치는 소리와 비명 소리가 난무하여 집중할 수 없었던 그는 황급히 운기조식을 멈췄으나 이 돌연한 상황이 어떤 상황인지 도무지 해석해 낼 수 없었다.

그건 마조신모도 마찬가지였다.

그녀는 마존의 명으로 공천석유가 함유된 온천수, 즉 능가장의 열화수를 빼앗으러 왔던 것이다. 그런데 선객(先客)이 있었다. 그 선객은 능가장의 아가씨가 신주(神主)처럼 모시는 열화수에 알몸으로 몸을 담그고 있었다. 비록 나이는 어렸지만 불망도 남자였다. 마조신모는 남자의 알몸을 보았다는 수치심과 마존께서 앞으로 매일 아침 공복에 드실 물에 웬 놈이 알몸으로 들어가 있는 것을 보자 분노가 치밀었다.

'자칫 잘못하다가는 마존께서 저놈의 목욕물을 마시겠구나!'

분노에 찬 그녀는 불망에게 '웬 놈이냐?' 고 막 물어볼 참이었다. 그런데 탄불두타가 그녀보다 먼저 물었다.

“웬 놈이냐?”

“당신들은 누구요?”

탄불두타와 동시에 불망도 똑같은 생각으로 물었다.

第 7 章

한 번 검을 뽑자
하늘도 놀란다

1

‘당신들은 누구요?’ 라고 불망이 묻자 탄불두타는 일시지간 말문이 막혔다. 그는 능가장을 수호하는 천산칠군 중 한 명이었고, 열화동은 능가장의 소유였다. 그러니 그가 바로 열화장의 주인이라 할 수 있다. 그런데 난데없이 등장한 객(客)이 주인에게 누구냐고 물어보니 말문이 막히지 않을 재간이 없다.

불망은 불망대로 그 자신이 열화동의 주인이라 믿었으며 이자들은 갑자기 석문을 부수고 들이닥친 침입자에 불과했다. 당연히 누구냐고 물어볼 수밖에 없었다.

이 두 사람이 서로 누구냐고 묻자 마조신모 장옥경(張玉景)도 어리둥절해졌다. 그녀는 마존 용화세(龍華世)의 명으로 능가장을 초토화시키고 열화동을 접수하러 온 인물이었다. 마존은 수십 년간 열화동을 노리고 있었기 때문에 열화동에 관한 것이라면 능가장의 아가씨보다 더 잘 알고 있었다. 하지만 용화세도 열화동 안에 누군가가 있다고는 말한 적이 없었다.

서로가 자신들의 입장에서 궁리를 하니 해답이 나올 리 없었다. 머리만 어지러웠다.

"두타, 혹시……."

그때, 혈륜탈심 조문소(趙紋素)가 탄불두타의 귀에 뭐라고 낮게 말했다. 마조신모 장옥경은 그가 무슨 말을 하는지 들으려 귀를 쫑긋 세웠으나 음성이 너무 낮아 들리지 않았다.

"아……!"

귓속말을 듣던 탄불두타가 무릎을 쳤다.

일 년 전이었다. 능가장주 신기노사(神奇老師) 능백(陵栢)이 운명을 달리한 것은.

능백은 죽기 전, 모처로 천산칠군을 모두 불러 모은 후 말했다.

"아무래도 내일은 가야 할 것 같아."

천산칠군 중 그의 말뜻을 알아듣는 자는 없었다. 그는 한군데도 아프거나 병이 든 일이 없는 건강한 몸이었다. 그러니 그가 '내일은 가야 할 것 같다' 라는 말은 다녀올 데가 있다는 말처럼 들렸다.

"어디 다녀오시겠습니까?"

벽혈검(碧血劍) 좌무룡(左武龍)이 물었다.

능백은 빙그레 웃으며 대답했다.

"저승."

천산칠군이 모두 입을 쩍 벌리며 놀란 얼굴로 능백을 쳐다보았다.

그나마 부처를 모시는 탄불두타가 놀람 속에서도 담담함을 유지하며 말했다.

"내일 언제쯤 가시겠습니까?"

"아침은 먹고 갈까 하는데… 한 가지 마음에 걸리는 일이 있어서 자네들을 불렀네. 자네들도 잘 알다시피 내 인생의 한 가지 오점은 화세(華丗), 그 아이를 키웠다는 거야. 화세는 내가 죽으면 노골적으로 열화동을 차지하려 들 걸세. 소언(素堯)이 잘해내리라 믿지만 결국 그대로 두면 열화동은 화세의 손에 들어갈 테지."

"어쩌면 좋겠습니까?"

"열화동은 본 가의 시작이니 무슨 수를 써서라도 막아야 해."

"……!"

"그러다 잘 안 되면 안으로 도망치게."

"열화동 안으로 말입니까?"

"그래. 그러면 조력자를 만나게 될 거야. 그의 말을 잘 들어야 살길이 열리니… 웃지 말고 잘하게."

당시로서는 도통 알아들을 수 없는 말이었다. 특히 '웃지 말고 잘하게' 라는 말은 더욱 이해가 되지 않았다. 도대체 뭘 웃지 말고 잘하란 말인가?

능백의 유언이었기에 천산칠군 중 그때의 일을 잊은 사람은 없었다. 단지 조금은 허황된 말이고 작금의 상황이 너무 다급했기에 탄불두타는 미처 생각을 못하고 있었다. 그것을 혈륭탈심이 깨우쳐 준 것이다.

'그런데 그 사람이……?'

탄불두타는 자신도 모르게 눈살을 찌푸렸다.

능백이 말할 정도의 사람이라면 신태비범하고 강호를 떨쳐 울리는 절대고수는 아니라 할지라도 인간이 가져야 하는 최소한의 예의는 갖추고 있어야 하지 않겠는가? 그런데 이자는 오랫동안 빗지 않아 마구 헝클어진 미치광이 머리털에 알몸이었다.

'그것도 고추에 털도 나지 않은 어린 놈이야!'

선입견으로 사람을 보고 그것으로 그 사람을 재단하려 든다는 건 위험한 일이었다. 하지만 그것도 웬만해야 말을 하지 않지, 이건 해도 해도 너무한다는 생각이었다.

'가주께서 웃지 말라고 한 말의 뜻이 그것인가?'

"이름이 뭐냐?"

탄불두타는 웃음 대신 분노가 일었다.

불망이 그것을 모를 리 없다. 그는 한쪽에 벗어두었던 옷을 찾아 주섬주섬 입으며 말했다.

"불망이오."

오는 말이 곱지 않았으니 가는 말도 곱지 않았다.

"무슨 이름이 그따위냐?"

"그러게 말이오. 나도 내 이름이 썩 좋아 보이진 않소. 그런데… 내가 스님께 무슨 잘못이라도 저질렀소? 말씀이 영……."

"두타, 그만 하게. 지금은 그 아이와 싸울 때가 아니야."

혈륜탈심 조문소가 말리지 않았다면 탄불두타는 '이 어린 놈이 꼬박꼬박 말대꾸로구나!' 라고 하면서 주먹이라도 날렸을 판이었다. 비록 부상을 입어 사지를 제대로 움직일 수 없었으나 불망 정도의 꼬마 아이는 한주먹 거리도 안 되었다.

“신모, 저 녀석은 우연히 이곳에 들어오게 된 것 같습니다. 무공도 익히지 않은 놈인 것 같으니 신경 쓰지 마시고 상황을 마저 정리하는 게 어떠신지요?”

풍기백이 마조신모의 옆에서 말했다.

“네 말이 맞다.”

마조신모가 고개를 끄덕였다. 예상치 못한 일로 작은 소동이 있었으나 어차피 열화동 안의 인물들은 모두 죽을 것이니 한 명이 더 죽고 덜 죽고는 문제도 되지 않았다. 단지, 마조신모는 능가장도 모르게 불망이 어떻게 열화동에 들어왔는지가 궁금해 미칠 지경이었다.

‘궁금증은 나중에 풀면 될 일이고.’

“탄불두타! 저승으로 가서 부처님을 만나야지?”

그녀의 말에 풍기백과 냉소혼이 병기를 꼬나 들고 앞으로 나섰다.

탄불두타는 부상을 입어 그들을 상대할 수 없었다.

대신 혈륜탈심이 어금니를 깨물며 풍기백을 향해 짓쳐들었다. 살아남은 흑영들은 일제히 냉소혼을 공격했다.

사방이 순식간에 질풍노도와 같은 살기에 휩싸였다. 좁은 석실 안은 온통 검과 륜, 겸과 반도의 광채로 휘감기며 흔들렸다. 죽기를 각오하고 결전에 임했으나 혈륜탈심의 무공은 풍기백을 능가하지 못했다.

냉소혼의 겸에 흑영의 목이 날아갔다.

탄불두타의 안색이 더욱 창백해졌다. 놈들의 공격을 막아내지 못할 것 같자 심마가 그를 괴롭혔다. 용화세는 열화동을 장악하면 더욱 강해질 것이다. 그는 결국 능가장을 통째로 삼키려 들 것이다.

‘그렇다면 아가씨는?’

심장이 터질 것 같았다.

불망은 불망대로 갈피를 못 잡고 있었다.

환영처럼 병장기의 광채가 번뜩였다.

"당신이 이곳의 원주인입니까?"

불망은 탄불두타의 옆으로 가서 물었다.

"그렇다."

탄불두타가 눈알을 번뜩이며 말했다.

"하지만 나의 것은 아니고 내가 주인으로 모시는 분의 것이다. 아아, 그러나 이제 모든 것이 끝이로구나. 주인께서는 어찌 너 같은 놈을!"

탄불두타는 다시 불망에게 울화통을 터뜨렸으나 엄밀히 말해 그건 그의 잘못이 아니었다. 불망이 한 잘못이라고는 열화동에 우연찮게 들어왔다는 것뿐이다. 그것도 몰라서 저지른 짓이니 잘못은 아니다. 다만 탄불두타는 능백의 마지막 유언과 달라진 상황에 화가 날 뿐이다.

마조신모 장옥경은 도저히 궁금증을 풀지 않고서는 견딜 수가 없었다.

'저놈이 어떻게 열화동에 들어왔는지 알아야겠다. 달리 출입할 수 있는 문이 있다면 그것도 낭패가 아닌가?'

마조신모는 장갑처럼 손에 찬 철조의 날을 세우며 불망에게 다가왔다. 불망은 위험을 모른 채 싸움을 구경하며 탄불두타와 대화를 나눴다.

"그렇다면 나는 다른 사람의 비지(秘地)에 몰래 들어와 있던 셈이군요."

그때 마조신모의 철조가 섬전처럼 불망을 짓쳐들었다.

불망은 피할 생각도, 피할 수도 없었다.

"위험해!"

불망이 멍하게 서 있는 와중에 탄불두타가 목에 걸고 있던 염주를 마조신모에게 던졌다. 오른팔의 철조가 불망의 어깨에 박혔다.

"컥!"

불망은 머리끝이 쭈뼛 서는 고통을 느꼈다.

탄불두타가 던진 백팔 개의 염주가 마조신모의 왼팔 철조에 산산이 쪼개지며 오히려 그를 향해 날아갔다. 염주의 파편이 탄불두타의 온몸에 박혔다.

"크악!"

피화살을 뿌리며 날아간 탄불두타의 신형이 석벽에 부딪쳤다. 그가 뿜어낸 시커먼 핏덩이가 불망의 뒤통수를 덮치며 퍽! 소리를 냈다. 철조가 어깨에 박힌 불망은 허공으로 들어올려졌다. 마조신모가 그를 자신의 얼굴 앞으로 끌어당겼다. 설명은 길었으나 이 모든 것은 동시에 일어난 일이다.

"너, 어떻게 여길 들어왔지?"

마조신모는 불망에게 물었다.

"너! 우리를 도와주러 왔으면 뭘 좀 어떻게 해봐!"

탄불두타가 피눈물을 흘리며 소리쳤다. 능백의 예언만 아니라면 믿고 싶지 않았다. 그러나 이 순간 탄불두타가 믿을 수 있는 사람은 오로지 불망뿐이었다.

그 순간 불망은 정신이 번쩍 들었다.

불망이 눈을 들어 마조신모를 바라보았다. 그녀는 호기심이 가득 찬 눈으로 그가 말해주기를 기다리고 있었다. 고개를 뒤로 돌렸다. 성난 중이 비대한 몸을 씩씩거리며 그를 바라보고 있었다. 경멸의 눈초리다. 어깨에 박힌 철조와 뒤통수를 강타한 피화살이 남의 일처럼 느껴졌다. 머리 위에서는 광기가 난무하고 사람들의 거친 호흡과 한 박자씩 끊어지는 비명 소리가 꿈처럼 들렸다. 여자의 지분 향과 피비린내는 한데 뒤섞여 코끝을 자극했다. 구역질이 나올 것 같았다.

너, 어떻게 여길 들어왔지?

너, 우리를 도와주러 왔으면 뭘 좀 어떻게 해봐!

마조신모와 탄불두타의 말이 머리 속을 뱅뱅 돌았다.

"우웩!"

불망은 마치 꿈을 꾸는 듯 몽롱한 의식 속에서 피비린내를 이기지 못하고 연거푸 헛구역질을 했다.

깜짝 놀란 마조신모가 불망을 떨어뜨렸다.

철조가 빠져나간 불망의 어깨에서 피가 샘물처럼 솟아났다.

불망은 여기가 어디이며, 이 사람들은 누구일까 생각했다. 그러다 문득 어깨에서 솟아나는 피를 내려다보며 지금 그 자신은 여기서 무엇을 하고 있는지를 떠올렸다.

'무엇 때문에 나는 여기 있는 거지? 왜 나는 악착같이 삶을 영위하고 있는 것일까?

머리 속이 뒤죽박죽되었다.

인간에게는 깨닫기만 하면 곧 없어지는 번뇌인 여든여덟 가지의 견혹(見惑)과 깨달아도 쉽사리 없어지지 않는 열 가지의 번뇌인 수혹(修惑), 그리고 인간이 가지고 있는 본능인 탐심(貪心)과 화를 내는 진심(嗔

心)과 어리석음의 치심(癡心) 등 근본적인 번뇌 열 가지가 있다. 불가에서는 이것을 백팔번뇌라 한다.

거울의 때를 닦고 칼을 숫돌에 갈 듯 번뇌를 떨치기 위해 사람들은 도를 닦고 선을 행하며 명상에 잠겨 몸 안의 번뇌를 조금씩 태워 버린다.

'하지만…….'

불망은 '하지만'이라고 생각하며 몸을 부르르 떨었다.

세상일체가 그림 속의 대호일 뿐이다. 노자는 도덕경에서 '도를 도라 하면 참된 도가 아니요[道可道 非常道], 이름을 이름이라 하면 참된 이름이 아니다[名可名 非常名]'라고 말했다.

그것은 세상 일체를 입과 머리로 해석할 수 없다는 뜻으로 불망에게 다가왔다. 그는 초일류라고 자랑하는 강호무림의 백여 개 검의 정화를 보았다. 보여줄 수는 없었으나 그렇다고 모른다 할 수 없었다. 검을 보았으나 그가 본 것은 참된 검이 아니었다.

'나를 나라고 하면 참된 내가 아니다. 번뇌는 번뇌라고 하였기에 번뇌가 되었다. 그렇다면 검은…….'

그 순간 원하지도 않았던 충격의 문이 열렸다.

죽도록 고생한 지난 십여 년의 세월이 주마등처럼 흘러 와르르 무너졌다. 온몸에서 땀이 비 오듯 솟았다. 전신 세포가 투투툭! 소리를 내며 자아(自我)의 각성이 터져 나왔다. 지금까지 그가 찾고자 했던 검노의 실체가 바람 앞의 등불처럼 허무하게 꺼져 버렸다.

검(劍).

보았으되 그 자신의 것이 아니었다.

간절히 원했건만 가져본 적이 없었다.

그런데 엉뚱한 장소에서 엉뚱한 방법으로 검은 그에게 그냥 다가왔다.

'아… 나에게는 내가 아닌 것들로 가득하구나. 허상에 따라 검을 구하고 그것을 실체라 하였구나. 꿈의 바다를 노닐다가 이제야 근본으로 돌아가니 모든 것은 한낱 껍질에 불과하고 검도 무공도 인생도 부유하는 구름, 화들짝 일었다가 꺼져 버리는 모닥불 같음에야……'

고통과 고뇌, 아픔과 희생을 걷어내면서 그의 영혼이 점차 빛을 발했다. 비 오듯 흘러내리는 땀과 함께 뜨거운 것이 흘러내렸다.

눈물이었다.

왜 울고 있는 것일까?

이유를 헤아릴 수 없었다. 마음이 슬프거나 애달지도 않은데 어째서 눈물이 흘러내리고 있는 것일까?

그때 머리 속에서 종소리가 울렸다. 잠든 삼라만상을 깨우는 종소리였다. 불망의 머리 속은 한 줌의 미혹도 없이 모든 것이 천지광명과 같이 밝았다. 그는 덩실덩실 춤이라도 출 것 같은 환희를 느꼈다. 웃음이 터져 나왔다. 그는 허리까지 구부리며 한참 동안 혼자 크게 웃었다.

아무것도 보이지 않고 아무것도 느끼지 못하는 그는 실성한 사람처럼 보였다.

불망의 심상치 않은 모습에 마조신모가 얼굴을 찌푸렸다.

"이제 보니 미친놈이로구나."

한 줌 내공도 느껴지지 않는 것으로 보아 주화입마에 빠져 실성한 것인지도 모르겠다고 마조신모는 생각했다.

그러나 마조신모의 생각과 달리 불망은 뜻하지 않은 기연으로 딴사
람이 되어버렸다. 막상 잊어버리자 자기 것이 아니던 검들이 그의 검
이 되어 돌아왔다. '아미타불'과 '무량수불'을 외지 않았으며 부처와
원시천존을 몰랐으나 다른 형태의 깨달음이 그에게 평생의 검을 보여
주었다.

기쁨은 잠시였다.

불망은 평상의 의식을 회복했다. 그러나 그는 검을 버린 자로 남겨
져 있었다. 억겁(億劫)의 세월이 찰나에 흘러 불망의 두 눈에 담겼다.
불망의 얼굴은 그간의 고초를 잃어버린 듯 환해졌다.

탄불두타는 깜짝 놀라 벌떡 일어섰다.

마조신모는 보지 못했으나 그는 보았다.

탄불두타의 절구통 같은 몸이 불망에게 달려와 발 앞에 엎어지며 머
리를 땅에 붙였다.

마조신모가 탄불두타의 갑작스런 행동에 놀라 그를 보고 불망을 보
았을 때, 불망의 얼굴에는 아무 변화도 남아 있지 않았다.

불망의 발 앞에 엎드린 탄불두타의 목소리가 바람에 사시나무 떨 듯
떨려 나왔다.

"귀, 귀인께서는… 언덕을 넘어오셨습니까?"

불망의 평온한 얼굴이 은은하게 미소 지었다.

2

불망은 탄불두타를 보고 마조신모를 보고, 그 외의 사람들을 모두

돌아보았다. 탄불두타는 간절했고 마조신모는 비웃었으며 그 외의 사
람들은 '저거 뭐지?'라는 표정이었다.

"어, 언덕을 넘으셨습니까?"

엎드려 절하는 탄불두타는 초조하고 간절했다.

"천하만검(天下萬劍)이 이 안에 있습니다."

불망은 탄불두타에게 그 자신을 가리켰다.

'천하만검이 모두 몸 안에 있다?'

선문답도 아니고 이 무슨 해괴한 말인가? 그러나 선각자(先覺者)가
뜻없는 말을 입에 담을 리 없다. 엎드린 탄불두타는 불망의 말에 담긴
의미를 생각하려 빡빡 대머리가 뻘게지도록 쥐어짰다. 그러다 그는 당
나라 때 대학자 이발(李勃)을 생각해 냈다.

이발은 독서를 즐겨 읽은 책이 만 권을 넘어서자 사람들은 그를 이
만권(李萬卷)이라 달리 이름하며 칭송했다. 어느 날 그는 불법 높은 고
승 지상선사(智尙禪師)를 찾아가 물었다.

"대사님, 유마경에 이르기를 '수미산이 갓씨 속에 들어 있다' 하였
는데 어찌 그 큰산이 작디작은 갓씨 속에 들 수 있는지요?"

지상선사가 빙그레 웃으며 대답했다.

"사람들은 귀공을 이만권이라 부른다더이다. 그러면 귀공은 만 권의
책을 어찌 그 작은 머리 속에 넣고 다니는 것이오?"

불망이 옛 선인들의 문답을 인용한 것인지 탄불두타는 알 길이 없었
으나 '수미산이 갓씨 속에 들어 있다'라는 말과 '만 권의 책을 머리 속

에 넣고 다닌다' 라는 말, 그리고 '천하만검이 몸 안에 있다' 라는 불망의 말은 다 그 맥을 같이하고 있음을 깨달았다.

탄불두타는 내심 무릎을 탁! 치며 감탄했다.

'그렇다면 이 작은 아이가 한 번의 깨달음으로 검의 고수가 되었다는 말인가?'

하나 불망은 처음과 다르지 않았다. 그가 언덕을 넘어 본 것이 무엇일까?

'그러나.'

탄불두타는 목이 타는지 마른침을 삼키며 생각했다.

'깨달았다고 없던 내공이 뭉게구름처럼 몰려올 까닭도 없거니와 본 적도 없는 검이 저절로 마음속에 들어앉을 수가 있을까?'

탄불두타는 불망을 다시 한 번 보았으나 그의 외형적 변화는 없었다. 그는 여전히 작은 아이에 불과했다.

그는 한순간 불망이 크게 깨달았다고 느꼈으나 다시 보니 더럭 의심이 생겼다.

'하지만 무림의 초절정고수도 내공을 안으로 갈무리하여 겉모습에서는 평범한 사람과 같지 않은가. 이 아이도 그런 게 아닐까?'

의심이 들어도 달리 선택의 여지가 없었다. 탄불두타는 오직 이 작은 아이만이 지금의 난국을 타개할 구인(救人)임을 믿고 또 믿었다.

"일찍이 불도에 뜻을 두었으나 깨달음의 경지를 믿지 못하여 술과 계집과 도박으로 세월을 일관하였습니다. 삼계(三界)가 오직 마음이요, 만법(萬法)은 오직 인식이니 마음밖에 법이 없다는 진리를 어리석은 두타는 이해하지 못합니다. 부디 인연없다 마시고 이 어리석은 두타에게 살길을 열어주십시오.”

지금까지 한 번도 취해보지 않은 태도로 한 번도 입 밖으로 내지 않았던 말을 하는 탄불두타의 모습은 진지함 그 자체였다.

본의 아니게 피 튀기는 싸움이 멈췄다.

마조신모나 혈륜탈심 등은 수십 년 동안 탄불두타를 지켜본 사이였다. 탄불두타가 비록 중의 껍데기를 쓰고 있었으나 술과 고기, 그리고 사람을 좋아하는 한량에 불과함은 다들 알고 있었다. 그가 술에 취해 사람들을 모아놓고 ‘나무아미타불을 진심으로 염(念)하면 극락세계에 왕생(往生)한다’라고 혀 꼬부라진 소리로 일장 연설을 펴부을 때 웃지 않던 자가 어디 있었단 말인가? 그런데 지금의 탄불두타는 전혀 새로운 사람으로 보였다.

“갑자기 미친 게 아닐까요?”

풍기백은 끌끌 혀까지 차며 마조신모에게 물었다.

“미친 것 같지는 않은데…….”

“그럼 미친 척해서 위기를 벗어나 볼까 하는…….”

“그럴지도 모르지.”

마조신모가 볼 때 탄불두타가 크게 예를 표하는 불망은 별달라 보이지 않았다. 하지만 탄불두타는 확실히 달라 보였다. 그는 오십이 넘었다. 장가를 일찍 갔다면 불망만한 손자가 있을 나이였다. 그런데 그 어린아이에게 오체투지하듯 몸을 땅에 바짝 붙인 채 뭔가 가르침을 달라고 조르니 생전에 다시 볼 수 없는 진풍경인 것만은 확실했다.

어린 불망은 곤혹스러워해야 당연했다. 최소한 탄불두타가 무슨 말을 하는 것인지 알아듣지 못해야 정상이라고 마조신모는 생각했다.

‘불가에서 말하는 삼계는 욕계(欲界), 색계(色界), 무색계(無色界)다. 이중 욕계만 보더라도 다시 오관(五官)의 욕망이 존재하는 지옥(地獄), 아귀(餓鬼), 축생(畜生), 아수라(阿修羅), 인간(人間) 등 다섯 가지와 사왕천(四王天), 도리천(忉利天), 야마천(夜摩天), 도솔천(兜率天), 화락천(化樂天), 타화자재천(他化自在天) 등 육욕천(六欲天)이 있다. 욕계만 하더라도 머리가 터질 지경인데, 색계와 무색계는 더 말해 무엇 하랴. 거기에 만법이라니.’

마조신모도 한때 불경에 심취한 적이 있으나 삼계의 진리를 알지 못하였다.

그런데 불망은 다 안다는 듯 빙그레 웃었다.

물론 불망도 배운 적 없는 불가의 진리를 알지 못했다. 그가 말해줄 수 있는 건 오직 하나였다.

마음.

사람들의 가장 큰 실수는 자신의 괴로움을 세상 탓으로 돌린다는 것이다. 오직 내가 나를 망칠 뿐이다. 나를 짓밟는 것은 오직 나이니 중생이 부처가 되지 못하게 하는 것도 내 속에 있고 부처가 중생 놀음 하는 것도 타인이 아닌 바로 나의 탓이라는 것.

아무것도 몰라도 이것 하나를 마음에 둔다면 세상 이치가 다 거기에 있다.

“스님께서 제게 원하시는 게 참된 진리입니까? 아니면 침입자들에 대한 응징입니까?”

탄불두타는 삼계니 만법이니 하며 어렵게 가르침을 구했으나 불망은 허망하게 되물었다.

‘참된 진리!’

탄불두타는 일순간 말문이 막혔다. 우연을 가장한 인연으로 그에게 천고에 다시없을 기회가 찾아왔다.

처음 중이 되었을 때, 그는 참된 진리를 추구하였다. 부처님의 말씀을 되새기고 그대로 행하면 부처가 될 수 있다고 생각했다. 진리의 문은 바로 등 뒤에 있으나 우둔한 중생은 뒤를 돌아 문을 열지 못하고 벼랑 끝만 헤맸다.

언젠가부터 그는 타성에 젖었다. 중이었으니 중이었다. 불가의 규율에 아랑곳하지 않고 술과 고기와 계집을 탐하며 불법 높은 고승의 흉내를 냈다. 속은 들여다보지 않고 겉모습만 배운 채 헛되이 거들먹거렸다.

진리의 문을 연다면, 그래서 참된 진리를 깨우친다면 그는 참된 중이 될 수 있을 것 같았다. 하지만 그가 불망에게 살길을 열어달라고 한 것은 지고한 불법의 문으로 인도해 달라는 말이 아니었다. 마조신모 등을 물리쳐 열화동을 지킬 수 있게 해달라는 말이었다. 그런데 불망이 참된 진리에 대해 언급하자 탄불두타는 마음이 흔들렸다.

능가장과 인연이 깊다 하나 속세의 인연은 허상에 불과하다.

‘하나… 그럴 수는 없다.’

탄불두타는 침을 삼키며 욕심을 억눌렀다.

“주인을 버리고 어찌 부처가 될 수 있겠습니까? 저들을 능가장에서 쫓아낼 수만 있다면 우둔한 두타는 칼산 불바다라 할지라도 주저없이 뛰어들겠습니다.”

한 장 높이의 벽, 막혀 있는 그 벽을 허문다면 부처가 될 수 있으나 탄불두타는 기회를 버렸다.

불망은 빙그레 미소 지으며 마치 손 안에 든 물건을 건네주듯 흔쾌히 고개를 끄덕였다. 불망은 마조신모를 보며 말했다.

"이분들은 모두 부상을 입었습니다. 목숨을 빼앗아도 귀하에게는 하등 이익이 없습니다. 이만하면 소기의 목적을 달성한 것 같으니 이 정도에서 물러나심이 어떤지요?"

"푸하하하핫!"

불망은 진심으로 말했으나 냉소혼은 가소롭다는 듯 허리를 붙잡고 웃었다. 마조신모도 어이가 없는지 '이 귀여운 놈을 어쩌면 좋을까?' 하는 얼굴로 미소 짓고 있는 불망을 내려다보았다.

"강호는 말보다 주먹이 앞서는 곳이다. 힘이 있는 자만이 말을 할 자격이 있다. 너는 스스로 말할 자격이 있다고 생각하느냐?"

"시험해 보시겠습니까?"

"한번 해보자."

냉소혼은 유희를 즐기듯 흔쾌히 말했다. 도대체 이 녀석이 어떤 자신감으로 겁을 상실했는지 궁금했다.

"검을 가져오겠소."

불망은 천천히 걸어 오른편 통로를 지나 석실 안으로 들어갔다.

사람들의 시선은 모두 불망에게 집중되어 있었다. 불망은 석실 안에서 좌선한 노선배에게 절을 한 후 심호흡하며 마음을 경건히 했다. 그리고 자명검을 잡았다. 자명검은 검리를 깨달은 불망의 손에서 울지 않았다. 그것은 무척 신기한 일이었으나 불망은 그 자신이 조금 전과 달라졌음을 인식하고 있었기에 전혀 신기하지 않았다. 탄불두타 등은 자명검이 스스로 운다는 사실을 몰랐다. 불망은 무거워서 제대로 들지도 못하는 자명검을 질질 끌며 밖으로 나왔다.

"그게 검이냐? 쇳덩이냐?"

모양은 검이었다. 그러나 검은 검을 가진 자보다 훨씬 더 컸다. 검이 사람을 끌고 오는 것인지, 사람이 검을 끌고 오는 것인지 분간이 안 될 지경이었다.

불망은 비웃는 냉소혼은 쳐다보지도 않고 탄불두타를 향해 가며 말했다.

"제가 내공이 없어 검을 들기 어렵습니다. 검을 들 수 있게 스님께서 제 명문혈을 통해 내공을 불어넣어 주시겠습니까?"

"네?"

듣도 보도 못한 그의 말에 탄불두타의 눈이 커졌다.

"그러니까… 검을 들 수 있게 공력을 빌려달라는 말씀입니까?"

"그렇습니다."

검을 들 힘도 없는 자가 싸움을 하겠다니, 만약 직접 보지 않고 누군가에게 들은 말이라면 허풍도 정도껏 하라고 욕을 한바탕해 주었을 것이다.

탄불두타도 불망의 깨달음에 다시 회의가 들었다. 미친 아이를 잘못 본 것이 아닐까 하는…….

그러나 이미 기호지세이며, 활은 시위를 떠났다. 탄불두타는 부상을 입었으나 가부좌를 틀고 앉아 불망의 명문혈에 장심을 대고 내력을 주입시키는 일 정도는 할 수 있었다.

탄불두타의 내력을 받은 불망은 자명검을 머리 위로 번쩍 들어올렸다.

마조신모와 냉소혼, 풍기백은 그가 싸울 준비를 마쳤음을 보았으나 막상 대적하기 위해 나서지 못했다. 그들은 모두 강호에서 내로라하는 고수였다. 힘이 없어 검도 못 드는 어린아이를 상대로 무슨 싸움을 한단 말인가.

"나는 비무 경험이 없소. 검에는 눈이 없으니 이 검이 어디로 향할지는 나도 모르겠소."

"정말 한번 해보자는 것이냐?"

"말로써 물러날 생각이 없는 것 같으니 힘으로 누를 수밖에."

"삼십삼 년을 살았지만 너 같은 꼬맹이는 난생처음이다. 신모는 네가 귀여운 모양이다만, 나는 네놈의 목을 비틀어 버르장머리없음을 꾸짖겠다."

냉소혼은 무기를 사용할 생각도 않은 채 불망을 향해 신형을 날렸다. 그의 오른손이 불망의 머리통을 덮치며 으스러뜨려 버릴 듯 짓쳐들었다.

스팟!

자명검이 움직였다.

불망은 단 한 번도 사람을 상대로 검을 휘두른 적이 없었다. 그리고 그는 단 한 수의 검법도 배운 바가 없으며, 몸 안에는 자명검처럼 무거운 검을 들 힘조차 없었다. 그러나 그는 수백 년간 대륙을 지배하던 일백 개의 검법을 건식했다. 수인은 그에게 보고 느끼고 기억해 두라고 말했다. 그는 수인의 말대로 보고 느끼고 기억해 두었다. 하지만 보고 느끼고 기억해 둔 것은 그의 것이 아니었다. 단지, 외우고 있었을 뿐이다. 그런데 오늘 그것을 모두 버렸다. 그는 자유인이 되었다.

팟!

자명검은 짓쳐드는 냉소혼의 장심을 통과하며 그대로 심장을 찍었다. 검끝이 등으로 나오며 날갯죽지로 빠져나갔다.

허공에서 피비가 내렸다.

"헉!"

"으헉!"

풍기백과 마조신모가 동시에 비명을 터뜨렸다. 믿을 수 없는 일이 눈앞에서 벌어졌다. 단 일 검에 냉소혼의 심장에 구멍이 뚫린 것이다.

"이놈! 무슨 사술(邪術)을 쓴 것이냐?"

대갈호통성과 함께 풍기백의 반도가 불망에게 짓쳐들었다.

마조신모의 철조도 불망을 향해 밀려들었다.

한 번 싸움이 시작되자 불망의 머리 속으로 버려진 수백 개의 검초가 전광석화처럼 떠올랐다. 마음먹은 대로 검이 움직였다. 심검지경(心劍之境)이었다.

슈슈슈슈슉!

자명검은 불망의 의지대로 움직였다. 찌르고 베었다. 긋고 내질렀다.

풍기백과 마조신모는 조각조각 절단나기 시작했다.

머리가 잘렸으며 눈알이 패었고 후두부가 절단났다. 오른쪽 귀에서 입술까지, 쇄골, 오른팔, 왼쪽 팔꿈치, 늑골에서 심장까지, 위에서 복부까지, 왼쪽 엉덩이 살, 왼쪽 허벅지, 왼쪽 정강이, 오른쪽 발목…….

남김없이 베어지고 그어지면서 해체되었다. 눈 깜짝할 사이에 수십 개의 고깃덩이가 사방으로 흩어졌다.

더 이상 해체시킬 것이 없자 자명검은 땅에 박혔다.

"으…… 으."

해체된 세 사람을 내려다보며 불망은 짐승처럼 신음을 토했다. 그는 최선을 다해서 싸웠다. 그 결과는 상상조차 할 수 없을 정도로 끔찍했다. 세 사람은 비명조차 지르지 못하고 죽었다. 과연 이것이 조금 전가지만 해도 사람이었나 의심스러운 육괴 덩어리를 남겨놓고 그들은 명부를 찾아 떠났다.

불망의 심장은 터질 듯 두근거렸고 현기증이 일었다.

눈앞에는 토막나 산산이 흩어져 있는 사람의 몸이 쓰레기처럼 널려 있었으며 피는 곳곳에 퍼져 있었다. 숨통을 조이는 피비린내가 불망의 코끝을 찔렀다.

붉은빛은 지면을 침식해 들었고 석실 안은 태풍이 휩쓸고 간 자리처럼 고요했다. 탄불두타는 넋을 잃었고 혈륜탈심은 얼어버린 듯하다. 흑영들은 다리를 후들거리며 이 세상에서 가장 잔인한 살육의 현장을 지켜보았다.

세 구의 토막난 살덩어리 위에 불망만이 멍하니 서 있었다.

'어머니, 나는 최선을 다했을 뿐이에요.'

백수인은 말했다.

"불망아, 승자가 되기 위해서는 약자에 대해 일말의 동정심도 가져서는 안 된다. 흔히 사람들은 기없다, 안됐다, 동정이 간다라는 말을 하며 상대가 완전 백기를 들기 전에 대충 일을 마무리하고 만다. 이것은 후일 큰 화근이 된다는 걸 명심해라. 시작을 하였으면 상대의 숨이 끊어진 것을 확인할 때까지 멈춰서는 안 된다. 반격의 실마리를 남겨두면 오히려 네가 당한다."

불망은 어머니의 말에 충실했다.

퍼져 나가는 붉은 피바다 위에 부유하듯 서 있던 불망은 털썩 주저앉았다.

"최선을 다한 결과는… 처참하군요."

사람을 죽였다는 것. 현실인지, 꿈인지 구별이 되지 않았다.

살아남은 자는 아무도 그의 말에 대답하지 않았다.

불망은 부유하는 핏물 위에서 헛구역질을 했다. 위 속의 내용물이 뒤집혀 올라왔다. 다시 현기증이 일었고, 그의 무릎이 붉은 피바다 위로 꺾였다.

위 속의 내용물이 남김없이 토해지자 위액도 쏟아졌다. 살인을 했다는 사실이 머리 속에서 떠나지 않았다.

위액까지 모두 쏟아낸 위벽이 타 들어가는 듯 쓰라렸다. 현기증은 더욱 심해지고 두근거리는 심장을 견디지 못하고 몸이 티끌처럼 지면으로 무너져 갔다. 피바다 위에 그의 몸이 점점이 쓰러지며 붉게 물들어갔다. 붉게 물들어가는 자신의 육체를 느끼며 불망은 꺼져 들었다.

第8章

저절로 흘러가도록
내버려 두세요

탄불두타는 살아남은 수하들을 시켜 열화동을 정리했다.

불망의 도움으로 마조신모 등을 물리쳤으나 승리했다는 기쁨은 잠시, 그는 참담함을 금치 못했다.

단 한 번의 싸움으로 열화동은 쓸모없는 동혈이 되고 말았다. 석문이 부서지고 천산의 매서운 칼바람이 휘몰아쳐 들어오는 이상 수백 년을 이어왔던 열화수는 꽁꽁 얼어버린 채 그 생명을 다했다. 이제 다시는 공청석유 따위는 만들어지지 않을 것이다.

열화동.

천하에 그 이름이 알려지지 않은 한 사람의 비지(秘地)다.

삼백 년 전, 낭인검객에 불과했던 능평소(陵平燒)가 우연히 발견하여 청해성(靑海城) 제일고수가 되었다. 그는 말년에 강호를 은퇴한 후 천산으로 돌아와 건물을 짓고 가문을 열었다. 열화동의 그 사람을 천산노인(天山老人)이라 공경하며 수도(修道)했다.

능가의 아이가 태어나면 공청석유가 함유된 열화수에서 벌모세수하였다. 능가의 씨는 점점 좋아졌고 능백은 도를 이루었다. 하나 이제 그것도 끝이다.

'하긴… 이제 그럴 사람도 없고.'

능가의 다함과 함께 열화동도 다한 것이다.

능가장은 손이 귀해 원하지 않았건만 일인직계로 내려왔다.

전장주인 능백은 슬하에 아들은 없고 딸이 하나다. 능백의 부친인 능유(陵流)는 일찍이 능백의 대에 절손(絶孫)될 것임을 알고 양자를 들였다. 그가 바로 마존 용화세였다.

용화세는 이름 없는 촌부의 자식이었으나 타고나기를 천부적인 무골(武骨)이었다. 용화세가 세 살 때 능유는 자신의 호적에 그를 올리고 성을 물려주었으며 이름을 운(雲)이라 지었다. 어린 능운은 착하고 말을 잘 들었을 뿐 아니라 하나를 가르치면 셋을 알았다.

능가의 후예들이 다 그러하듯 능운도 경험을 쌓기 위해 열일곱 살 때 천하 유랑을 떠났다.

그것이 마지막이었다. 그는 능유가 죽었을 때도 능가장으로 돌아오지 않았다. 그가 능가장으로 돌아온 것은 이십오 년이 지난 후였다. 능백은 기뻐했다. 하나 다시 돌아온 그는 능운이 아니라 용화세였다. 그는 능가장의 둘째 아들이 아니라 천외팔마세(天外八魔勢) 중 하나인 천산 백마교(白魔敎)의 주인으로 마에 물들어 있었다.

"나는 나의 과거를 알았소. 내 아버지는 능씨가 아니었소. 이로써 당신들과의 인연은 끝났소. 나는 내 갈 길을 가겠소."

그는 이십오 년 만에 대면한 능백에게 단호히 말했다.

"강호에 나갔더니 검노라는 자가 지존검(至尊劍)과 똑같은 모양의 검을 쓰더이다. 검법 또한 천산노인의 생사십이결(生死十二訣)이었소. 그는 가짜 지존검과 천산노인의 생사십이결로 당대 최고의 검객으로 추앙받고 있었소. 나는 그와 비무하였으나 삼 초를 받아내지 못했소. 이러고도 내가 당신과 같은 능씨라 할 수 있겠소? 지존검과 생사십이결을 내게 주시오. 어차피 당신은 오래 살지 못할 것. 대신 당신의 사후, 소언은 내가 책임지겠소."

용화세는 강호에 나가 거둔 열두 명의 수하와 함께 능백을 협박했다.

능백은 하늘을 보며 '허허' 웃었다.

알려지기를 그는 용화세보다 무공이 약했다. 그러나 그는 용화세를 물리쳤다. 그가 어떤 수법으로 용화세를 물리쳤는지는 알려지지 않았다. 능백도 용화세도 그에 대해서는 입을 다물었기에.

그 후 용화세는 능백이 죽을 때까지 다시는 능가장을 찾지 않았다.

탄불두타는 혼절하여 쓰러진 불망의 옆에 놓인 지존검을 보며 이것은 결국 '보검(寶劍)'이 아니라 '마검(魔劍)'이라고 생각했다.

"그는 어떤가?"

탄불두타는 혼절한 불망의 맥을 짚고 있는 혈륜탄심에게 물었다.

"별일없을 걸세. 자네의 내공이 일시지간 들어왔다 빠져나감으로써 탈진 현상이 일어났을 뿐이야. 그리고 심적 고통도 무척 컸던 모양이야."

“일단 돌아가 아가씨께 보고를 해야 하네. 그가 가주님의 기일(忌日)에 맞춰 사람을 보낸 것으로 보아 작심을 한 모양이야. 다시 오지 말라는 법이 없어.”

“사람을 보냈으니 아가씨께서 곧 장원으로 돌아오실 거야. 아가씨와 우리 천산칠군이 모두 있었다면 이렇게 당하지는 않았겠지.”

“그가 다시 온다면 이번에는 열화동이 아니라 장원으로 들이닥칠 걸세.”

“장원의 사방 백여 장에는 십방무영진(十方無影陣)이 설치되어 있어. 용화세라 해도 쉽게 뚫진 못해.”

“어쨌든 돌아가자고. 결국 원치 않은 싸움은 벌어지고 말았어.”

탄불두타는 수하의 등에 업혀 나가는 불망의 뒷모습을 바라보며 길게 한숨을 내쉬었다.

2

“솔직히 보지 않았으면 아무도 믿지 못할 거야. 내공도 없는 소년의 몸에서 화산파(華山派)의 매화검법(梅花劍法)과 무당파(武當派)의 태극검혜(太極劍慧), 구룡장의 뇌정소혼, 백검보(百劍堡)의 월락십팔절(月落十八絶), 이씨세가(李氏世家)의 칠절검세(七絶劍勢) 등이 마구 쏟아지는데… 보기만 하는데도 숨이 막히더라고.”

임영충(林永忠)은 열화동에서 불망의 칼질을 보았던 흑영들 중 한 명이었다. 그는 장원으로 돌아와 싸움에 참가하지 못했던 동료들을 연무장에 모아놓고 당시 불망의 무용담을 침이 튀도록 자랑했다.

그러나 임영충이 그 많은 검파의 검법을 다 알 리 없었다. 탄불두타와 혈륜탈심 등이 놀라 말한 검법과 그 자신이 알고 있는 검법, 그리고 강호에 흔히 알려진 검법들을 섞어 과장하여 침을 튀긴 것이다.

임영충을 중심으로 빙 둘러앉아 당시의 상황을 흥미진진하게 듣고 있는 사람들은 입을 쩌억 벌리며 놀랄 뿐이다.

천산칠군 중 두 명이 보증을 하였고, 직접 검을 시전하였다는 소년이 혼절한 채 장원으로 이송된 마당이니 그가 과장을 하였다 하더라도 액면 그대로 믿을 수밖에 없었다.

혈륜탈심은 그들의 뒤에서 젖은 수건으로 피에 젖은 혈륜을 닦으며 빙그레 웃었다. 지금은 폭풍 전야와 같다. 용화세와 백마교는 반드시 쳐들어올 것이다. 능가장의 사람들은 무공을 알고 있다 하나 천산칠군을 제외하면 순박하기 그지없다. 천산을 근거로 꽤 악명을 떨치고 있는 백마교가 쳐들어온다면 싸우기도 전에 사람들은 겁부터 먹을 것이다. 그래서 불망은 사람들의 입에서 입으로 영웅이 될 필요가 있었다. 설사 그가 더 이상 칼을 들지 못한다 해도 그의 영웅적인 이야기는 사람들의 사기를 충천시켜 줄 것이다. 때문에 임영충이 약간 과장하여 말하는 부분이 없잖아 있었지만 혈륜탈심은 '이놈아! 허풍 좀 작작 쳐라!' 라며 그의 머리를 쥐어박지 않았다.

"풍기백과 냉소혼은 그렇다 치더라도 마조신모는 강호에서 꽤 마명을 떨치던 인물인데 반격 한 번 못하고 산산조각났단 말인가?"

"그러니까 이야기가 되는 거지. 못 믿겠다면 열화동에 한 번 가보게. 그 세 놈의 시체 조각들을 한곳에 모아놓았으니 맹금류(猛禽類)의 밥이 되지 않았다면 그대로 얼어 있을 거야."

"대단하군, 대단해. 그렇다면 그야말로 검신이야! 그런데 그 소년은 열화동에 어떻게 들어간 거야?"

"그건 나도 모르지. 혼절에서 깨어나서 아가씨를 만나면 모든 게 다 밝혀지겠지. 하지만 분명한 것은 그가 있었기에 내가 죽지 않았다는 거야. 나는 그가 마음에 들어."

"음. 자네가 마음에 든다고 해서 그도 자네가 마음에 든다는 법은 없지."

"하하. 그건 그렇지. 어? 그런데… 저건 웬 불빛이야?"

임영충의 손가락이 담장 밖, 절벽을 가리켰다.

밤안개 자욱한 골짜기 위에서 희미한 불빛이 보였다.

수건으로 혈륜을 닦고 있던 혈륜탈심도 사람들과 함께 고개를 들어 멀리 절벽 위를 바라보았다.

"저기에서 불빛이 나올 리 없잖아."

"저거, 백마교의 초혼등(招魂燈) 같은데."

"맙소사! 그럼 백마교주 용화세가 직접 왔단 말이야?"

밤안개 속에서 흔들리는 빛은 푸른 것 같았다. 하지만 이내 흰색으로 변하고 다시 붉은색으로 보였다가 푸르게 변했다. 변화하는 불빛이 안개 속에서 사냥감을 앞에 둔 굶주린 야수의 눈빛처럼 능가장을 향해 다가오고 있었다.

혈륜탈심은 눈을 부릅뜨며 벌떡 일어나 소리쳤다.

"칠군을 모두 불러라!"

불망은 눈을 떴다.

그때, 그는 자신이 따뜻한 침상에 누워 있음을 알았다. 침상 옆에는 화로가 있었고 그 위 물 주전자가 뜨거운 수증기를 뿜어내고 있었다. 방은 보통 방과 달라 보이지 않았으나 한쪽 벽에 달마도(達磨圖)가 붙어 있는 것이 인상적이었다.

화로 옆에는 간이의자가 놓여 있었고 탄불두타가 앉아 있었다.

"깨어나셨습니까?"

불망이 자리에서 일어나며 인기척을 내자 눈을 감고 뭐라고 혼자 중얼중얼거리며 주문을 외고 있던 탄불두타가 반갑게 말했다.

"제가 얼마 동안 누워 있었습니까?"

"두 시진가량 됩니다. 한숨 푹 자고 일어나실 시간이지요."

"스님께서는 저보다 한참 어른이신데 편하게 말씀하시지요."

"허허… 세상 사는 도리를 어찌 나이로 따질 수 있겠습니까? 소승은 겁없이 나이만 먹어 오히려 소협께 부끄러울 따름입니다."

"당치 않으십니다. 과공(過恭)은 비례(非禮)라 하지 않습니까? 오히려 제가 몸 둘 바를 모르겠습니다."

"허허허. 이런, 이런. 소승이 오히려 소협을 불편하게 해드린 모양입니다. 그건 그렇고 소협을 급히 기다리시는 분이 계십니다. 괜찮다면 함께 가서 뵙지 않겠소?"

3

온몸에 부딪치는 새벽 공기는 시리도록 상쾌했다. 그러나 용화세는 뭐라고 말을 붙이기도 어려울 정도로 기분 나쁜 얼굴이었다.

그는 강호상에서 마존이라 불리며 천산 일대를 지배했다. 그의 말 한마디는 곧 법(法)이었다. 그러나 그의 말이 통하지 않는 단 한 곳이 있었으니 그곳은 능가장이었다.

그는 단 하룻밤이면 능가장을 쓸어버릴 수 있다고 생각했다.

하지만 그는 그렇게 하지 못했다. 강호에 나와 그가 배운 것은 삭막함이다. 그래서 그는 정이 없고 메마른 사람이었다. 하지만 그에게도 추억이 하나 있다.

능가장.

철모르는 어린 시절 입김 호호 불어가며 뛰어놀던 뒷동산의 추억을 어찌 잊을 수 있겠는가. 전각 하나하나, 주춧돌 하나하나에도 추억과 그리움이 아로새겨 있다.

"소언, 그러나 이제 그것도 끝이로구나."

능소언이 없을 때 마조신모 등을 보낸 것도 다 그 때문이었다.

그는 되도록 일을 조용히 해결하고 싶었다. 지존검만 바친다면 그는 능소언에게 무엇이든 해줄 수 있었다. 하지만 능소언은 칼로써 대답했다. 물론 그것은 능소언과 상관없는 일이었으나, 용화세의 입장에서는 능소언의 안배라고 생각하지 않을 도리가 없다.

'추억은 추억일 뿐. 이제 모든 것은 끝났다.'

용화세는 핏빛 장포 자락을 떨쳐 내며 앉아 있던 바위 위에서 일어났다.

"지후(智厚), 준비는 마쳤느냐?"

용화세의 옆에는 다섯 명의 혈의복면인이 대기하고 있었다.

그들 중 한 명이 앞으로 나서며 포권했다. 그는 바로 강호에서 혈수인마(血手人魔)로 불리는 서지후(徐智厚)였다.

"저희는 교주님의 명령만 기다리고 있습니다."

"능가장을 중심으로 사방 십여 리에 십방무영진이 설치되어 있다. 그걸 해체해야만 우리가 편안히 능가장으로 들어갈 수 있다."

"혈마대주(血魔隊主) 음양미옹(陰陽眉翁) 곽일거(郭逸巨)를 비롯한 이십여 명을 배치해 두었습니다."

"좋다. 가자! 우리 모두 가서 마조신모의 복수를 하자!"

칠흑 같은 어둠 속에서 대지는 하얗게 얼어 있었다.

그 위로 붉은 핏물이 스며들기 시작했다. 그것은 혈마대에 속한 이십여 명의 사내가 입은 혈의 때문이었다. 핏물의 대지는 빠른 속도로 능가장을 향해 밀려들었다.

십방무영진.

능백이 용화세의 침입을 대비해 창안해 둔 절진이었다. 파훼법은 없다. 시전자가 스스로 생로를 열기 전까지 그 안에 들어간 사람은 누구도 빠져나올 수 없었다.

십방무영진이 있었기에 능가장은 안전을 보장받을 수 있었다.

그러나 능백도 생각지 못했던 파훼법을 용화세는 찾아냈다.

그것은 대지 위의 모든 것을 초토화시키고 태초의 모습으로 돌아가는 것이다. 천지가 한 줌 재로 화하는데 희대의 절진이라 할지라도 파괴되지 않을 수 있겠는가.

쾅! 콰쾅!

물에 젖어도 성능이 감소되지 않는다는 유성폭약(油性爆藥)이 경천동지의 굉음을 토해내며 천지의 모든 것을 분쇄시켰다. 화공이 하늘 높이 치솟았으며 산이 허물어지고 나무가 뽑혔다.

그 뒤를 핏빛이 몰려들었다.

4

불망과 탄불두타가 도착한 곳은 장원의 끝에 자리한 작은 목조 건물 앞이었다. 이 건물은 보통의 건물들과 달리 밑은 넓고 위로 올라갈수록 뾰족해지는 금자(金字) 형태의 구조를 가지고 있었다.

"아가씨, 두타입니다. 소협을 모시고 왔습니다."

"들어오세요."

방 안에서 들린 음성은 작고 미약하여 겨우 들릴락말락했다.

불망은 처음 들어보는 음성이었다. 그러나 왠지 낯설지 않고 귀가 아닌 마음에서 울리는 듯한 착각이 들었다. 그래서 듣는 순간 새로운 사람을 만난다는 설렘과 두근거림 대신 마음이 편안해지고 안정감이 찾아왔다.

"들어가시지요."

탄불두타가 건물의 문을 열었다.

문으로 들어가자마자 짙은 향냄새가 확! 코를 찔렀다.

유등이 희미한 빛을 발하는 방은 생활에 필요한 몇 가지 가재도구만 놓여 있어 왠지 적막한 느낌을 주었다.

차탁이 방 중앙에 놓여 있고 거기에 십팔구 세가량의 한 소녀가 앉아 있었다. 소녀는 불망이 들어오자 창백한 얼굴에 미소를 지으며 가볍게 목례했다.

불망은 순간 넋을 놓고 소녀를 바라보았다.

틀지 않은 긴 생머리는 폭포처럼 허리까지 흐르고 있었고 붉은빛 유등에 비치고 있음에도 불구하고 창백하기 그지없는 얼굴은 백지장보다 더 새하얗다. 새카만 눈동자는 피로해 보였고 가느다란 목과 차탁 위에 올려진 손가락 마디마디가 보는 이의 애처로움을 절로 자아내는 소녀다. 촉촉하게 젖어 있어야 할 입술은 물기가 전혀 없어 사막의 모래알보다 더 메말랐으며 끊어질 듯 연약한 숨결은 금방이라도 숨이 넘어갈 듯 가파르다.

그녀는 누가 봐도 병색이 완연한 소녀였다.

일신에는 백의를 걸쳤고, 그 위로 두툼한 흰색 양털 솜옷을 걸쳤다. 실내는 불이 피워져 있어 더운 기운이 올라오고 있음에도 불구하고 천산의 한가운데서 북풍한설을 맞이하는 듯한 옷차림이었다.

"어서 오세요. 향냄새가 지독해서 혹시 놀라지는 않으셨는지요?"

그녀는 차탁에서 일어나며 불망을 향해 희미하게 웃었다.

한 줌도 될 것 같지 않은 그녀가 일어나자 불망은 얼른 달려가 부축하고 싶은 충동을 느꼈다. 그러나 비록 나이가 어리다고 하나 남녀칠세부동석을 배우며 자란 불망은 그녀의 몸에 손을 댈 수 없었다.

"능 소저이십니다. 장원의 주인이시지요."

탄불두타가 불망에게 그녀를 소개했다.

불망은 여름 가뭄에 말라비틀어진 벼이삭처럼 앙상한 그녀를 향해 허리를 숙였다.

"불망입니다."

"제 이름은 소언입니다. 성이 능이니 능소언이라 부르시면 됩니다."

그녀가 성과 이름을 말하자 불망은 부끄러움을 느꼈다.

세상에 성이 없는 사람은 단 한 명도 없다. 불망 역시 성이 없는 것은 아니다. 있겠지만 그는 자신의 성을 몰랐다.

"상공께서는 이리 와 앉으세요. 탄불 스님도 이쪽으로 앉으시고요."

"아직 어린 나이입니다. 상공이란 말씀은 거두세요."

"나이나 권세가 사람을 평가하는 기준이 될 수는 없겠지요. 단지 나이 어리다고 해서 하대를 한다면 어찌 그 사람을 진심으로 대한다 할 수 있겠습니까. 상공께서는 능히 자격을 갖추고 계시니 이 몸의 말에 괘념치 마세요."

찻주전자에서 찻물을 따르는 그녀의 손은 주전자의 무게조차 지탱할 수 없을 것처럼 약해 보였다. 불망은 그녀를 도와주고 싶었으나 손님 된 입장에서 차마 나설 수 없으니 안타깝게 지켜볼 뿐이었다.

"생각이 깊으신 분이시군요."

"아직 철이 없어 온갖 잡념을 안고 사는 미련한 사람입니다. 상공의 말씀은 칭찬으로 가슴에 간직하겠습니다."

그녀의 병색 완연한 얼굴에 희미한 미소가 떠올랐다.

"오지에 살다 보니 물자가 귀해 좋은 차를 구할 수 없습니다. 입맛에 맞지 않으시겠지만, 제가 즐겨 마시는 차입니다. 드셔보시지요."

흙으로 만든 다기(茶器)에 뜨거운 차가 담겼다.

불망은 차 맛을 음미할 수 있을 정도로 경험이 많지 않았다. 몇 번 마셔본 차와 맛이 조금 다르다는 것과 혀가 델 정도로 뜨거울 뿐, 달리 차 맛을 알 도리가 없었다.

"아가씨께선 병환이 위중한 것 같습니다만……."

불망은 찻잔을 내려놓으며 조심스럽게 능소언을 살폈다.

"제게는 애초에 생명도 형체도 기(氣)도 없습니다."

"……."

"유(有)와 무(無) 사이에 기가 생겨났고 기가 변형되어 형체가 되었으며 형체가 다시 생명으로 모양이 바뀌었지요. 생명은 삶으로 변하여 이내 죽음이 되니 춘하추동이 순환되는 것과 다를 바 없지요. 사람마다 제각기 몸과 수명이 만들어지는 기가 다르니 이렇게도 태어나고 저렇게도 태어나는 것이지요. 저는 단지 다른 사람들보다 조금 약한 몸으로 만들어졌을 뿐입니다."

그녀는 세속의 티끌을 조금도 타지 않은 맑은 얼굴로 웃었다.

불망은 '어디 아프세요?' 라고 물었는데, 그녀는 '무애자재(無碍自在)' 를 말하고 있었다.

"무애자재한 이의 생활이 송곳 끝에 올라가 있어도 그 넓이가 온 세계와 같고 끓어오르는 지옥에 있다 할지라도 극락세계와 다를 것이 없다더니, 그야말로 우문현답이었습니다."

"과찬의 말씀입니다. 하지만 제가 고통을 느끼지 않는다고 해서 저로 인해 다른 사람도 고통을 느끼지 않을 수 없는 일이니, 이것이야말로 풀지 못할 숙제입니다."

능소언의 맑은 눈동자가 탄불두타를 향했다.

도를 찾지 못한 자신을 꾸짖고 있는 것임을 탄불두타가 어찌 모르겠는가.

그는 얼굴을 붉힌 채 허허 웃으며 고개를 숙였다.

그런데 그때였다.

쾅!

밖에서 천지번복의 폭발음이 터져 나왔다.

깜짝 놀란 탄불두타가 벌떡 일어서며 능소언에게 말했습니다.

"나가서 무슨 일인지 알아보겠습니다. 두 분께서는 말씀을 나누시지
요."

5

천수사왕(千手邪王)은 호북성 대경산(大京山)에서 이름만 대면 모르
는 자가 없었던 악명 높은 흑수회(黑手會)의 수괴였다. 어느 날 능백을
만났고 그의 성품에 반한 천수사왕은 조직과 수하, 그리고 자신의 모든
것을 버리고 그를 따라 천산에 와 천산칠군 중 한 명이 되었다. 원래
이름은 강무성(姜武成)이었으나, 과거를 모두 잊기 위해 성과 이름을
능유창(陵流昌)으로 바꿨다.

"어떻게 된 거야?"

그는 능가장의 정문 앞에서 아연실색한 얼굴로 전면을 바라보고 있
는 혈륜탈심에게 달려가 물었다.

혈륜탈심은 턱짓으로 전면을 가리켰다.

십방무영진이 설치된 골짜기를 가로질러 백마교의 고수들이 주체할
수 없는 살기를 내뿜으며 밀려들고 있었다.

"용화세가 끝장을 보기로 한 모양이야."

"썩을! 그러기에 내가 몇 번 말했잖아. 용화세 저놈을 진작에 죽여

버려야 했다고! 가주께서 내 말을 한 귀로 듣고 한 귀로 흘리더니 오늘 기어이 사단이 벌어졌어!”

천수사왕의 뒤로 도포 자락을 휘날리며 머리에 도관을 쓴 한 사람이 달려왔다. 천산칠군 중 한 명인 풍허 도장(風虛道長)이다. 그 역시 오대산에서 사이비 도로 사람들을 현혹시키다가 능백과 뜻이 맞아 능가장에 머물게 된 인물이었다.

천수사왕은 고개를 돌려 힐끗 풍허 도장을 보더니 무겁게 말했다.

“한바탕 피를 뿌릴 수밖에 없겠어.”

“제기랄! 오늘 이 노도(老道)가 크게 살계를 열어야겠군.”

“도관이나 벗고 욕을 해.”

“크크크. 세상만물 어디에도 도가 있는 법! 욕에도 도가 있으니 괜찮아.”

“농담이 나오냐?”

“네놈은 죽는 게 무서워 몸이 얼어버렸냐?”

“솔직히 죽고 싶진 않지.”

“그래? 그렇다면 대경산으로 돌아가서 다시 수괴질이나 해. 넌 원래 나쁜 놈이었으니 도망친다 해도 뭐라 할 사람 없을걸.”

풍허 도장의 부리부리한 눈이 천수사왕을 바라보았다.

그들은 전혀 어울릴 거 같지 않은 전직 도사와 전직 산적이었으나, 천산칠군 중에서도 그 둘의 사이는 각별했다. 강호에서 둘 다 선량한 백성들의 등을 치고 산 전력이 있으니 말이 통했던 것이다.

풍허 도장의 부리부리한 눈에 너라도 도망치라는 간절함이 배어 있음을 천수사왕이 어찌 모르겠는가. 그들은 말을 하지 않았지만 용화세가 전면전을 펼친다면 승산이 없음을 알았다.

"우리 중 누군가가 살아야 복수를 한다면 그건 네놈이 가장 적당해. 흑수회는 대경산에서 아직도 네놈을 기다리고 있잖아."

"죽는다는 생각은 버려요! 우리 천산칠군이 모두 여기 있는데, 용화세 따위가 감히 어쩌겠어요?"

장원 안에서 다시 한 사람이 달려나왔다.

그 사람은 천산칠군의 홍일점인 섬전옥수(閃電玉手) 원영의(元永誼)였다. 그녀는 능백의 인품에 반해 능가장에 온 여인으로서 현재는 능소언을 대신해 집안의 안살림을 맡고 있었다.

그녀의 뒤를 이어 백조쌍극(白照雙戟) 한등원(閑登元)과 냉음도(冷陰刀) 사마영(司馬影)도 무기를 꼬나 들고 달려왔다.

"탄불은?"

천산칠군 중 탄불두타만 빠져 있자 사마영이 물었다.

"그는 소협과 함께 아가씨를 뵈러 갔네. 부상을 입었기 때문에 와봤자 도움도 되지 않아!"

혈륜탈심이 말했다.

"놈들이 거의 다 왔어. 슬슬 시작해 보자고!"

무너진 십방무영진 위로 핏물을 머금은 혈의인들이 달려왔다.

백조쌍극 한등원은 두 자루 극을 들어올리며 앞으로 달려나갔다.

싸움은 시작되었다.

콰아아아아……!

다리를 쩔뚝거리며 달려나오던 탄불두타는 은회색 별무리가 밤하늘에 퍼짐을 보았다. 그러나 그는 그것이 별무리가 아니라 천수사왕의 독문암기인 유성표라는 걸 알았다.

바로 그 유성표가 은빛을 발하며 밤하늘을 뒤덮었다.

까까까깡!

허공으로 불꽃이 튀며 죽음을 부르는 단말마가 꼬리에 꼬리를 물었다.

"아미타불……!"

달려가던 탄불두타는 더 이상 움직이지 않았다.

용화세의 움직임은 생각보다 빨랐다. 능가장은 아직 정비할 시간을 가지지 못했는데, 백마교의 고수들이 문 앞까지 당도한 것이다.

탄불두타는 동료들과 함께 죽기를 각오하고 싸우고 싶은 마음이 강했으나 그럴 수는 없었다. 모두가 나가 싸울 수는 없다.

'아가씨를 피신시켜야 한다!'

능백의 대에서 능가장은 끝났다고 봐도 좋으나, 그렇다고 해서 그의 하나뿐인 혈육을 방치할 수는 없다.

탄불두타는 불망을 한 번 더 믿고 싶었으나, 그가 보여준 개세적인 능력은 이런 싸움에서는 아무 소용이 없었다. 누군가 끊임없이 내공을 주입시켜 주어야 검을 움직일 수 있는 불망. 앉아서 적을 맞이하는 것이 아닌, 사방을 바람처럼 내달리며 싸워야 한다면 불망은 아무 소용이 없다.

그는 능소언과 불망을 데리고 어디로 도망쳐야 하는지를 생각했다.

마땅히 떠오르는 곳은 없었다. 확실한 것은 천산 어디에도 안전한 곳은 없다는 것이다.

적과 적이 만났으니 싸움뿐이다.

"크아악!"

"으악!"

처절한 비명성과 병장기의 부딪침이 하늘과 땅을 강타했다.

혈마대주 음양미옹 곽일거의 혈안이 노려보듯 싸움판을 주시했다.

천산육군을 비롯한 능가장의 숫자는 이십여 명.

혈마대의 숫자도 이십여 명이었다.

숫자는 엇비슷했으나 천산육군의 무공은 혈마대원들에 비해 월등했다. 유성폭약의 도움으로 십방무영진을 무너뜨리며 전진했으나, 천산육군에 막혀 더 이상 나가는 건 불가능했다.

시신이 쌓이고 혈마대의 피는 강이 되어 흘렀다.

'오초지적도 안 되는 것들이!'

음양미옹 곽일거는 천산칠군과 일 대 일로 싸운다면 그들 중 누구라도 오초 이내에 목숨을 빼앗을 자신이 있었다. 그러나 이들은 함께 있었고 죽기를 각오하고 항전하니 그 자신이 나서지 않는 이상 싸움은 불리했다.

곽일거는 등 뒤에서 쌍검을 뽑았다.

"내가 앞장서겠다! 물러서지 마라!"

그를 중심으로 거대한 회오리바람이 몰아쳤다. 회오리바람은 삽시간에 주변으로 번졌다.

"으아악!"

"아악!"

곽일거를 발견하고 달려들던 능가장의 무사들이 회오리바람에 휘말리며 허공을 날았다. 곽일거의 백발이 내공력을 이기지 못하고 하늘 끝으로 바싹 치솟아올랐다. 혈광이 번뜩이는 눈은 금방이라도 핏물이 쏟아질 것 같았다.

곽일거의 시선이 천수사왕을 쫓았다.

아군의 피해를 최소화하기 위해서는 그를 먼저 죽여야 한다고 생각했다. 놈의 암기가 대원들의 전진을 막고 있었다.

"천수사왕! 네놈의 상대는 여기 있다!"

슈슈슈슈슉!

곽일거의 신형이 신검합일의 자세로 천수사왕을 향해 쏘아졌다.

그곳은 적진 깊숙한 곳이었으나 그는 자신의 안위를 아랑곳하지 않고 오로지 천수사왕을 죽여 버리겠다는 일념으로 내달렸다.

천수사왕은 자신도 모르게 허억! 소리를 내며 뒤로 밀려 나갔다.

풍허 도장의 태청검이 천수사왕의 앞을 막으며 곽일거의 쌍검과 부딪쳤다.

까깡!

불꽃이 튀며 풍허 도장은 뒤로 세 발자국이나 밀려났다. 입으로 선혈이 흘렀다.

"풍허!"

풍허 도장의 뒤에서 천수사왕은 놀라 소리치며 미친 듯이 유성표를 날려 곽일거의 전진을 막았다.

"음양미옹! 너 잘 만났다!"

그때, 곽일거의 등 뒤로 시퍼런 한기가 밀려들었다.

뒤로 돌아보니 백조쌍극 한등원의 극이 눈앞에서 원을 그리며 밀려 들고 있었다. 곽일거는 풍허 도장을 포기하며 백조쌍극에게 달려들었다.

삽시간에 삼 대 일의 싸움이 벌어졌다.

그때, 하늘에서 여섯 명의 혈포인이 허공을 계단처럼 밟으며 날아왔다.

"용화세!"

누군가 아연실색하여 소리쳤다.

그가 모습을 드러내자 백마교의 사기는 충천했고 능가장 무사들의 얼굴에는 어두운 그림자가 뒤덮였다.

허공에서 용화세는 검을 뽑았다. 동시에 노도와 같은 검기가 백조쌍극에게 밀려들었다.

용화세의 성명절기인 귀혼십팔검(鬼魂十八劍) 중 귀혼야차세(鬼魂夜叉勢)다. 그는 검노에게 패배한 후 귀혼십팔검을 적극 공부했고 이제는 누구에게도 지지 않을 만큼 배웠다.

검끝에서 악령의 기운이 뻗으며 백조쌍극을 휘감았다.

백조쌍극은 음양미옹을 포기하고 쌍극을 앞으로 내뻗어 용화세의 귀혼야차세를 막았다. 하지만 용화세를 상대하기 위해선 아직 더 배워야 했다.

"크윽!"

용화세의 검기가 백조쌍극의 심장을 뚫었다.

백조쌍극은 피분수를 터뜨리며 비틀거렸다.

파파파팟!

용화세의 뒤에서 날아오던 다섯 명의 혈의인이 일제히 달려들어 백조쌍극의 몸에 검을 꽂았다.

그의 몸은 순식간에 벌집이 되어 허공으로 떠올랐다가 머리부터 땅으로 떨어졌다.

6

"아가씨, 잠시 몸을 피하여야겠습니다."

탄불두타는 숨이 턱까지 차도록 헐레벌떡 전각으로 달려와 능소언에게 고했다.

"그가 왔나요?"

탄불두타의 초조한 얼굴을 바라보는 능소언은 물처럼 고요했다. 설사 천지개벽이 일어난다 할지라도 놀라지 않을 것 같은 얼굴이었다.

밖의 상황은 천지개벽과 다를 바 없었다.

유성폭약이 터질 때마다 집 전체가 지진이라도 만난 것처럼 흔들렸으며 명부를 찾아 떠나는 사람들의 비명 소리는 폐부를 아프게 찔렀다.

"그렇습니다. 그가 백마교의 인물들을 모조리 끌고 온 듯합니다. 육군이 막고 있으나… 용화세가 직접 온 이상 아마… 막기 어려울 것 같습니다."

"막을 수 없다면 내버려 두세요."

"네?"

"그냥 들어올 수 있게 내버려 두세요."

"무슨… 말씀인지……? 그와 말씀을 나누겠다는 겁니까? 용화세는 예전의 용화세가 아닙니다. 그는 악에 물든 대마두입니다."

"세상에 악한 사람은 없어요. 단지 생각이 다른 사람들이 살아갈 뿐이지요."

탄불두타는 멍한 얼굴로 능소언을 바라보았다.

"만약 그가 옳다면 그는 자신이 원하는 것을 얻게 되겠지요. 그러나 그가 옳지 않다면 얻을 건 아무것도 없겠지요."

그것은 '정의는 반드시 승리한다' 라는 말과 맥을 같이한다.

하나, 세상을 살다 보면 '반드시' 정의가 승리하는 건 아니라는 걸 알게 되기도 한다.

"상공께서는 용 숙부를 뵌 적이 없지요?"

탄불두타를 내버려 둔 채 능소언은 불망에게 말했다.

"누군지 모릅니다."

"그는 천산에서 꽤 유명한 사람입니다. 서장(西藏)의 혈불(血佛)이 중원인 중 아끼는 몇 사람 중 한 명이지요."

"혈불은 누굽니까?"

"그는 달라이라마 대승법왕(大乘法王)의 제자입니다. 그러나 대승법왕이 황제 폐하로부터 서천불자대국사(西天佛子大國師)란 벼슬을 책봉받자 서장인의 자주권을 외치며 그와 절연한 인물이지요."

불망이 정치나 국가 간의 외교에 관심이 있을 리 없었다. 더욱이 달라이라마나 서천불자대국사란 말은 난생처음 들어보는 거라, 책봉받았다니 뒤의 서천불자대국사란 말이 벼슬 이름이라는 걸 알았다. 하나 달라이라마는 사람 이름인지 벼슬 이름인지 혹은 또 다른 무엇인지 알 길이 없었다.

"저는 그 사람들을 잘 모르나 아가씨께서 하고자 하는 말씀은 달라 이라마와 그의 제자 혈불이 각자의 시각에 따라 선악이 구별되어 서로를 악하게 볼 수는 있겠지만 결국 그 두 사람은 방법의 차이일 뿐 애국하여 반목(反目)한다는 것이겠지요?"

"그렇습니다."

능소언은 빙그레 웃었다.

"결국 선과 악은 종이 한 장 차이지요. 상대를 이해하고 상대의 입장에서 생각해 본다면 세상에 풀리지 않을 일이 없습니다."

탄불두타는 능소언에게 말이 통하는 상대와 말이 통하지 않는 상대가 있음을 설명해 주고 싶었으나 지금 이 위급한 순간에 두 사람의 담소에 끼어들어 이야기를 더 길게 늘리고 싶은 생각은 없었다.

"아가씨, 피하셔야 합니다."

답답해진 탄불두타는 바짝 타 들어간 입술을 침으로 적시며 입을 열었다.

그때였다.

한 남자가 기척도 없이 문을 열고 안으로 들어왔다.

손에는 검을 들고 있었는데, 사람의 피가 검신을 타고 뚝뚝 떨어지고 있었다. 먼지 한 올 없는 그녀의 방에 검끝에서 떨어진 핏방울이 점점이 새겨졌다.

남자는 바로 용화세였다.

"소언, 오랜만이구나."

"이놈! 여기가 어디라고!"

탄불두타가 벌떡 일어나며 능소언의 앞을 가로막고 그녀를 보호했다.

　뒤이어 우당탕탕! 소리가 들리며 십여 명의 사람이 일제히 쏟아져 들어왔다. 천산오군과 백마교의 고수들이었다. 이들은 모두 쫓고 쫓기며 안으로 들어온 듯 피 냄새를 후끈하게 풍기며 싸움을 멈추지 않았다. 좁은 방 안은 순식간에 살기로 가득 찼다.

　용화세는 주변의 정세에는 아랑곳하지 않고 주인이 청하지도 않았건만 차탁의 빈 의자에 앉았다.

　불망의 옆이었다. 불망의 시선은 자연스럽게 용화세를 바라보았다.

　일신에 흐르는 막강한 기도는 가히 일대종사를 방불케 했다. 천산의 칼바람을 맞으며 자라온 그의 얼굴은 굴강했으며 사막의 모래알처럼 건조했다. 찔러도 피 한 방울 나올 거 같지 않은 얼굴이었다.

　"너를 만나기 위해 왔다. 숙부가 조카를 만나러 오는데 칼을 들어야 하다니 비극이구나."

　"칼을 내리도록 하지요."

　"그러자꾸나. 모두 손을 멈춰라!"

　"멈추세요."

　용화세와 능소언이 동시에 말했다.

　죽기 살기로 싸우던 자들이 일제히 병장기를 거두며 뒤로 물러났다.

　천산오군은 능소언의 뒤에 섰고, 음양미옹과 혈수인마 서지후 등 백마교 고수들은 용화세의 뒤로 섰다.

　불망은 본의 아니게 그들의 중간에 앉아 있었다.

　천산육군은 싸움을 멈춘 것이 불만인 듯 용화세를 노려보았다.

　"아가씨, 백조쌍극이 저자의 손에 죽었습니다!"

　분기를 참지 못한 혈륜탈심의 숨소리가 거칠었다.

“그가 음양미옹의 배후를 공격하지 않았다면 죽지 않았을 것이다.”

“음양미옹이 천수사왕을 공격하지 않았다면 백조쌍극이 그를 노렸겠느냐?”

혈륜탈심이 부르짖자 용화세는 어이가 없다는 듯 씨익 웃었다.

“혈륜탈심, 많이 컸다. 이제 나와 말장난을 하자고 덤비는구나.”

“뭣이! 많이 컸다? 내가 네놈에게 마보를 가르쳤어!”

“후후, 예전에 그런 일이 있었지. 내가 처음 검을 손에 잡았을 때로군. 그래, 그래. 그 후 나는 한 문파의 지존이 되었어. 그런데 너는 여전히 그대로구나.”

“죽여 버리겠다!”

탄불두타가 그의 옷자락을 잡아채며 말리지 않았다면 혈륜탈심은 용화세를 향해 두 자루 륜을 던졌을 것이다. 물론 그것은 되돌아와 혈륜탈심의 목을 노렸겠지만.

용화세는 비릿하게 웃으며 더 이상 혈륜탈심을 상대하지 않고 능소언에게 말했다.

“요즘 강호가 어찌 돌아가는지 알고 있느냐?”

“강호의 일에 관여한 적이 없으니 알 도리가 없지요.”

능소언은 입가에 미소를 머금었다.

“내가 보아하니 강호엔 살상의 싹이 움트고 있다. 머지않아 큰 변란이 일어날 게야.”

“그런가요?”

“강호는 피가 강물이 되어 흐르고 죽은 송장이 산을 이룰 것이다.”

“인명은 재천이니, 그렇게 된다면 그 역시 할 수 없는 일이지요.”

"그러냐?"

용화세는 싱긋 웃었다.

"하긴 너는 도를 이루었으니 세상일에 그리 초연할 수 있을 게다. 하나 나는 그렇지 못하다. 붕정만리(鵬程萬里)라 하지 않더냐. 사내대장부가 칼을 뽑았으면 힘껏 날아올라야지. 난세가 도래하니 나는 마땅히 대륙으로 떠날 것이고 그전에 지존검이 필요해서 찾아왔다. 지존검만 내놓는다면 지난 일은 불문에 부치겠다. 너는 이곳에서 계속 편안한 생활을 할 수 있다. 무너진 집도 내가 다 고쳐 주마."

"흥! 병 주고 약 주겠다는 말이로군."

혈륜탈심은 가소롭다는 듯 콧방귀를 뀌었다.

"혈륜탈심! 함부로 끼어들지 마라!"

음양미옹은 혈륜탈심을 잡아먹을 듯 노려보았다.

"아버님께서 지존검을 내주지 않으신 이유를 다시 들으시겠습니까?"

"네 아버지의 고리타분한 이야기를 듣고 싶진 않다. 줄 것이냐, 말 것이냐? 이것만 결정하거라. 그 다음은 내가 정하마."

"나는 아버님의 유지를 받들지 않을 수 없습니다."

"주지 못하겠다는 것이냐?"

용화세는 웃고 있었으나 눈에서는 살기가 돌았다.

능소언은 그가 손을 뻗으면 닿을 위치에 있었다. 용화세의 불같은 살기를 받아내는 그녀는 연약하고 애처롭다.

불망은 그녀가 바람 앞의 등불처럼 고독하게 보였다.

"내 생각은 그렇지만 지존검의 주인께서는 어떻게 생각하는지 알 수 없지요. 상공께서는 어쩌시겠습니까?"

능소언은 미소 지으며 불망을 바라보았다.

"저요?"

측은지심에 사로잡혀 있던 불망이 깜짝 놀라며 손가락으로 자신을 가리켰다. 그는 이때서야 이들이 말하는 지존검이 자신이 자명검이라 이름 붙인 그 검임을 알았다. 하지만 그는 지존검을 자신의 것이라 생각한 적도 없거니와, 열화동에서 정신을 잃은 후 검의 행방도 몰랐다.

"이 아이의 소유라면 오히려 잘되었다. 내가 빼앗아도 너는 상관할 필요가 없겠구나."

불망은 그리 머리가 나쁘지 않았다. 열화동에서 검리가 확연히 머리에 들어온 이후 사고의 폭은 더욱 깊고 넓어졌다. 하지만 그는 능소언이 왜 자신을 지존검의 주인이라고 소개했는지 알 수 없었다.

"소협, 지존검은 천하에 다시없는 보검입니다. 용화세가 지존검을 갖는다면 호랑이 등에 날개를 달아주는 격입니다. 강호는 피에 젖을 것입니다. 전장주님께서도 그 점을 염려하시어 지존검을 내주지 않았던 것입니다."

능소언 대신 탄불두타가 간절히 말했다.

"지존검에는 제가 모르는 다른 비밀이 있습니까?"

"그건……."

"지존검 자체가 천하제일명검이기도 하나 거기에는 천산노인의 성명절학인 생사십이결이 숨겨져 있다. 너는 몰랐느냐?"

우물쭈물하는 탄불두타를 대신해 용화세가 말했다.

"몰랐소."

"검노 무극경이 능가장에 몇 년간 기거하며 생사십이결을 몰래 훔쳐 배워 후일 강호를 위진(威震)한 것을 여기 있는 사람은 모두 알고 있다."

"……!"

"이만하면 지존검이 얼마나 중요한 물건인지 알겠느냐?"

"그렇다면 나는 지존검을 그대에게 주기 어려울 것 같소."

"크하하하핫!"

용화세가 박장대소를 터뜨렸다.

"너를 과대평가하지 마라. 목숨이 달려 있다. 꼬마야, 한 사람이 죽는다는 게 무엇인 줄 아느냐? 그건 하나의 우주가 눈을 감는 것이야. 세상 삼라만상이 모두 없어지는 것이지. 죽음은 그만큼 공포스럽다."

"사람은 누구나 한 번 죽는 것이 정해져 있소. 구차하게 목숨을 유지한다 하더라도 결국 죽음을 피할 수는 없소. 더 빨리 죽느냐, 더 늦게 죽느냐의 차이 때문에 가진 바 신념을 포기해야 한다면… 개돼지와 다를 바 없으니 살아도 개돼지로 살게 될 거요."

순간 몇몇 사람의 얼굴이 어두워졌다.

불망은 죽음의 공포 때문에 신념을 포기할 수 없다는 원론적인 말을 하였다. 그 말을 듣는 몇몇 사람은 그 자신이 죽을지도 모른다는 생각 때문에 세상과 타협하고 용화세와 타협하려는 마음을 적게나마 가졌던 것이 부끄러워졌다. 사람이니 어쩔 수 없는 일이다. 죽는다는 것은 용화세의 말대로 세상의 종말이니.

'불의인 줄 알면서도 타협점을 생각했던 나는 개돼지보다 못하다.'

냉음도 사마영은 자신도 모르게 주르륵 눈물이 흘렀다.

섬전옥수 원영의가 그에게 손수건을 내밀었다. 그녀도 같은 생각을 하고 있었기 때문에 사마영의 눈물이 어떤 의미인지를 알았던 것이다.

사마영은 원영의의 손수건을 받는 대신 자신의 별호와 같은 이름을 가진 칼, 냉음도를 들었다.

목숨을 바쳐 신념을 지킬 때만 죽음 앞에서 떳떳할 수 있다.

"용화세! 끝장을 보자!"

냉음도가 일도양단의 기세로 용화세의 머리 위를 내려쳤다. 누구도 예상치 못했던 암습이었다. 사마영은 용화세를 죽일 수 있다면 자신의 명예는 어찌 돼도 상관없다고 생각했다. 그는 오로지 이 한 수에 목숨을 걸었다.

그의 칼질에 탄불두타는 가슴이 덜컥 내려앉았다. 이길 수 없는 싸움이었다. 의욕은 앞섰으나 실력은 용화세의 삼초지적도 되지 않는다.

"어리석군."

용화세는 움직이지 않았다. 대신 그의 뒤에 시립하고 있던 혈영들이 움직였다.

까까깡!

검과 장도가 충돌하며 불꽃이 번뜩였다.

냉음도는 상대의 포악하고 사나운 공격에 후두두 뒤로 밀려났다. 얼굴이 고통으로 일그러졌다. 상체는 상대의 힘을 이기지 못해 쓰러질 듯 흔들렸다. 뒤에 있던 천수사왕이 그의 허리를 잡으며 쓰러지지 않게 보호했다.

혈영들이 용화세를 보호했다.

음양미옹이 허공을 날며 사마영에게 일장을 내갈겼다.

펑!

사마영 대신 원영의가 음양미옹의 장력을 막았다.

장과 장이 부딪치며 엄청난 회오리가 덮쳐 왔다.

원영의는 단전이 파열되는 것 같은 고통을 참으며 혼신의 공력을 모아 음양미옹과 대적했다.

뒤이어 혈수인마 서지후가 움직였다. 혈수공(血手功)으로 뻘겋게 달아오른 그의 수강이 원영의를 내려쳤다.

원영의는 피하려 했지만, 음양미옹의 공격에 몸을 뺄 수 없었다. 어깨에 서지후의 수강이 파고들었다. 머리끝이 쭈뼛 섰다.

"으윽!"

수강은 어깨를 파고들어 가슴으로 나왔다. 피가 솟구쳤다. 그녀는 동료들의 발아래 나뒹굴었다.

혈수인마와 음양미옹은 더 이상 공격하지 않고 뒤로 물러섰다.

"더 해보겠느냐?"

용화세가 비웃듯 말했다.

"끝장을 보겠다!"

여자는 위기의 순간에 남자보다 냉철하다. 그녀는 능가장의 종말이 눈앞에 다가왔음을 직감했다. 아무도 살아남을 수 없었다. 용화세는 꾸준히 세력을 키웠으나 능가장은 능백의 사후, 아무 일도 하지 않았다. 능소언은 외부의 일에 관여치 않고 심신을 닦고 청결히 하여 밝은 서광 아래에서 사람을 계도할 뿐이다.

"죽는 게 소원이라면 들어주마!"

번쩍!

혈수인마의 수강이 원영의의 머리를 향해 붉은 빛을 뿌렸다.

동시에 천수사왕의 암기가 빛을 발했다.

음양미옹이 뛰어들었다. 풍허 도장의 검이 그를 막았다.

백마교의 고수들이 일제히 달려들었고 탄불두타를 제외한 천산오군도 모조리 병장기를 뽑았다.

눈 깜짝할 사이에 난전이 펼쳐졌다.

십여 명이 싸우기에는 좁은 방 안이었다. 나무로 만든 집기들이 폭발할 듯한 살기를 이기지 못하고 부서졌다. 명장의 혼이 깃든 도자기들은 속절없이 깨지고 수십 권의 도가경전이 책 먼지를 풀풀 날리며 산산이 찢어졌다.

펑!

창문이 깨지며 칼바람이 쏟아져 들어왔다.

능소언은 움직이지 않고 자리를 지켰다.

불망은 그녀가 무공을 전혀 할 줄 모른다고 생각했다. 만약 그녀가 무림의 숨은 고수라면 자신의 거처가 폐허가 되는데도 보고만 있을 까닭이 없다.

용화세는 주인이 권하지도 않았건만 찻주전자를 가져와 차를 따라 마시는 여유를 부렸다.

'소협, 아가씨를 보호해 주시겠습니까?'

탄불두타는 오로지 불망만을 믿었다. 물에 빠진 자가 지푸라기라도 잡자는 심정으로 그가 믿을 수 있는 유일한 희망이 불망이었다.

불망은 용화세의 움직임을 주시했다.

탄불두타가 능소언의 뒤에서 조금씩 불망의 뒤로 이동했다. 불망에게 내공을 불어넣어 주어야지만 그가 능소언을 보호할 수 있는 것이다.

용화세는 이 싸움을 빨리 끝내는 방법을 알고 있었다. 그것은 바로 능소언을 인질로 잡는 것이다. 그녀의 목숨을 손에 쥐고 지존검을 요구한다면 듣지 않을 자가 어디 있겠는가. 그럼에도 불구하고 먼저 손과 손을 부딪친 것은 천산칠군의 손발을 무력화시켜 더 이상 반항하지 못하도록 하기 위함이었다.

'이만하면 되었다.'

그는 전장의 대세를 파악하며 고개를 끄덕였다.

천산칠군 중 하나는 죽었고 넷이 부상을 입었다. 그중 둘은 가만히 내버려 두어도 목숨을 부지하기 어려울 정도로 큰 부상이었다.

차를 마시기 위해 고개를 숙이고 있던 용화세가 실눈을 치켜뜨며 능소언을 훔쳐보았다.

'그녀를 노리고 있다!'

불망은 용화세의 눈빛을 보았다.

"아가씨, 위험합니다!"

불망의 신형이 능소언을 향해 일어났다.

그 순간 탄불두타가 불망의 명문혈에 진기를 불어넣었다.

동시에 용화세가 움직였다.

불망이 능소언의 왼팔을 낚아챘다.

용화세가 그녀의 오른팔을 움켜쥐었다.

한순간 능소언의 몸을 타고 두 사람의 내공이 섞였다. 그것은 양쪽 모두 원치 않는 싸움이었다.

불망이 마조신모 등 삼 인을 죽였다고 하나 용화세는 그를 대수롭지 않게 생각했다. 이제 겨우 열두세 살 정도 아이에게 무슨 위험을 느끼겠는가. 다만 능소언을 사이에 두고 밀고 당기는 싸움은 주변인들의 웃음거리만 된다.

원치 않는 건 불망도 마찬가지였다.

그는 어머니를 따라 다니며 수많은 검법을 보고 그것을 나름대로 응용하여 펼칠 수 있게 되었으나, 내공과 내공으로 싸움을 하는 것은 본 적이 없다. 자연 그는 내공 싸움의 요령을 알지 못해 대처가 늦다.

'심맥을 끊어주마!'

용화세는 불망과 대치하고 싶지 않았다.

그의 오성 공력을 실은 왼손이 불망의 심장을 후려갈겼다. 맞는다면 죽어버릴 것이다.

불망은 본능적으로 손을 내밀었다.

펑!

장심과 장심이 부딪치며 가죽 북 터지는 소리를 냈다.

7

세 사람이 차탁을 사이에 두고 마치 손에 손을 잡고 동그라미를 그리고 있는 모양이었다.

명문혈을 통해 전달된 탄불두타의 내력이 불망의 내장과 심맥을 두텁게 감쌌다. 그러나 탄불두타의 공력은 용화세에 비해 약했다.

불망의 양쪽 입꼬리에서 가늘게 선혈이 흘렀다.

용화세는 불망에 비해 여유가 있었으나 내심 당혹했다. 일장에 나가

떨어질 거라 생각했던 불망이 대항하고 있는 것이다.

두 남자에게 완맥이 잡힌 능소언은 움직이지 못했다. 그녀의 메마른 입술은 굳게 닫혀 있었고, 긴 속눈썹은 파르르 떨렸다.

'빌어먹을! 이게 어찌 된 일이란 말인가?

전력을 다해 내공을 쏟아 붓고 있는 탄불두타의 빡빡 대머리는 흰색 아지랑이가 피어오르듯 하얗게 서리로 뒤덮였다. 그에 반해 얼굴은 시뻘겋게 달아올랐다.

불망과 능소언이 사이에 있었으나, 결국 이것은 탄불두타와 용화세의 내공력 싸움이었다. 다만, 탄불두타의 공력을 불망이 운용할 뿐이다.

용화세의 공력이 밀고 올라왔다.

불망은 입꼬리에서 피가 흐르고 격탕치는 내장을 느끼지 못할 정도로 긴장해 있었다. 그는 오로지 호흡을 가다듬고 정신을 집중하여 용화세의 내력에 대항했다.

"어린 놈이 제법 힘을 쓰는구나."

용화세는 비웃었으나 불망은 대답하지 못했다. 그는 말할 여유도 없거니와 용화세가 무슨 말을 해도 듣지 못했다. 격탕치는 내장이 망가지기 직전이었다. 용화세와 맞닿은 손등의 혈관은 마치 터져 버릴 것처럼 툭툭 불거져 나왔다. 심장은 쿵쾅거리며 위험하다는 신호를 보냈다.

용화세는 내력을 더 끌어올렸다.

불망의 손목이 부르르 떨렸다. 심장이 목구멍으로 올라올 듯 니글거렸다. 도무지 이길 수 없는 싸움이었으나 멈출 수도 없었다. 손을 놓는다면 밀려들어 온 상대의 내력을 견디지 못해 죽음에 이를 것이다.

탄불두타는 그 자신의 능력으로는 용화세를 대적할 수 없었다. 싸움은 묘하게 얽혀 자신의 공력에 그 자신은 물론 능소언, 불망의 생명까지 얹어졌다.

"냉음도! 이러다가 우리 모두가 죽어!"

탄불두타는 부상을 입고 쓰러져 있는 사마영에게 다급한 전음을 보냈다. 상처 입은 짐승처럼 상체를 벽에 기댄 채 헉헉거리던 사마영은 고통에 일그러진 탄불두타의 간절한 얼굴을 보았다.

그리고 핏기없는 불망의 얼굴을 보았다.

사마영은 그 자신이 결심할 때가 왔음을 알았다.

'저 아이… 믿을 수 있을까?

"어서 도와!"

탄불두타가 재촉했다.

'내가 영원히 살 수 있는 길… 그러나 저 아이를 믿을 수 있을까?

사마영은 마른침을 삼켰다. 비릿한 핏물이 침과 함께 목구멍으로 넘어왔다.

사마영은 비틀거리며 일어섰다.

선택의 여지가 없었다. 누구라도 살아야 한다면.

사마영은 탄불두타에게 다가가 비틀거리며 상체를 세웠다. 그의 장심이 탄불두타의 명문혈에 부딪쳤다. 순간 육십여 년을 갈고닦아 온 그의 공력이 막힌 둑이 터진 것처럼 탄불두타에게 쏟아졌다.

탄불두타는 순식간에 사마영의 뜨거운 기운이 밀려들자 깜짝 놀랐다.

"냉음도! 무슨 짓이야?"

"이 땅에 태어났다면 살았다는 증거라도 남겨야 하지 않겠어. 그에게 넘겨줘."

사마영은 클클거리며 웃었다.

그것은 고독도 기쁨도 환희의 웃음도 아니었다. 그것은 떨어지는 석양 아래 마지막 남은 양지녘을 찾아 햇볕을 쬐는 한 늙은이 관조(觀照)가 담긴 미소였다.

"너……."

탄불두타는 전음을 잇지 못했다. 가슴속에서 뜨거움이 밀려왔다. 무림인에게 내공이란 무엇인가? 그것은 생명이자, 명예이자, 탐욕이었다. 사마영은 그것을 버렸다. 그 자신이 가진 마지막 것을 남겨두고 떠나려 한다. 그는 진정한 왕생복락을 깨달았다. 그것이 해탈이 아니고 무엇이랴!

칼질이나 해대던 개백정 놈이 해탈을 하는데, 밤낮으로 부처를 모시며 목탁을 두들기던 두타가 어찌 자존심이 상하지 않겠는가.

'소협! 노납도 소협만 믿소이다!'

쿠아아아아앙!

사마영의 공력과 합해진 탄불두타의 공력이 불망에게 밀려들었다.

빌려주는 것이 아니라 완전히 주는 것에 불망은 당황했다. 하지만 입을 열어 말할 여력도, 뒤를 돌아볼 여력도 없다. 불망은 일순간 주춤거리며 쏟아져 들어오는 공력을 어쩌지 못했다.

"소협! 당황하지 말고 호흡을 가다듬고 우리의 진기를 마음으로 받아들여 일주천하세요!"

불망이 흡수해 주지 않는다면 도로 아미타불이다.

진기를 완전히 소비하는 두 사람은 물론 불망마저 몸 안의 기운으로 폭발해 버리고 말 것이다. 불망은 원치 않았으나 선택은 그의 몫이 아니었다. 대가없이 주는 사람만이 선택할 수 있다.

불망은 감사히 받으며 이 두 사람이 영원히 사는 길을 찾아 떠났다.

불망은 두 가닥 진기를 일주천시켜 몸 안에 고르게 퍼지게 했다. 그것은 곧바로 장심을 통해 용화세를 압박했다.

"교주님을 도와라!"

용화세가 불망 등을 어쩌지 못하고 얼굴이 달아오르는 모습을 본 음양미옹이 풍허 도장을 포기하고 그의 명문혈에 장심을 붙였다.

풍허 도장도 덜덜 떨고 있는 불망과 탄불두타, 사마영을 보더니 즉시 달려왔다.

"승패가 여기 달려 있어! 모두 와서 그에게 내공을 줘!"

팟!

풍허 도장의 장심이 사마영의 명문혈에 붙었다.

원영의가 뒤따라 달려왔다. 서지후가 음양미옹의 뒤로 붙었으며 백마교의 고수들이 일제히 달려들었다.

천수사왕과 혈륜탈심도 빠지지 않았다.

눈 깜짝할 사이에 능소언을 중심으로 마주 보고 줄을 서듯 천산의 고수들이 꼬리에 꼬리를 물고 팔을 뻗었다.

불망의 몸 안에는 성격이 다른 여섯 가닥의 진기가 격탕했다.

불망은 더 이상 어찌할 수 없자 몸을 버리듯 편안한 마음을 가졌다.

체내에 내력이 쌓인다고 해서 그것이 모두 그의 것이 될 수 없다. 더욱이 용화세를 비롯한 백마교의 고수들이 합심협력하여 공격을 하고 있는 와중에서 다른 사람의 진기를 끊임없이 내 것으로 화(化)시켜 막아내는 것은 그냥 진기를 일주천하여 갈무리하는 것보다 몇 배 더 어려운 일이었다. 그런데 어디 그것뿐이랴.

다른 한 손에는 능소언의 완맥이 잡혀 있었다.

용화세는 불망과 맞닿은 손에 공력의 팔 할 이상을 쏟아 붓고 있어 능소언이 받는 타격은 미미했다. 하나, 불망 역시 용화세의 공력만큼 능소언에게 쏟아 부어주지 않는다면 그녀는 심맥이 터져 죽고 말 것이다.

들어갈 수도 나갈 수도 없는 진퇴양난이란 바로 이런 경우를 두고 하는 말이었다.

하지만 불망은 초조해하지 않았다.

용솟음치는 여섯 개의 내력을 가닥가닥 잡아내기는 쉽지 않았으나 급할수록 돌아가야 한다는 말도 있듯 그는 원론적인 것부터 해결했다. 그것은 자신의 몸을 잊는 무아, 무소유의 상태를 유지하는 것으로 시작되었다.

탄불두타는 불망의 깨달음을 몸소 눈으로 보고—불망은 검리를 깨달았으나 탄불두타는 그가 진리를 깨달았다고 생각했다—그를 믿는 마음이 가득했다. 하지만 진리에 눈을 떴다 해서 모든 것을 마음먹는 대로 움직일 수는 없지 않겠는가. 그가 불망을 도울 수 있는 일이란 불망의 고통을 가까이 보며 그가 소화할 수 있을 정도로 내력을 분배하는 것뿐이다.

혈맥이 팽창하고 몸 안의 압력이 가중되자 불망의 육체가 점점 비대해졌다. 터져 버릴 것 같다. 육체는 자신의 것이 아닌 듯 어색했다.

불망은 고독진인의 월인신공을 떠올렸다.

"월인의 기로 몸 안을 일주천하라. 천지일월, 일체의 만물이 몸 안에 있다. 내 몸이 곧 소우주다. 쉬지 않고 대사를 거듭하라. 우주순환의 도(道), 그것이 바로 월인신공이다."

고독진인은 성심을 다해 그에게 월인신공을 가르쳤다.

불망도 성심을 다해 배웠으며, 열화동에 있으면서 발전시켰다. 열화수와 월인신공이 없었다면, 그는 벌써 죽었을지도 몰랐다.

불망은 월인신공의 구결에 따라 몸을 움직였다.

"몸 안의 음양을 교감하여 인혼화동(絪混和同)하라. 양으로써 음을 구하며[濟] 음으로써 양을 받아들여라[應]. 양으로써 양을 음으로써 음을 더하고[加] 오르고 내리고 휘날림을 연속하여 태허(太虛)의 경지로 삼아라."

고독진인의 쩌렁쩌렁한 음성이 불망의 귓전을 울렸다.

불망은 이때 자신의 몸 안에서 어떤 변화가 이는 것을 느꼈다.

지금까지는 몸속을 흘러 다니는 여섯 가닥 진기가 종잡을 수 없었는데, 월인신공의 구결을 떠올리고 운용하는 순간 그 힘들이 뚜렷하게 느껴졌다.

불망은 이전에는 경험할 수 없었던 것을 느끼며 경이에 눈을 떴다.

그는 자신의 몸 안으로 용화세의 내력이 잠입해 들었으나 조금도 고통스럽지 않았다. 오히려 몸속의 찌꺼기가 씻겨 나가는 듯 시원했다. 불망의 신체는 점점 더 작아졌다.

용화세의 눈에 당황의 빛이 어렸다.

어느 순간부터 그의 내력이 불망에게 말려들어 갔다. 작은 강물이 장강대해로 흐르듯 용화세의 내력이 흐르는 물처럼 거침없이 불망에게 옮겨가고 있었다. 그것은 공격이 아니라 빼앗기는 것이다.

'태화의 기가 기해에 이르고 태허의 기가 용천에 이른다. 마음속에 허무를 유지하고 도(道)와 덕(德)을 반복하니 대자연과 천지가 어찌 일체하지 않으리.'

화선지에 먹물이 번져 가듯 모든 자들의 공력이 불망의 경맥 속으로 스며들어 갔다.

우두둑! 우두둑!

불망의 몸에서 끊임없이 뼈마디가 부딪치는 소리가 들렸다.

그의 신형은 오그라들었다가 펴지는가 하면 허공으로 펄쩍 뛰어오를 듯 움찔거렸다.

'천마흡성대법(天魔吸盛大法)!'

용화세는 대경실색했다.

마교(魔教)에 전해지는 패도적인 내공심법인 천마흡성대법을 모르는 자가 어디 있겠는가. 내공을 빨아들여 상대를 목내이(木乃伊:미이라)로 만들어 버린다는 무시무시한 마공. 설사 죽는다 하더라고 피골이 상접하는, 온몸에 가죽과 뼈만 남는 앙상한 모습으로 죽고 싶은 자는 없다.

'이것은!'

탄불두타도 대경실색했다.

그 역시 천마흡성대법을 알고 있었다.

하지만 그는 아니라고 생각했다. 일신에 닭 잡을 힘도 없는 불망이 어찌 천마흡성대법을 시전할 수 있겠는가.

탄불두타를 비롯한 천산육군은 불망에게 내력을 주었으나 이제는 빼앗겼다. 원래 주려고 하였던 것을 불망은 빼앗아가고 있었다.

하지만 무상, 무념, 무소유에 접어든 불망은 아무것도 몰랐다.

그는 월인신공을 운용하여 체내에 넘쳐흐르는 기운을 십이정경(十二正經)과 기경팔맥(奇經八脈)으로 흘려보낼 뿐이다.

'잘못하다가 내력이 모두 빨려 들어가 죽는다!'

기겁한 용화세는 불망과 맞닿은 장심을 떼어내려 했다. 하지만 장심과 장심은 마치 아교로 달라붙은 듯 떨어지지 않았다.

그는 능소언의 완맥을 잡은 팔을 놓았다.

동시에 수강으로 불망과 붙은 자신의 팔을 내려쳤다.

파앗!

팔이 잘리며 핏물이 쏘아진 포탄처럼 불망을 덮쳤다. 용화세의 눈은 까뒤집혔다. 그는 분노에 사로잡혀 보이는 게 없었다.

수강이 불망을 내려쳤다. 분노의 일격이었다.

"크아악!"

"크으윽!"

용화세의 뒤에 있던 백마교의 고수들이 일제히 피를 내뿜었다.

불망의 뒤에 있던 천산육군도 피화살을 뿜으며 허공에서 뒤로 포물선을 그리더니 바닥으로 떨어졌다.

불망의 옷이 칼로 베어진 것처럼 잘려 나가며 가슴에 혈선이 그어졌다.

용화세가 뒤로 주춤거리며 물러났다.

불망은 미간을 찌푸린 채 한 발 앞으로 걸어나갔다.

용화세는 수하들을 버린 채 뒤도 돌아보지 않고 도망쳤다. 오직 빠른 걸음만이 그를 살릴 수 있는 것처럼.

불망은 용화세의 뒤를 쫓지 않았다.

대신 그는 쓰러질 듯 무릎을 꿇고 와락! 피를 토했다. 살아남은 자는 그와 능소언뿐이다. 다른 자들은 하나같이 비쩍 마른 채 허옇게 눈을 까뒤집으며 죽어 있었다. 화려했던 무림고수들의 영화(榮華)는 간데없다.

사람들의 죽음에 허무가 찾아왔다.

"도(道)란 무엇입니까?"

무릎을 꿇은 채 땅바닥을 내려다보고 있는 불망은 능소언을 향해 악을 쓰듯 외쳤다. 악에 받친 그의 음성은 격정을 넘어서 바들바들 떨리기까지 했다.

능소언은 주변을 살폈다. 그녀는 서 있는 것조차 힘들어 보일 정도로 창백했으나 주변엔 앉을 만한 의자 하나 남아 있는 것이 없다.

"앉을 곳이 없네요."

그녀는 쓰게 웃으며 말했다.

"도란 무엇입니까?"

불망은 다시 한 번 소리 질렀다.

주변을 살피던 능소언이 고개를 돌려 무릎 꿇은 불망을 바라보았다. 불망의 얼굴은 험악하게 일그러져 있었다. 능소언은 그가 왜 인상을 쓰고 있는지 알 수 없었다.

"잘은 모르지만…… 도란."

그녀는 천천히 입을 열었다.

"만물이 저절로 흘러가도록 내버려 두는 것이 아닐까요?"

"그래서 일신의 능력을 감추고 모든 것을 내버려 두셨습니까? 저들이 마지막 온기마저 놓칠 때까지!"

처음의 불망은 몰랐지만 나중엔 알게 되었다. 그녀의 일신 능력이 용화세를 능가한다는 것을. 불망과 용화세의 공력을 몸속에 쌓아두며 아무 타격을 입지 않은 것도 그 때문이다. 아니, 오히려 그녀는 용화세의 공력과 불망의 공력을 적절히 흐르게 내버려 두며 서로가 서로를 어찌하지 못하는 상태를 유지시켜 자신을 지켰다.

불망의 체내에 공력이 쌓일 때, 불망이 다치지 않도록 보호해 준 것도 그녀였다. 만약 그녀가 처음부터 도왔다면 천산육군은 죽지 않았을 것이다. 하지만 그녀는 돕지 않았다. 그녀가 평생을 보아온 사람들이 죽음에 이르는 것을 보았음에도 불구하고 그녀는 움직이지 않았다.

불망은 이해할 수 없었다.

흉수는 용화세가 아니라 바로 그녀였다.

"천지가 함께 숨을 쉬는데, 생사가 아쉬울 건 무엇인가요? 해가 뜨고 지고 다시 뜨는 것처럼 죽는 것도 사는 것도 꼭 분간이 있는 것은 아니지요."

"저는 어려서 그런 도리는 모르겠습니다. 하지만 세상은 인정을 느끼고 그 속에서 숨 쉬며 살아야 하지 않을까요? 아가씨처럼 생각한다면 희로애락이 무슨 소용 있겠습니까? 사람의 정을 깨닫지 못한다면 삼라만상을 통달한다 해도 완전한 도가 아닐 것 같습니다. 도라는 것이… 아가씨가 말씀하시는 대로라면 저는… 도를 깨닫고 싶지 않습니다. 아니, 도를 깨달을까 봐 무섭습니다."

능소언은 미소를 지었다.

"사람이 도를 깨닫는다면 그가 바로 성인(聖人)입니다."

"저는 가겠습니다."

불망은 꿇었던 무릎을 일으켰다.

"이로써 아가씨는 세속의 인연을 모두 끊으셨으니 더 큰 도를 이루시어 영원한 자유인이 되시기를 바랍니다."

"지존검을 가져가세요."

"정처없이 떠도는 몸이니 소유는 짐이 될 뿐입니다."

애초에 그의 것이 아니었으니 가져갈 생각도 없었다.

능소언은 더 권하지 않고 떠나는 불망의 뒷모습을 바라보았다.

불망의 몸속에 섞여 있는 죽은 자들의 공력은 좋은 스승을 만나 바르게 다스리지 않는다면 그를 주화입마에 빠지게 할 공산이 컸다.

'더욱이 천마흡성대법이라니……'

그와 함께 생활한 적이 없으니 이유를 알 순 없다. 하지만 한 가지만은 알고 있다. 천마흡성대법은 결국 불망을 죽음으로 인도하고 말 것이라는 걸.

하지만 능소언은 떠나는 불망에게 아무것도 말해주지 않았다.

그것은 누구도 대신해 줄 수 없는, 오로지 불망이 해결해야 할 일이었기에.

〈제1권 끝〉

청 어 람 신 무 협 판 타 지 소 설

제1회 신춘무협 공모전에 『보표무적』으로
금상을 수상한 작가 장영훈의 신작!!

일도양단(一刀兩斷) / 장영훈 지음

한 겹 한 겹 파헤쳐지는
음모의 속살을 엿본다!

『일도양단』
(一刀兩斷)

그의 이름은 기풍한.

천룡맹(天龍盟) 강호 일급 음모(一級陰謀) 진압조(鎭壓組)
질풍육조(疾風六組)의 조장이다.

임무를 위해 출맹한 지 사 년이 지난 어느 겨울날 새벽,
돌아온 그에게 천룡맹 섬서 지단 부단주가 말했다.

“질풍조는 이미 해체되었네.”

그리고…
그의 존재를 알던 모든 이들이 죽었다.

무한 상상·공상 세계, 청어람 신무협&판타지

『무정지로(無正之路)』의 화끈함을 계승한다!
작가 참마도의 두번째 작품!!

거칠고, 사납게
휘몰아친다!

『십삼월무』
(十三月舞)

십삼월무(十三月舞) / 참마도 지음

"난 살기 위해 싸울 뿐이오. 내 일을 하기 위해 싸울 뿐이고.
그리고 내… 마음속에 있는 사람들을 위해 싸울 뿐이오."

어둡고 무거운 저녁 안개 속을 뚫고서
살아 번뜩이는 야성의 눈동자!
피로 물든 천지 속에서 터져 나온
광포한 포효가 검진강호를 뒤흔든다!

악양루에 오르다 登岳陽樓

가까운 친구들에게서는 편지 한 통 없으되
늙고 병든 내게는 외로운 배 한 척 있을 뿐
관산의 북쪽에는 전쟁이 한창이니
난간에 기대어 눈물 흘뿌린다

親朋無一字, 老病有孤舟.
戎馬關山北, 憑軒涕泗流.